나는 이렇게 썼다!

헤르메스^적

글쓰기

| 유동걸 지음 |

한결하늘

헤르메스, 글쓰기 책을 쓰는 이유

2012년 나는 처음 책을 출간했다. 〈토론의 전사〉 1권과 2권이다. 이 글을 쓰는 이 순간 각각 11쇄를 찍었으니 나도 만 권대 작가라면 작가인 셈이다. 그 뒤를 이어서 〈공부를 사랑하라〉와 〈강자들은 토론하지 않는다〉를 각각 출간했다. 개인적으로 토론의 전사와 같은 토론 교육서 이상으로 의미를 두는 책이지만 실용서는 아닌 까닭에 독자들을 많이 찾아가지는 못했다. 그 뒤 〈토론의 전사〉 3권과 〈질문이 있는 교실〉을 펴내면서 내 글쓰기는 어느 정도 한 매듭을 지었다.

그 가운데 〈토론의 전사〉는 지난 10년간의 토론 공부와 실천적 경험이 녹아 있는 책이라 많은 독자들의 사랑을 받았다. 글을 편안하게 말하듯이 쓰는 편이라 기존의 토론 책 가운데 내용도 깊으면서도 재미있게 잘 썼다는 반응도 여러 군데서 접했다.

이 말은 유명한 소설가나 시인처럼 문학적인 글을 잘 쓴다는 뜻이라기보다 적어도 자기 생각을 조리 있게 다양한 비유나 사례를 들어서 매끄럽게 풀어나가는 능력이 뛰어나다는 칭찬으로 이해했다. 쑥스럽지만 글을 쓰는 데 부담이 전혀 없는 건 사실이다. 어떤 주제, 어떤 목적에 맞는 글이라도 잘 쓰고, 못 쓰고 여부를 떠나서 마음대로 쓸 수 있으니까.

남들이 칭찬할 때, 으쓱한 기분과 겸손한 표정 관리로 말은 '부끄럽네요' 했지만 속으로는 '예~ 제가 한 글 하지요', 하는 심정은 있었다. 그렇다고 이렇게 '글쓰기'까지 도전하게 될 줄은 몰랐다. 하긴 내가 지향하는 국어교육의 목표는 '잘 읽고, 똑똑하게 말하고, 재미나게 쓴다'이니 말하기 능력과 관련된 토론 책에 이어서 '책읽기'나 '글쓰기'에 관한 책 한 권 쓰지 말란 법이 어디 있겠나. 그래서 시작한 책이 바로 이 책이다. 대략 3개월, 줄잡아 100일이면 책 한 권 쓸 수 있지 않을까 하고 시작했는데, 편집, 제작의 출판 과정을 제외한 순수 집필 기간 100일 만에 기획에서 정확히 탈고까지 마쳤으면 얼마나 좋았으랴만, 안타깝게도 절반 정도 쓰고는 다시 두 해가 지나서야 세상에 선을 보인다.

이렇게 글쓰기의 동기부여와 서문의 첫머리를 쓰면서 글쓰기 책에 대한 나의 첫걸음을 내딛는다. 나의 100일 글쓰기책 완성 프로젝트는 성공할까? 약간 설레기도 하고 조금 두렵기도 하다. 하지만 두려울 게 무엇이 있으랴, 일단 시작이 반이고, '에헤라 가다 못 가면 쉬었다 가지 아픈 다리 서로 기대며' 하는 〈함께 가자 우리〉에서 김남주가 노래한 심정으로 글쓰기의 길을 천천히 걷다 보면 어느새 책동네의 한 귀퉁이에서 두 다리 길게 뻗고 단잠을 자고 있을 테니 말이다.

　사실 이 책을 내게 된 직접적 동기는 다른 데 있다. 어느 날 〈토론의 전사〉에 이은 나의 두 번째 책 〈아모르 쿵푸 - 공부를 사랑하라〉라는 책을 탈고했을 때 일이다. 〈토론의 전사〉에서 다 하지 못한 공부(工夫), 즉 '쿵푸'이자 '공부'인 내 삶의 철학에 대한 책인데, 책 내용을 말하자면 한 마디로 불교 사상과 탈근대 철학을 통해서 〈쿵푸 팬더〉를 재미있고 참신하게 해석한 책이다. 독자들의 반응이 어떨까 궁금해서 내 수업을 듣는 고등학생 몇 명에게 원고를 주고 읽어보라고 했다. 중후반부 〈터미네이터〉를 통해 이야기한 시간의 상대성 원리 부분이 조금 어렵기는 했지만 전체적으로 만족스럽고 흥미롭다는 반응이었다. 그 중 한 학생이 글쓰기에 대한 관심과 고민이 있는지, 책을 한 권 손에 들고 있었는데, 힐끗 보니 글쓰기에 관한 책이다. 장정이나, 표지, 제목 등을 보건대 그리 유명한 책은 아니건만, 책을 건네받아 목차를 보니 역시 그리 재미있어 보이지 않았다. 여인네 속곳 훔쳐보듯 안을 후루룩 들쳐보는데 그 학생이 내게 말을 건넨다.

　"선생님 어떻게 하면 글을 잘 쓸 수 있어요?"
　"........."(이그 내가 그걸 말할 수 있으면 벌써 글쓰기 책을 썼지.)
　"선생님은 글을 재미나게 잘 쓰시잖아요..."

"..........."(애가, 내가 좀 그렇기는 하지만 그렇다고 이름 날리는 대중적인 작가도 아니고, 오늘 따라 부끄럽게 왜 그러지...)

(한참 뜸을 들이다가 약간 어눌한 목소리로)

"그래, 잘 쓰려고 애는 쓰지만, 지금 수준에서 글 잘 쓰는 법을 한 마디로 말하기는 그렇지. 너도 글을 잘 쓰고 싶은 모양이구나."

(억지로 수습^^;)

"예, 제가 토론반이라 말도 잘 하고 싶지만, 글 잘 쓰는 사람 보면 부러워요!"

(당연하지! 세상에 그런 능력은 아무나 갖나….)

뭐, 이런 가벼운 이야기를 주고 받는 중간에 종이 쳐서 학생은 교실로 올라가고 나만 혼자 남았는데, 그런 생각이 들었다. 그래, 학교에서 학생들에게 글쓰기를 제대로 가르쳐본 적은 없지만, 나는 어쨌든 글쓰기를 좋아하니까, 내 이야기라도 해볼까? 누구나 다 글을 잘 쓰고 써야 하는 건 아니지만, 나는 나대로의 글쓰기 경험과 '비법'이 있고 다른 사람들은 자기만의 '노하우'가 있을 테니, 나는 그냥 내 이야기를 하면 되지 않을까 하는 생각이 들었다. 그리고 그 때부터 시작된 '글쓰기' 혹은 '글쓰기에 대한 책'에 대한 고민이 이 글의 뿌리이다. 그러니까 이 책의 시작은 어쩌면 내 글을 읽어 주었던 한 독자이자 제자인 학생의 고민, '어떻게 하면 글을 잘 쓸 수 있나요'에 대한 내 방식의 대답이자 나의 새로운 고민 혹은 질문인 셈이다. 과연 나는 나만의 글쓰기 비법을 나눌만한 능력이 되는가.

나는 방금 다른 사람의 글쓰기 방법에 대해서는 '노하우(know how)'라는 표현을 한 번 쓰고 내 방법에 대해서는 '비법(秘法)'이라는 어휘를 일부러 두 번이나 사용했다. 이는 많은 글쓰기의 대가들이 입문과정에서 말하듯이 동일한 단어를 최소화 하려는 의도의 실현이기도 하지만, 구태여 '비법', 즉 '숨은 방법'이란 표현을 쓴 데에는 아직 알려지지 않은 새로운 방법 혹은 나만이 알고 있는 고유의 방법이란 자신감이 담겼음을 암시하는 말이기도 하다.

그 판단은 이제 이 책을 읽는 독자 여러분들의 몫이다. 물 것 없는데 덥석 물어서 낚이든, 아니면 개떡같은 글이지만 찰떡처럼 찰지게 알아듣고 무언가 배움을 얻든, 혹은 정말 어디 약에도 쓸 데 없는 개똥 같은 글이지만 그래도 버리기 아까워 묵혔다가 한 번은 써먹을 수 있는 그런 책으로 활용하든, 다 독자분들 몫이다.

〈헤르메스적 글쓰기〉란 제목과 '나는 이렇게 썼다'라는 부제에 대하여 설명을 덧붙이고자 한다. 왜 '헤르메스'인가?

헤르메스는 그리스어로 '표지석 더미'라는 뜻이다. 무언가를 가르키는 이정표랄까. 그는 그리스 신화 속 주인공 가운데 여행자·목동·체육·웅변·도량형·발명·상업·도둑과 거짓말쟁이의 교활함을 주관하는 신이며, 주로 신들의 뜻을 인간에게 전하는 전령 역할을 수행한다. 올림포스의 12신의 두 번째 세대에 속한다. 행운의 발견은 헤르마이온(hermaion), 국경에서 이방인의 언어를 통역

하는 사람을 헤르메네우스(hermeneus)로 불렀다. 숨은 의미를 해석하는 학문인 '해석학'(hermeneutics)이라는 용어도 헤르메스에서 유래한다. (대학 시절, 도올 김용옥이 쓴 〈동양학 어떻게 할 것인가 (통나무)〉라는 책에서 '동양적 해석학'이라는 말을 처음 접한 후 가슴이 설레던 기억이 있다.) 그런 의미에서 헤르메스는 역마살을 타고 난 사람이다. 끝없이 헤매고 돌아다니면서 이 마을의 소식을 저 마을로 전하는 사람이니까.

헤르메스라는 낱말의 어원인 헤르마(Herma)의 뜻이 '경계석·경계점'이듯, 고대 그리스인들에게 헤르메스는 '건너서 넘어감'이라는 개념이 구체화된 신이었다. (그런 의미에서 '경계인'으로 평생을 살아온 송두율 교수님은 21세기 가장 슬픈 헤르메스의 초상이다.) 헤르메스는 교환, 전송, 위반, 초월, 전이, 운송, 횡단 등과 같은 활동과 관련되는데 이 모든 활동에는 어떤 종류의 '건너감'이 들어 있다. 이런 이유로 헤르메스는 신들의 뜻을 전하는 사자, 재화의 교역·상품의 교환, 의미와 정보의 전달, 언어의 해석, 웅변술, 작문, 바람이 사물을 한 장소에서 다른 장소로 옮길 때 사용하는 방법, 사후세계(하데스)로 건너가는 영혼이 제대로 길을 찾도록 돕는 것 등과 관련된 신이다.

그런 의미에서 공자는 고대의 대표적인 헤르메스다. 천하를 주유하면서 인의 세계를 구현했던 공자는 풍찬노숙을 마다않고 진리를 설파하고 다녔다. 그렇게 보면 예수와 석가, 소크라테스 등의 성인들도 다 헤르메스의 자식들로 볼 수 있다. 내 삶에서 만난 최고의 헤르메스는 영화평론가 정성일이다. 영화 감상 후 영화에 대한 해석을 들려주는 자리에 참가하면 마치 영화 감독보다 더 영화를 잘 아는 듯 멋진 해석을 한다. 그는 영화 해석의 신이다. 그의 메일 주소에 헤르메스가 들어간 사실을 알고 웃었다. 너무 당연하니까. 그런 분의 아이디에 제우스니 아프로디테가 들어갈 리는 없지 않은가! 물론 나는 이런 진리의 헤르메스와는 비견할 수 없는 작고 부족한 인간이다. 나의 인생, 경험, 공부의 헤르메스일 뿐이다. 결국 나의 이야기만을 쓸 뿐이다.

　헤르메스가 낯설다고 여기시는가? 그림에 나타난 헤르메스는 챙이 넓은 여행자 모자 혹은 날개 달린 모자를 쓰고, 날개 달린 샌들을 신고 동방의 사자(使者) 지팡이를 짚고 있었다. 지팡이의 막대 부분은 교미 중인 뱀으로 꼬여 있었는데 그리스어로는 이 지팡이를 케뤼케이온(kerykeion), 라틴어로는 카두케오스(caduceus)라고 불렀다. 복장은 여행자, 일꾼, 양치기 등이었다. 지갑, 수탉, 거북이 헤르메스의 대표적 상징물이었다. 포털 네이버(이웃)의 날개 달린 모자 로고는 헤르메스가 즐겨 쓰던 모자다. 헤르메스는 이처럼 우리 안에 깊이 들어와 있다.

　중세를 넘어서 근대가 기차와 전기의 힘으로 세계를 연결하고 횡단했다면 21세기는 사물인터넷과 빅데이터로 시대를 가로지른다. 4차 산업 혁명을 꿈꾸고 실현하는 기반 밑에 초연결 사회가 존재한다. 그 연결 고리를 만들어가는 힘이 헤르메스다.

헤르메스적 글쓰기는 그런 시대성과 연결이라는 특징을 안고 태어났다. 독자들은 이 책 속에서 그런 연결과 연결의 고리들을 발견한다. 그런 의미에서 이 책은 헤르메스적인 특징을 활용한 글쓰기에 관한 책이지만 달리 보면 헤르메스 자체의 전도서다.

글쓰기의 질문에 대한 내 방식으로 대답으로 쓰기 시작한 이 책을 통해 나는 내가 글을 쓰는 과정을 보여줄 수 있지만 남들도 나처럼 쓰라거나 쓸 수 있으리라 생각하지 않는다. '글은 곧 사람'이고 그 사람은 자기만의 글을 쓸 수 있고 써야하기 때문이다. 그래서 부제를 '나는 이렇게 썼다'로 달았다. 독자들에게 '이렇게 쓰면 잘 쓴다'가 아니라 '나는 이렇게 써왔다'는 걸 보여주고자 했다. 그러니까 이 책은 글쓰기의 계몽서가 아니라 고백서인 셈이다. 물론 눈 밝은 독자라면 나의 글쓰기 스타일이나 살아온 역정을 통해서 나름대로의 '자기 글쓰기' 스타일을 배우고 만들 수 있으리라.

오늘날 그리스 우체국의 상징은 헤르메스이다. 독자들도 이 책을 펼치면서 우체통에서 편지를 받아보는 마음으로 글을 읽어주기 바란다.

2017. 5

차 례

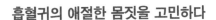

1. 왜 글을 쓰는가?

흡혈귀의 애절한 몸짓을 고민하다

〈흡혈귀〉라는 소설을 아시는지? 인기 소설작가 김영하의 단편이다. 처음 어디서 읽었는지 기억은 안 나지만 학생들과 같이 여러 번 읽었기 때문에 줄거리는 생생하게 기억한다.

'김희연'이라는 스물일곱 살 여자가 있었다. 72년생. 인생이 희망으로 가득하다고 믿고 있을 나이는 아니지만 그렇다고 끝이 보이지 않는 사막이라고 생각하지도 않을 그런 나이. 결혼을 했는데 남편이 흡혈귀가 아닐까 의심한다. 흡혈귀 남편? 세상에 흡혈귀가 어디 있나! 물론 남편은 흡혈귀가 아니다. 그럼 이 여자는 왜 남편이 흡혈귀라고 생각하는가? 흡혈귀에 가까운, 남편의 괴이한 몇 가지 습관 때문이다. 무슨 습관이 어느 정도기에 흡혈귀? 대략 꼽아보면 이렇다.

고아에 일가친척이 없다.(뭐 이 정도로!) 세상 흐름에 무심하고 일희일비 않는다. 성욕조차 없어 보인다. 김치를 좋아하지 않고 피가 뚝뚝 흐르는 스테이크를 좋아한다. 따로 마늘을 무서워하거나 십자가를 두려워한다는 말은 없다. 하긴 김치 안에 들을 거 다 들어 있으니, 하여간 그렇고. 게임을 해도 복잡한 삼국지나 심시티 이런 걸 안하고 테트리스만 한다. 테트리스를 좋아하는 이유? 무한반복의 허무가 좋아서다!

물론 이 정도로 흡혈귀 요건을 갖추었다 말하기 어렵다. 그렇다면 이건 어떤가?

애인인 내 마음을 읽는다. 내가 커피를 마시고 싶으면 커피를 시켜주고, 택시 타길 원하면 말하지 않아도 택시를 잡아준다. 부모없는 애인을 둔, 결혼을 걱정하는 여자 마음도 잘 읽어준다. 앞서 성욕 이야기를 했는데, 남편의 첫날 밤 섹스 태도도 특이하다. 여자의 지난 과거 성경험엔 관심도 없고 누워 한 시간이 지나도록 미동도 없어 '그냥 잘 거냐'고 말을 거니까, '섹스가 곧 지겨워질 거다, 아주 오랫동안 잠들지 못했다며 깊이 잠들고 싶다'고 한다. 그러고는 '이 첫날밤을 기억해주'기를 바라면서, 잠자리를 원하는 이 여자의 품에 안기고 고요히 몸속으로 들어가 뜨거운 몸이 된 상태에서 편안히 잠이 든다.(이 정도면 약간 이상한 정도는 되나?)

문제는 결혼 후. 1년쯤 지난 어느 날 밤, 잠을 안 자고 서재에 나오는 그를 보았는데, 무언가를 감추고 수상한 행동을 하는 듯이 보인다. 처음에는 무선 교신기와 암수표를 숨긴 간첩이 아닌가 의심

한다. 나중에 그가 서재에 있는 관 크기의 나무상자에서 잔다는 걸
알게 된다. 본격적인 의심이 싹튼 여자, 남편과 대화를 시도하지만
말이 통하지 않는다.

"당신에 대해 알고 있는 게 너무 없다는 생각이 들어요."

"알아서 뭘 할 건가?"

"전 당신 아내예요. 알 권리가 있잖아요."

"말할 수 있는 것이었으면 벌써 했을 것이다. 인간이 인간을 아
는 일이 가능하다고 생각하나, 또 필요하다고 생각하나?"

"그럼요. 필요하다고 생각해요."

"필요하지 않을 때도 많다. 지금이 그렇다."

"그래도 말해주세요."

"말하고 싶지 않다. 대신 너도 말하지 않을 수 있다. 그게 편하지
않나?"

"이해할 수 없어요."

"어차피 세상이란 이해할 수 없는 일로 차고 넘친다."

그러곤 남편은 입을 다물어버렸습니다.

"그럼 왜 저랑 결혼하신 거죠?"

"누구도 그런 질문에 답할 수 없을 것이다. 한다면 거짓말이거나
무지의 소치다. 나도 답할 수 없다. 굳이 말하자면 견디기 위해서다."

"뭘 견디죠?"

"시간이다."

후아~, 이쯤 되면 결혼이 후회될 만하다. 아무리 자기가 작가라지만 부인에게 이 정도면 좀 심하지 않은가. 이때부터 여자의 본격적인 의심과 탐구가 시작된다.(인간은 고통과 시련이 없으면 공부하지 않는다. 독서도 글쓰기도 여기에서 시작한다! 물론 고통과 시련이 없는 사람은 없다, 우우)

남편의 전작 시와 소설, 시나리오를 읽는다. 삶은 요괴라는 삶에 대한 절망적 회의주의, 죽음에 대한 동경을 추구하는 등 도저(到底)한 허무주의가 가득하다. 흡혈귀를 소재로 한 시나리오도 괴이하기 짝이 없다. 평론 또한 유사한 죽음 예찬과 삶의 허무 범주에서 벗어나지 않는다. 이 정도 문학적 성향으로 남편을 흡혈귀라 단정하기는 부족하다. 내친 김에 한 걸음 더!

남들이 들어오기를 꺼려하는 남편 서재, 책꽂이 옆의 상자를 발견한다. 서재가 그의 침실이며 상자가 관이라는 걸 느낀 순간 기분이 섬뜩하다. 그리고 주마등처럼 떠오르는 그 동안의 괴이한 행적. 하나로 주르륵 꿰어지는 게 아닌가.

첫째, 생식. 섹스에 대한 철저한 무관심. 사정도 하지 않고 콘돔도 불필요.

둘째, 박식. 조선시대 고전문학부터 영미문학, 신소설부터 최근의 현대소설까지 다 읽은 무불통지의 능력

셋째, 음식. 소식(小食)에 여자가 담근 김치를 싫어한다. 그나마 잘 먹는 것은 피가 뚝뚝 흐르는 스테이크 정도.

넷째, **비상식**. 헐리웃 영화 싫어하고 컬트 영화를 좋아한다. '기계톱으로 사람을 썰고, 사람 고기로 정육점을 차리고, 아니면 끝도 한도 없이 지루하고 허무한 영화. 그의 말을 따르자면 '그런 영화가 인생보다는 나으며 인생을 흉내내는 영화는 인생보다 더 지겹다.'는 것이 이유다.

다섯째, 구식. 컴퓨터 게임 취향이 후지다. 상상하기 어렵지만 그가 좋아하는 게임이란 고작 테트리스이거나 지뢰찾기. 게임을 좋아하는 남편의 변명이 재미있다.

"테트리스는 무한한 반복이다. 쌓음으로써 부수고 부숴야 쌓는다. 테트리스엔 아무 것도 없다. 그래서 좋다. 삼국지나 심시티처럼 인생을 모사하는 게임들은 싫다." (헐!)

여섯째는 여자가 생각하는 결정적인 증거. 남편이 자고 일어난 베개 근처와 욕실에 단 한 올의 머리카락도 없다! 흡혈귀가 아닌 인간이라면 어찌 이럴 수 있을까.

거기에 한 마디 더하자면 찍은 사진에서 자신의 얼굴을 도려내는 습관. 그는 백 년 전에 찍은 결혼 사진에서도 한 사람의 얼굴을 도려냈는데 이미 그의 나이는 가늠할 수 없으며 그는 그 동안 여러 차례 결혼한 바람둥이다.(라고 여자는 생각한다)

이 정도면 여자의 의심이 어느 정도 합리성을 갖는다. 거기에 더

해 남편은 '이런 세상에 아이를 낳는 것은 죄악'이라며 애 낳기도 거부하고 자기의 몸에 대해서도 카프카의 〈변신〉에 나오는 징그러운 벌레처럼 혐오감을 갖고 있다. 그래서 더욱 외로운 걸까? 섹스의 쾌락보다는 포옹의 따스함을 좋아하는 남편이.

"나는 섹스보다 이렇게 안고 있는 게 좋다. 이게 영원처럼 느껴진다. 그리고 세상의 시작처럼 느껴지기도 한다. 누군가를 안고 있으면 그의 삶 속으로 들어가는 것 같다. 그랬으면 좋겠다. 나도 다른 몸으로 다시 태어났으면 좋겠다. 벌레라도 상관없다. 지금의 내 몸을 나는 증오한다."

더 이상 이런 흡혈귀(같은) 남편과 살기 힘들다고 판단한 여자는 소설의 작가인 김영하씨에게 이런 사실을 알리고 자문을 구하는 편지를 보낸다. 위에서 언급한 줄거리는 이 여자가 작가에게 보낸 편지글의 내용이다.

글쓰기에 대한 이야기를 하면서 난데없는 흡혈귀라니. 이 책의 독자들은 소설 속의 여자만큼 당혹스러울지도 모르겠다. 아마 눈 밝은 독자라면 이미 눈치를 챘을 지도 모르겠지만, 조금만 인내심을 가지고 그 이유를 들어보시라. 해답은 이 소설의 후반부에 들어 있으니까. 흔히 액자식 구성이라는 두 개의 이야기 중에, 앞에 소개한 이야기가 '안쪽 이야기'(內話)라면 밖의 이야기는 이 편지를 받은 배경과 편지를 다 읽고 난 작가 자신의 소감이 담겨 있다. 길지 않으니 이 부분을 같이 읽어보자.

편지는 이렇게 끝났다. 그녀가 동봉한 참고 자료는 지면 관계상 공개하지 않는다. 다 저 편지 속에 요약된 것들이다.

참고로 말하자면 나는 그녀의 남편을 알고 있다. 그는 내 동료 문인이며 그녀 말대로 내 소설에 대한 평론을 발표하기도 했다.

그가 흡혈귀라고 생각해 본 적은 없었다. 그러나 이제는 좀 유심히 보아야겠다. 고전에 대한 해박한 이해와 동서양을 아우르는 문학적 식견이 그의 천재성에서 유래한 것이 아니라 단지 오래 살아온 덕택이라는 그녀의 말은 내게 힘을 준다. 그는 내게 언제나 컴플렉스의 원천이었기 때문이다.

살다 보니 별 신기한 일도 다 보겠다. 이제 여러분도 그의 글을 찬찬히 살펴보기 바란다. 죽음에 대한 무한한 찬미와 삶에 대한 도저한 허무주의도 예사롭게 보이지 않을 것이다. 그 동료 문인의 이름은 밝히지 않기로 하자. 조금만 눈밝은 독자라면 금세 짐작이 갈 것이다.

그녀에게선 아직 전화가 없다. 이 글이 발표되기를 기다리고 있는지도 모르겠다. 아니면 내 답장을 기다리고 있는 걸까? 그러나 어쩐지 마음이 내키지 않는다.

왜냐하면, 내 생각엔 아무래도 바로 그녀가 '흡혈귀'인 것만 같기 때문이다. 이건 그냥 내 짐작일 뿐이다. 짐작.(강조 필자)

작가의 결론은 한 마디로 이렇다.

"남편이 흡혈귀가 아니라 편지를 보낸 김희연이라는 여자가 흡혈귀 같다."

물론 짐작이라고 눙치고 있긴 하지만 원래 이게 작가가 진짜로 하고 싶은 이야기니까. 가재는 게 편, 초록은 동색이라고 같은 작가라서 편지 속의 작가를 옹호하는 걸까? 그런 면도 있지만 그보다는 더 심층적인 이유가 있다. 그건 바로 이 여자의 성향과 요구사항 때문이다. 앞서 자세히 이야기하지 않았지만 이 여자는 특정한 계층 혹은 성향의 사람을 대변한다.

일단 글 읽기 취향이 하이틴 로맨스를 좋아한다. 연애는 자기가 좋아하는 남자라면 적극적으로 들이대서 다른 여자의 애인을 빼앗기도 하고 자기가 좋아했던 남자에게 손쉽게 차이기도 한다. 그러다 보니 이런 독특한 취향의 남편을 만나 결혼도 했지만. 그보다 더 보편적인 성격은 결혼 후의 소망에서 잘 나타난다. 편지에 따르면 여자의 소망은 이렇다.

"저는 행복하게 살고 싶어요. 아이를 낳고 남편과 함께 팝콘을 먹으며 헐리웃 영화를 보고 주말이면 놀이동산에 가는 삶. 그런 삶을 살고 싶어요. 하지만 세상 모든 것에 흥미를 잃어버린 흡혈귀 남편과 살고 있는 제게는 그 모든 것이 꿈입니다. 이루어질 수 없는 망상입니다."

여자가 좋아하는 취향을 남편이 싫어했다면 거꾸로 남편이 싫어했던 것을 여자는 좋아한다는 추론이 가능하다. 전형적인 헐리우드 영화, 한국인의 입맛에 보편적인 김치, 삼국지나 심시티처럼 스토리가 있는 재미난 게임, 쾌락적인 섹스 등등. 김영하란 작가의 의도는 이런 흥미 위주의 인생을 살기 원하고 작가들에게도 그런 재미난 책을 써주기를 원하는 독자를 비판하기 위함이다. (물론 내 생각이다. 작가는 흡혈귀라는 헐리우드적 소재로 약간의 스릴과 반전을 담은, 그런 요구를 충족시켜주면서도 그런 현실을 비판하는 재미나고 좋은 작품을 멋지게 쓴 셈이다. 도랑치고 가재잡는 양수 겸장의 고수적 글쓰기!)

이제 여기까지 흡혈귀 이야기를 길게 쓴 의미를 파악하셨는지? (아직도라고요? 설마!)

나는 앞에서 1장의 제목을 '글을 왜 쓰는가'라고 썼다. 그리고 김영하 소설 〈흡혈귀〉 이야기를 길게 인용하고 그 의미를 소개했다. 요약하면 저자에게 쾌락을 원하는 독자의 요구에 비판적으로 반발하면서도 동시에 독자의 요구를 들어준 이중적 고급 글쓰기의 전범을 보여준 김영하의 내공에 대한 칭찬이다. 다시, 내용으로 돌아오자면, 글쓰기의 첫 걸음은 누구에게 말을 걸지, 이 글을 읽을 독자가 누구인지, 나는 어떤 독자에게 무슨 말을 하고 싶은지 그걸 정하는데서 글이 시작된다는 점을 말하고 싶다.

〈헤르메스적 글쓰기〉라는 이 낯선 제목의 책을 서점이나 도서관 혹은 어딘가에서 집어들었거나 아예 구입까지 해서 읽는 당신의 입장과 요구가 무엇인지 생각하지 않고서 글을 쓰기는 어렵다는 점이다.

시대가 실용의 시대이고 스펙이 중시되며 논술이 한때나마 글쓰기 대세를 이루면서 사회적으로 글쓰기의 필요성이 높아지고, 블로그나 페이스북 등의 활성화로 실질적으로 글을 쓰는 사람들의 폭이 넓어졌으며,(아, 문장이 길어진다!) 그냥, 넓어졌다.(로 마무리하자!)

흡혈귀에 빗대자면 글쓰기 책에 대한 독자들의 요구도 다르지 않다. 작가가 제시한 몇 가지 원칙. 헐리우드 영화처럼 재미있어야 하고(설마 전기톱으로 사람을 썰어대는 공포를 느끼거나 타르코프스키 영화처럼 한없이 지루한 글쓰기를 원하는 독자는 많지 않으리라!) 김치처럼 맛깔나야 하며(찰진 표현력으로 문장을 매끄럽게 다듬고 싶은 소망은 글 쓰는 사람이라면 누구나 가지고 있지 않을까? 물론 내가 아는 독서광 가운데 아주 사실적이고 냉철하면서 건조한, 와인으로 말하자면 매우 드라이(dry)한 책을 좋아하는 사람도 있다.) 테트리스나 지뢰찾기처럼 무한반복의 허무성 가득한 글(이건 종교경전 아니면 시, 그도 아니면 허무 개그일테니)보다 삼국지나 심시티처럼, 요즘으로 말하자면 잘 나가는 온라인 게임처럼 인기 있는 글을 원한다.

팝콘처럼 고소하고 놀이동산의 롤러코스터처럼 신나고 황홀한 글쓰기 혹은 책읽기를 대부분의 독자들이 원하지 않을까? 이러니 소설에서 말하는 섹스적 쾌락이야 두말할 나위 없다. 고요히 안고 잠드는 명상적 경지의 사랑과 섹스를 원하는 독자가 얼마나 되겠는가? 라즈니쉬나 크리슈나무르티 정도 되면 모를까 말이다. 그러므로 나도 이 책에서 로맨스와 포르노를 오가는 지속적인 섹스 이야기를 가능한 한 풀어내고자 한다. 하나는 독자들의 관심을 끌기 위해서 둘은 실제로 글쓰기와 관련해서 그 부분에 대해 할 말이 매우 많~기 때문이다. 막장 드라마가 비판을 많이 받지만 선정성 시비에 휘말리면서 계속 그런 이야기를 만들어내는 데는 이유가 있다. 인생을 모사하는 드라마, 출생의 비밀과 원한과 복수, 사랑과 야망의 좌절과 해피 엔딩. 그 뻔한 이야기 속에 대중이 바라는, 아니 대중을 노리는 무언가가 숨겨있기 때문이다. 이렇듯 모든 글은 필자와 독자의 만남, 싸움, 경쟁, 사랑, 엇갈림 이런 모든 과정들이 교차하기 때문에 쓰는 사람이 가장 먼저 고민할 일은 '읽는 사람'이다. 누가, 왜, 어떤 목적으로 이 글을 읽을 것인가!

그런 의미에서 인간은 왜 쓰는가? 나라면, '누군가 읽어주기 바라니까 쓴다'라고 답하겠다.

간단한 서류 작성이든, 밤잠 못자고 빠져들게 만드는 스릴러든, 현란한 비유 넘치는 문학작품이든, 심오한 종교경전이든 글 모르는 닭이나 소가 읽으라고 쓰지 않는다. 하늘에 계신 아버지는 아실까 하는 고상한 마음으로 쓰여진 글은 없다. 백년 뒤에 나를 알아주는 멋진 독자가 나오겠지라는 환상적인 글이든, 어느 하늘 아래 걸고 있을 누군가를 향해 외치는 전음술 같은 목소리의 글이든, 혹 나도 모르는 내 자신과의 은밀한 대화같은 일기도 결국 지금 쓰는 나와 다른, '읽는 나'라는 새로운 독자와의 만남을 기대하기 때문에 쓰는 글이 아닐까. 만약 아무도 읽어주지 않기를 바라면서 글을 쓰는 이가 있다면 그는 정말 한심한 바보거나, 진짜, 진짜 심각한 멍청이다.

이렇듯 하다 못해 석박사 논문을 쓰거나 입시논술을 해도 독자의 요구를 채우기 위한 지독한 몸부림을 치지 않으면 글쓰기의 내공은 높아지지 않는다.(그게 어려우니까 속성과외, 대리시험, 표절 등이 난무한다)

결국 내 글이 지향하는 세계, 내 글을 읽어줄 독자, 그 독자가 살아가는 세상에 대한 관심과 고민이 글쓰기의 출발점이라는 말이다. 타자의 관심과 인식 없이 내 글은 존재와 생명력을 갖출 수 없는 법이므로 글을 쓰는 이는 결국 자기 자신과 더불어 살아가는 세상에 대한 관심과 애정을 기울여야 한다는 말인데 그걸 모르는 독자는 없다. 문제는 방법이다.

그 방법을 다음 글들로 풀어가보자.

예시) 2017년 1월 00독서신문의 편집장으로부터 전화를 받았다. 3월 출간하는 00독서신문 중등편의 메인 페이지에 글을 싣고자하니 글을 써줄 수 있냐는 주문이었다. 오케이! A4 4장이면 한 시간 분량. 마다 할 이유가 없다. 더군다나 아침독서와 질문이 있는 교실을 연결하는 글이라면 당연히 나지!

그쪽에서 원하는 원고청탁서를 받았다. 내용은 다음과 같다.

유동걸 선생님께

안녕하세요. 행복한 독서문화가 만들어지길 꿈꾸며 일하는 OO아침독서입니다. 저희 OO아침독서는 책 읽는 문화를 가꾸기 위해 〈월간그림책〉〈초등아침독서〉〈중고등아침독서〉〈동네책방동네도서관〉을 발간합니다. 선생님의 원고가 게재될 〈중고등아침독서〉는 각 학교와 학교도서관, 그리고 공공도서관, 구독하시는 학부모 여러분에게 전달됩니다. 아래는 원고와 관련된 사항들입니다.

1. 매체명 : 〈OO아침독서〉 2017년 3월호
2. 꼭지명 : 1~2면 - 메인 (주제 : 아침독서와 질문수업)
3. 원고 내용 :

이번 호에서는 독서교육이 강화되는 이즈음에 맞게 책 읽고 질문을 만들며 생각을 키우는 '질문수업'을 중심으로 '아침독서'의 필요성을 담아내고자 합니다. 그래서 3월호 신문의 주제는 '아침독서와 질문수업'입니다.

 - 질문수업이란 무엇이며 어떻게 하는 것인지..
 - 실천을 위해 필요한 과정은 어떤 것이 있는지..
 - 아침독서가 주는 도움은 무엇인지..
 - 아침독서와 질문수업의 시너지 효과에 대하여..
 - 중고등학생과 함께할 때 염두에 두어야 할 점은 어떤 게 있는지..
 - 아침독서와 질문수업이 나아갈 방향은 무엇인지..

이상의 내용을 담아 편안한 에세이 형식의 글로 풀어주시면 좋겠습니다.

원고 분량과 매수, 마감일, 매체 게재 안내가 이어졌다. 그런데, 아, 너무 교만했나. 아침독서라기보다는 작년 1년 동안 우리반 아이들과 학급 문고 운영한 이야기를 적고 싶었다. 내 글쓰기의 대원칙은 '글은 삶을, 말하듯이 쓴다.'이다. 워낙 글을 후루룩 쓰는 스타일이라 한 시간 동안 지난 1년의 시간을 돌아보며 정리하듯 썼다. 무지한 스승에 한창 몰입하던 시절이라, 그 관점을 적용하고 싶었다. 그래서 보낸 첫 글이다. 나 자신도 상대의 요청에 부응하지 못함을 알았는지 편지에는 다음처럼 썼다.

"우선, 요청하신 글과 다른 주제의 글을 써서 송구합니다. 저의 요즘 고민이고 제 삶이 담겨 가장 진솔한 글이 되리라는 생각으로 글을 썼습니다.

이 글이 3월 나가는 글에 어울리지 않는다고 판단하신다면 시간이 있으니 다시 쓰도록 하겠습니다. 편안한 마음으로 연락주시길~"

'무지한 스승'의 '책 읽는 교실' 만들기

교실에서 학생들이 책을 읽는 풍경처럼 아름다운 모습이 있을까. 예나 지금이나 학생들에게 책을 읽으라고 자주 말하지만 바쁜 시간에 영혼까지 저당 잡힌 많은 학생들은 책읽기를 주저한다. 그래도 간혹 순수한(?) 마음으로 책을 읽는 학생들을 보면 얼굴에 미소가 슬며시 감돈다. 저렇게 느긋한 표정으로 책을 읽다니. 그것도 아침부터!

오래 전 풍경이지만 아침 자습 시간에 책을 읽다가 중간에 빼앗기는 일들이 교실에서 종종 벌어지곤 했다. 90년대 초반, 내가 젊은 교사이던 시절에는 아침 자습 시간에 경력 많은 나이 드신 분들이 불쑥 우리 반 교실로 들어와 책 읽는 학생 머리에 알밤 세례를 퍼붓고는 책을 빼앗아갔다. 공부는 안하고 책만 본다는 훈계가 따라붙었다. 나는 그 장면을 보고도 항변하지 못했다. 무능한 교사의 아침독서 풍경이었다. 그래도 몰래 숨겨가며 책을 읽는 학생들의 모습은 아름다웠고 심지어 숭고하기까지 했다.

지금은 어떤가. 그때만큼 책읽기를 억압하지 않고 책 읽을 여건은 좋아졌는데도 책읽는 학생들을 찾아보기 어렵다. 대한민국에서 고딩으로 살아가는 고달픔을 이해하기에 학생들을 나무라지 않는다. 그래도 학생들이 책과 친해지고 책을 통해 더 넓은 세상과 소통하기를 바라는 마음으로 담임을 맡으면 묵묵하게 학급 문고를 꾸린다.

학급 문고 운영을 하다보면 여러 가지 고민이 생긴다. 어떤 책을 읽힐까. 책 관리는 어떻게 하나. 운영을 잘 하기 위해서 무엇이 필요한가. 책 독우미를 선정하면 좋을까 등등. 책은 느리게 천천히 재미있게 읽어야하는데 이런저런 운영 방침이 도움이 될까를 생각하면 하기도 안 하기도 어려운 고민이다.

우리가 잘 아는 다니엘 페낙은 〈소설처럼〉에서 책읽기의 자유로움을 '침해할 수 없는 독자의 권리'라는 이름으로 열 가지나 제시한 바 있다.

1. 책을 읽지 않을 권리

2. 건너뛰며 읽을 권리

3. 책을 끝까지 읽지 않을 권리

4. 책을 다시 읽을 권리

5. 아무 책이나 읽을 권리

6. 보바리즘을 누릴 권리

7. 아무 데서나 읽을 권리

8. 군데군데 골라 읽을 권리

9. 소리내서 읽을 권리

10. 읽고 나서 아무 말도 하지 않을 권리

소설처럼 / 다니엘 페낙

〈보바리 부인〉이라는 '귀스타브 플로베르'의 소설에서 만들어진 '보바리즘'(Bovarysme). 여기서 보바리즘이란 말은 특히 일부 신경질적인 젊은이들에게서 발견되는, 감정적·사회적인 면에서의 불만족스러운 상태를 말한다. 지나치게 거대하고 헛된 야망, 또는 상상과 소설 속으로의 도피라는 뜻(위키백과)이다. 상상의 날개를 마음껏 펼칠 권리 정도로 이해하면 좋겠다.

이 모든 권리를 십 분 이해한다 하더라도 학생들에게 권리만 누리라하고 나 몰라라 할 수는 없지 않을까. 페낙 선생님처럼 파트리크 쥐스킨트의 〈향수〉같이 재미난 책을 긴장감 넘치는 목소리로 읽어준다든지 아니면 스스로 소리 내어 읽게 하는 것도 좋은 책읽기 가르침이 되겠다. 특히 책읽기를 교양 과시나 스펙 쌓기를 위해 하는 슬픈 현실에 비하면 페낙이 주창한 권리들은 지금, 이 시대의 학생들에게 더욱 필요하고 절실해 보인다. 책을 읽고 무언가를 해야 한다는 인위적인 목적으로부터 자유로울 때 책은 다정한 친구처럼, 미지의 세계에서 방문한 누군가의 귀한 영혼처럼 우리의 가슴을 두드린다.

2016년 학급 문고를 운영하면서 위에서 제기한 고민들을 잠시 떠올려본다. 운영을 잘 하기 위해서 고민이 많았지만, 나는 잘 하지 않고 마음대로 하기로 했다. 책을 읽게 하려는 교사에게도 열 가지 정도의 권리는 있으니까.

우선 네 칸 정도 높이의 책장을 하나 준비하고 집에 있던 책을 4백 권 정도 골라서 교실로 옮긴다. 그중 백여 권은 학기 초 학생들과 시 영상 만들기를 위해 활용했던 시집들이다. 시 영상을 만드는 수행평가가 연동되어서였지만 학생들은 '창작과 비평'이나 '문학과 지성사'에서 출간된 시집을 읽었고, 읽다가 모르는 내용에 대해서 계속 질문을 던졌다. 시를 해석하는 권리는 오롯이 독자의 몫이지만 내가 아는 범위 내의 의견 나눔 정도는 필요할 수 있으니까. 모두가, 깊이, 제대로, 읽었다고 할 수 없지만 목적을 둔 시집읽기는 나름의 보람이 있었다.

시집만큼이나 많은 책이 만화였다. 들리는 말로는 반 학생들 대다수가 만화책은 한두 번 이상 읽었다고 한다. 가장 인기가 있었던 만화는 주호민의 〈신과 함께〉 시리즈였다. 〈26년〉을 비롯한 강풀의 만화들과 〈바람계곡의 나우시카〉, 〈미생〉, 〈송곳〉, 〈삼봉 이발소〉, 〈3단 합체 김창남〉, 〈임꺽정〉 등의 만화책은 대부분 아이들의 손길과 눈길을 거쳐 갔다. 여학생반 이었지만 굳이 순정만화가 아니어도 대부분의 학생들이 만화책을 좋아했다. 인권 만화나 시사 만화, 역사 만화도 있었으나 너무 진지한 만화는 손이 잘 가지 않아 보였다. 가벼운 독서를 원하는 아이들에게 무거운 삶은 곧 진지충을 의미하므로. 이동 수업을 하러 온 다른 반 친구들도 간혹 책을 보기 시작했고, 우리 반 책들은 어느 새 주인 없는 도서관이 되었다. 다행히도 대부분의 책은 학년말까지 거의 보관되었다. 결국 방과후 교실로 내어주고 남학생들도 드나드는 시점이 되어서는 만화책들이 조금 사라지긴 했지만, 그건 뭐 좋은 일이다. 누군가, 한 사람이라도 책을 그리도 사랑하게 되었다면 얼마나 축복받을 일인가!

만화를 다 읽어내면서 책읽기에 재미를 알아버린 학생들은 소설과 사회과학 도서 등으로 탐독의 범위를 넓혀갔다. 밤낮 없이 학습노동에 시달리는 학생들에게 책읽기가 사치일지도 모른 싶을 정도로 여유는 없었지만, 책상 속이나 사물함에서 조용히 숨 쉬는 책은 그 자체로 아름다웠다. 만약 학생들에게 책을 읽고 글을 쓰거나 다른 활동을 강요했으면 그만큼 재미나게 책을 읽었을까?

결국 아무 것도 하지 않음이 비교적 무난한 책읽기 시간과 공간을 만들었다. 인위적인 노력이 없었냐고? 장부를 만들어 대출기록부를 둘까 하는 생각도 했지만, 두 명의 학생이 편하게 시간이 나는대로 책을 가지런히 꽂아 정리하는 정도만 했다. 학급 문고를 운영하는 동안 책이 얼마나 사라졌는지, 누가 얼마나 읽었는지, 읽기는 했는지도 정확히 모른다. 알고 싶지도 않고, 알 필요도 없다. 하는 일에 대해서 무지해질 수 있는 교사의 권리다.

'책을 읽기'만 할 것인가? 〈질문이 있는 교실〉의 저자로 책읽기와 질문 수업에 대한 글을 요청받고 고민하다가 무지한 스승의 독서 경험으로 글을 옮겼다. 페낙의 글에서 제시했듯이 책을 읽고 무언가를 해야 한다는 강박에서 자유로울 권리와 실현이 의미 있어 보였기 때문이다. 물론 관심이 있다면 책을 읽고 질문 게임을 한다거나 널리 알려진 독후 활동들을 해보는 것도 의미가 있다. 하지만 고등학교 교실에서 별도의 독후 활동은 욕심이라 생각하여 마음을 비웠다. 비록 대부분이 만화책이긴 하지만 이렇게 한 사람 당 몇 십 권의 책을 읽어준 것만 해도 얼마나 고마운가!

〈무지한 스승〉의 저자 랑시에르는 〈텔레마코스의 모험〉이란 책을 매개로 자기가 네덜란드어도 모르면서 그 나라 학생들에게 프랑스어를 가르친 프랑스 사람 조제프 자코토의 모험적 가르치기로 이야기를 시작한다. 그는 자기가 아는 것을 가르치지 않았고 모르는 것도 기꺼이 잘 가르친 사람이었다.

모든 학생들의 지적 평등을 믿고 보편적 가르침을 행하는 교사.

말로 설명하고 자기가 아는 것을 설명하며 가르치는 것을 일종의 바보 만들기라고 규정하는 교사. 자기가 아는 것이 아니라 모르는 것을 가르칠 수 있다고 말하는 교사. 심지어 질문의 대가인 소크라테스조차 이미 어떤 목적을 둔 질문을 던진다는 의미에서 진정한 의미의 해방 교육은 아니라고 일갈하는 랑시에르. 그에게 독서는 어떤 의미이고 어떻게 책을 읽는 것이 바람직할까를 마음속으로 헤아려 보았다.

책 읽기의 의미에 대한 동서고금의 무수히 많은 좋은 경구가 있다. 내게 책읽기는 무의식과 무의식의 만남이다. 이해를 못하고 기억을 못해도 책을 읽어나가는 순간의 부딪침은 우주적 경험으로 신체에 각인된다. 오년, 십년 혹은 오십년 뒤, 언제 그 기억이 다시 살아날지 모르지만 말이다. 앎을 위한 독서가 아닌 무지를 위한 독서. 즉 앎의 여백을 깨닫기 위한 기억, 사유, 망각, 무심의 자유를 느낄 때 책은 다시금 소리 없이 우리의 스승으로, 친구로, 연인으로 몸 속에 스며든다. 책읽기의 끝은 무지와의 조우다.

아나나 다를까. 자신들의 기획 의도와 다른 글을 보낸데 대한 재신청 전화가 왔고 기다렸다는 듯이 나는 다시 쓸 수밖에 없었다. 다음 글이 그쪽 의도에 맞췄다고 생각한 두 번째 글이다.

질문으로 여는 아침독서
장안의 인기 드라마였던 〈미생〉의 중반부에 주인공 장그래가 던지는 질문이 하나 있다. 장그래가 일하던 오상식 과장팀에 새로 배정된 박과장이 오래 전부터 요르단 현지 페이퍼 컴퍼니와 연결된 부정한 거래 활동을 하다가 장그래를 통해서 발각이 되어서는 징계를 받고 회사를 그만둔다. 그가 떠나는 날 회사 로비에서 그를 지나치며 장그래가 던지는 질문이 의미심장하다.

"순간 순간의 성실한 최선이 바둑에서 반집의 승리를 가능케하는 것이다. 순간을 놓친다는 것은 전체를 잃고 패배하는 것을 의미한다. 당신은 언제부터 순간을 잃게된 겁니까?'

'순간'을 잃는다는 것은 '자신'을 잃는다는 말이다. 그렇다. 인간은 이성을 바탕으로 고등의 문명화된 사회를 만들어왔지만 이제 바벨의 혼돈 속에 빠져들었다. '긍정(그래)'의 힘과 '상식'의 정신을 잃고 자본의 무한 증식에만 골몰해온 인류는 스스로 자기 존재를 잃어버릴지 모르는 상황에 내몰렸다. 체스, 장기, 바둑에 이어 심리전을 벌이는 포커까지 인간의 모든 지적 능력을 무색케하는 인공지능이 탄생하면서 인간 이성의 한계에 대한 우려가 쏟아진다. 이렇게 미래교육과 4차 산업혁명시대를 맞으면서 시대의 화두가 '질문'으로 옮겨가고 있다. 인공지능 알파고의 진화는 인간의 이성의 한계를 고민케하고, 사람 없는 대형 마트 아마존고의 등장이나 사물인터넷, 빅데이터 등이 주요 화두로 떠오르는 지금, 인간의 지적 능력과 정체성은 깊은 어둠에 잠겼다. 기계와 경쟁하면서 혹은 기계와 더불어 살아가야하는 시대에서, 인간은 협업과 창의성이라는 새로운 지성을 발전시키지 않으면 안되는 상황에 놓여 있다.

과거 산업화 시대의 지식 발달은 계몽에 의해서 이루어졌다. 먼저 많이 아는 사람이 덜 알고 부족한 사람에게 가르치는 교육이었다. 독서 또한 다르지 않아서 책읽기는 위대하고 쓸모 있는 지식을 모르는 사람들이 그 지식들을 절대적으로 받아들이는 과정이었다. 의문의 여지 없이 수용하는 자세가 책읽기의 기본이었다. 그렇다면 앞으로는 어떨까?

'믿지 말고 의심하라!, 수용하지 말고 질문하라! 질문이 살아 있는 수업, 질문이 있는 교실, 짝과 함께 묻고 토론하는 하브루타' 등 질문의 탄생이 학교 공간에서도 새물결을 이룬다. 질문이 아닌 단편적인 지식과 기성품같은 정보는 이미 다양한 가상공간 속에서 끝없이 양산되고 있다. 가르침과 배움이 일방적인 전달로 이루어지는 시대는 점점 막을 내린다. 단, 아무리 뛰어난 인공지능이라 하더라도 아직 기계는 질문을 하지 못한다. 인간만이, 오직 인간만이 자기 존재 이유와 불확실과 두려움으로 가득찬 미래에 '왜?'라는 질문을 던지는 존재다. 왜? 묻지 않으면 생존도, 진보도 불가능하니까.

질문의 열기와 거꾸로 수업이 만나면서 강의와 설명보다 질문과 토론으로 이어지는 수업이 늘어났다. 그렇다면 수업의 진화는 어떻게 질문으로 이어져가는가? 또 오래 전부터 저자와 마음 속으로 질문을 나누는 책읽기, 특히 아침독서는 질문과 어떻게 연결되는가?

굳이 아침 독서가 아니더라도 글읽기란 책을 통해 문자와, 세상과, 자신이 만나는 독서삼독임을 이미 신영복 선생님께서 널리 알린 바 있으므로 여기서는 질문 활용에 대해 몇 가지 소개하고자 한다.

아침마다 혹은 틈틈이 책을 읽는다면, 금요일 아침에는 질문게임으로 한 주의 읽기를 마무리해보는 건 어떨까. 책읽기를 질문과 연결시키는 몇 가지 방법을 소개한다. 우선 사이토 다카시의 질문게임

예를 들어, 테드 창의 '네 인생의 이야기'(최근 영화 〈컨택트〉로 알려진 바 있다.)를 누군가 한 주 동안 읽었다고 가정하자. 보통이라면 자기가 읽은 내용을 친구들에게 발표하고 들어가면 된다. 질문 게임에서는 발표 내용에 대해서 질문을 던진다. 누가 질문을 하는가? 발표자와 공통점이 있는 사람이 질문을 한다. 단, 일어서서 하고 질문을 해야지만 앉을 수 있다. 예를 들면 안경을 쓴 사람, 키가 큰 사람, 번호가 3번으로 끝나는 사람, 각 모둠의 3번 친구들 등등, 적절하게 발표자와 공통점을 찾아 질문을 하게 한다. 발표자는 질문에 대해서 다 대답하지 않아도 좋다. 나오는 질문들을 칠판에 적으면 모든 질문이 끝난 뒤 그 가운데 가장 의미있다고 생각되는 질문에 대해서 하나를 골라 답을 한다.

〈네 인생의 이야기〉는 간략한 줄거리가 이렇다. 어느 날 지구 곳곳에 12개의 우주선이 나타나고, 인류는 대화를 시도한다. 여자 언어학자와 남자 물리학자 두 명이 언어와 과학을 매개로 외계 생명체와 소통을 시도한다. 외계의 생명체는 다리가 7개(헵타포드)이고

음성은 인간이 알아듣지 못하나 문자는 사용한다. 단 표의문자도 표음문자도 아닌 어의문자라는 특이한 언어를 사용하고, 그 언어는 과거와 현재와 미래라는 시간을 초월해 사용되다보니 그 언어를 아는 존재는 과거처럼 미래를 기억할 수 있다. 여자 언어학자가 그 언어를 배우면서 미래를 기억하고 그 기억 속에서 자기 딸의 죽음부터 그 딸을 낳고 키우는 과정이 전개된다. 물론 그 딸은 이 사건을 통해서 만난 남자 물리학자와 사랑해서 낳은 딸이다.

안경을 쓴 발표자가 위의 내용에 읽은 소감을 덧붙여 발표했다고 가정하자. 안경 쓴 학생들이 일어나서 하나씩 질문을 하고 앉는다.

'외계인은 존재하나요?, 외계인도 언어를 사용하나요?' 등 이미 사실로 전제된 질문을 하는 학생도 있을지 모르지만, 좀 더 나은 질문을 한다면 사실적 정보를 바탕으로 추리 상상을 하거나, 색다르게 접근하는 사고력을 보여주는 질문이 좋다.

'어의문자에 대해서 자세히 설명해줄 수 있나요? 언어학자와 물리학자를 등장시킨 이유가 무엇인가요? 시간은 과거 현재 미래로 흐르는데 현재 시점에서 미래를 기억하는 것이 과학적으로 가능한가요?' 등등. 다양한 질문의 수준이나 층위, 범주를 교사가 학생들과 함께 정리하면 좋다. 무모한 질문, 단순한 질문, 유추를 통한 좋은 질문, 비판적인 질문, 우리 자신의 삶을 돌아보게 하는 질문 등등.

질문 분류를 마치면 다음은 정리된 질문 가운데서 하나를 골라 발표자가 답을 한다. '헵타포드어는 과거·현재·미래가 하나로 표현되고, 그래서 그들은 미래를 기억하며, 이는 양자역학에 기반한 현대물리학의 시간관과 서로 통합니다. 시간이란 우리 인간이 만들어낸 하나의 관념, 마음의 반영일 수도 있습니다.' 이렇게 설명하고 나머지 질문들에 대해서는 교사가 요령껏 추가 논의를 하거나 다음 발표자로 넘어간다.

이런 질문 게임은 아침 독서 소감 나누기뿐만 아니라 어느 과목 수업에서도 활용이 가능하다.

좀 더 깊은 논의를 이어가려면, 우선 함께 읽은 글에 대해서 라파엘의 발문법을 활용해 질문 만들기 놀이를 하거나(라파엘의 발문법은 있는 그대로 내용 찾기 질문, 유추해서 답할 수 있는 질문, 저자 의도나 텍스트에 대한 말걸기 취지의 질문, 삶에 대한 질문의 4단계 질문법이다.)

가볍게 놀고 싶다면 철학적 탐구 공동체에서 활용하는 꼬리에 꼬리를 무는 질문 놀이도 좋다. 누군가의 설명에 대해서 왜 그런가요? 라는 질문을 던지고 옆 사람이 답을 하면 그 옆 사람에게 다시 왜 그런가요라는 질문을 이어가게 하는 놀이다.

'외계인이 존재한다고 생각합니다. 왜 외계인이 존재한다고 생각하시나요? 만약 이 넓은 우주에 외계인이 존재하지 않는다면 우주의 공간은 너무 낭비적이잖아요. 이 우주의 공간이 인류만 사용해서 낭비적이면 왜 안되나요? 공간은 쓰임이 있어야 의미가 있으니까요? 왜 공간은 쓰임이 있어야 하나요?

질문이 좀 추상적이고 어렵게 갔지만 이렇게 옆 사람이 대답하면 차례대로 그 대답에 새로운 의문을 붙여가면서 읽은 책의 내용을 같이 나누어보는 활동도 본격적인 토론에 앞서 해보면 좋다.

질문 활용법들을 이 짧은 지면에 다 소개하기는 어렵지만, 독서와 질문의 결합에 대한 질문을 하다보면 여러 조합의 놀이와 공부가 등장한다. 위의 내용들을 토대로 스스로 질문하는 독서법을 하나씩 만들어보면 어떨까? 왜냐고? 글 읽기는 계몽이 아니라 새로운 만남이자 신사고의 창조이니까!

여기까지로 글이 끝났으면, 오죽 좋았으랴, 안타깝게도 그러지 못했다. 자신들은 '아침독서'에 방점을 찍었는데 내 글은 '질문'에 초점이 맞추어졌다는 항의였다. 헐! 다시 청탁서를 보았지만, 일상적인 독서에 '질문'을 담아달라는 말이지 새로운 아침독서를 하자는 의견이 아니었다.

독자들도 보았듯이 아까 그 청탁서에 어디 질문보다 아침독서가 더 강조되었던가! 아침독서가 없는 것은 아니었지만, 분명 방점은 질문이라고 생각했다. 죄송하다는 말과 함께 의도를 다시 정리한 메일이 왔다. 아침독서와 질문이 반반 정도로 섞인 청탁문. 내 글은 다시 쓰여졌다.

"한 사람이 열 권의 책을 읽는 것보다 열 사람이 같은 한 권의 책을 읽고 문답, 대화, 토의, 토론하는 것이 효과적인 교육이다."

처음 토론을 만났을 때 들은 말이다. 토론의 길을 걸어온지 대략 20년의 세월이 흘렀다. 토론의 핵심은 무엇인가? 둘을 꼽는다면 단연 '소통'과 '질문'이다. 타인과 공존하지 않으면 존재하기도 생존하기도 힘든 시대, 소통은 시대의 사명이다. 그렇다면 질문은 왜 중요한가? 지금, 여기를 너머서 새로운 길을 찾아 미래를 여는 열쇠라서 그렇다.

질문은 어디에서 오는가? 다시 말을 이어가자면 질문은 낯선 존재, 타인에게서 온다. 어느 날 낯설게 다가오는 타인의 목소리는 유혹 아니면 질문이다. 우리는 유혹으로 상처받고 질문으로 성장한다. 그 낯선 타인의 목소리 가운데 우리를 가장 깊고 어려운 유혹과 질문으로 인도하는 것이 바로 책이다. 정신이 깨어나는 아침에 그 책을 만날 때, 유혹은 배가(倍加)되고 질문은 깊어진다.

근대 이전의 독서는 낭독이었고, 근대의 독서가 묵독이라면, 현대의 독서는 대화와 토론이어야 한다. 이는 아침을 여는 독서의 풍경도 달라져야 한다는 뜻이다. 모두가 숨을 죽여 침묵 속에서 한 자 한 자 마음 속으로 책을 읽는 시간과 더불어 자기가 읽은 내용을 옆사람과 나누는 시대라는 말이기도 하다. 알파고의 등장으로 미래 사회에 인간의 삶의 문명이 어떤 풍경을 만들어낼지 기대와 우려가 엇갈린다. 인간다움의 가치를 고양하기 위해 책을 읽고 창의성을 키워야한다는 목소리가 높고 그에 부응하듯 책 읽는 교실과 질문이 있는 교실이 결합을 추구하는 흐름도 커져간다.

'믿지 말고 의심하라! 수용하지 말고 질문하라! 질문이 살아 있는 수업, 질문이 있는 교실, 짝과 함께 묻고 토론하는 하브루타' 등 질문의 탄생이 학교 공간에서도 새 물결을 이룬다. 질문이 아닌 단편적인 지식과 기성품 같은 정보는 이미 다양한 가상공간 속에서 끝없이 양산되고 있다. 가르침과 배움이 일방적인 전달로 이루어지는 시대는 점점 막을 내린다. 단, 아무리 뛰어난 인공지능이라 하더라도 아직 기계는 질문을 하지 못한다. 인간만이, 오직 인간만이 자기 존재 이유와 불확실에 대한 두려움으로 가득 찬 미래에 '왜?'라는 질문을 던지는 존재다. 왜? 묻지 않으면 생존도, 진보도 불가능하니까.

질문의 열기와 거꾸로 수업이 만나면서 강의와 설명보다 질문과 토론으로 이어지는 수업이 늘어났다. 그렇다면 수업의 진화는 어떻게 질문으로 이어져 가는가? 또 오래 전부터 저자와 마음 속으로 질문을 나누는 책읽기, 특히 아침독서는 질문과 어떻게 연결되는가?

우선 고요한 분위기 속에서 저마다의 책읽기 시간을 확보한다. 학급 문고를 운영하여 자기가 읽고 싶은 책을 자유롭게 가져다 읽어도 좋고, 평소 읽기로 정해놓은 책들을 꺼내어 편안한 마음으로 읽는다. 읽기란 글쓴이의 생각에 대한 무조건적 수용이 아니라 저자와 자기 인생과의 대화이고 생각의 충돌이다. 그렇다면 질문이 없을 리 없다. 포스트잇이나 간단한 메모장을 활용하여 떠오르는 질문들을 적는다.

아침마다 혹은 틈틈이 책을 읽는다면, 일주일에 한두 번은 짝과 대화나누기를 한다. 그 동안 자기가 읽은 내용에 대해서 요약하여 설명하기 과정을 거친다. 서로가 다른 책을 읽었다면 요약과 설명에 정성을 쏟고 상대방에게 들은 내용을 바탕으로 3가지 정도 질문을 하고 설명자가 거기에 대한 자기 나름의 답을 제시한다. 짝끼리 동일한 책을 읽었다면 좀 더 깊은 질문과 토론으로 이어가도 좋다. 서로가 인상적인 대목을 나누고 각자가 종이에 요약한 질문을 상대에게 던져보면서 자신이 미처 생각하지 못한 부분에 대해서 고민을 나누는 시간을 갖는다.

금요일 아침에는 질문게임으로 한 주의 읽기를 마무리해보는 건 어떨까. 사이토 다카시가 〈질문의 힘〉이란 책에서 소개한 질문 놀이 방법이다.

(앞 글과 같으므로 중략)

한 학기 한 책 읽기가 본격 추진된다고 한다. 아침에 5분이나 10분씩 상큼한 책읽기와 통찰력 넘치는 질문으로 하루를 열어가면 어떨까. 책은 과거와 현재의 만남이고 미래로 나아가는 길이다. 아침에 읽는 책은 어제와 오늘의 징검다리이고 하루를 힘차게 열어주는 마음의 열쇠다.

세 번째 원고는 서로 웃으면서 이렇게 마무리되었다. 결국 가장 중요한 열쇠는 언제나 소통이다.

'흡혈귀'를 잊지 말자. 독자들은 흡혈귀처럼 내 정신과 생각과 노력을 피빨듯 빨아먹고자 한다. 그러므로 온몸의 피를 내어주는 마음으로 쓰자. 흡혈과 반역의 정신을 잃지 않되, 내 몸의 피를 오롯이 독자에게 내어주려는 마음을!

누가, 어떤 글을 원하는가를 깊이 읽는 마음이 어디서나, 언제나 글쓰기의 첫 단추다.

2. 목차, '열쇳말'을 찾아라

〈고령화 가족〉 읽고 글쓰기

〈흡혈귀〉에 대한 글을 썼는데, '살아있는 흡혈귀'가 나오는 소설을 바로 읽었다. 제목은 〈고령화 가족〉. '고령화 가족'이라고? 거기 진짜 흡혈귀가 나오던가? 〈박쥐〉나 〈무서운 가족〉이 아니고?

학교 선생님들과 책 읽는 모임이 만들어졌다. 내가 한창 젊었던 20년 전에도 교사 2명, 강사 3명 합 5명이 함께 책을 읽고 이야기를 나누는 모임이 있었는데, 그때도 간단한 글쓰기 활동을 했다. (나중에 이 부분은 자세히 다룬다. 〈내 인생의 포르노그라피〉라는, 이 책에서 가장 야한 글쓰기 대목이 거기 있다. 기대하시라.)

그 모임은 그래도 몇 개월 갔다. 그 때 읽은 책 중에 가장 기억에 남는 책은 이윤기의 〈나비 넥타이〉다. 안토니 기든스의 〈성, 사랑, 이데올로기〉라는 책도 읽었는데, 자기 인생에 있어서의 성과 사랑에 대한 이야기를 나누기로 한 건 그 책을 읽기로 했을 때였다. 다른 책은 기억을 못 하고 두 권을 기억하는 이유는 책을 읽은 뒤 독후 활동으로 글을 쓴 적이 있어서다. 글쓰기는 이렇게 평생 기억에 무언가를 남기는 활동이다.

나이가 지긋한 선생님들과도 두어 번 독서 모임을 했으나 오래 못가 깨졌다. 거의 두세 번을 넘기지 못했다. 〈대산주역〉이라는 어려운 텍스트에다가 딱히 안내해 줄 사람이 없어서이기도 했지만, 마치고 난 뒤 술자리의 후유증이 컸다. 타고난 술꾼들이 몇 있어 본말이 전도되는 상황이 책모임에 나온 사람들의 마음을 불편하게 만들었다. 이렇게 쓰고 보니 술꾼들만 탓한 듯 한데 그건 아니고, 공부 모임 과정 자체가 즐겁지 못한 까닭이 크다. 사회자와 발제자를 정하고 적절한 내용 공유와 그에 따른 다양한 의견 나눔, 문제 제기와 토론 등 이 과정을 이끌 사람이 없는, 완전히 열린 자유토론이다보니 토론을 하면서 뚜껑이 완전히 열리는 경우도 있고, 아예 침묵으로 일관하여 한두 사람이 잡은 마이크를 내려놓지 않아 지루하기 짝이 없는 경우도 있었다. 계몽 세대들의 독서토론은 이렇게 재미없었다.

본격적인 독서 토론은 2008년 서울교육연수원에서 제공한 프로슈머(pro-sumer)연수에서 이루어졌다. 10명 안팎의 선생님들이 모여 본인들이 원하는 책이나 강사를 초청해서 읽고 토론하는 연수인데, 그 중 한 반을 맡아 4년 정도 운영을 했다.

우석훈의 〈88만원 세대〉, 배병삼의 〈사람의 길을 열다〉, 김용호의 〈신화 전사를 만들다〉, 진중권의 〈호모꼬레아니쿠스〉는 저자를 직접 초청해 읽은 책이라 기억에 오래 남는다.

다양한 토론 형식을 곁들이며 읽은 책들로 김훈의 〈남한산성〉, 김연수의 〈밤은 노래한다〉, 정여울의 〈시네필 다이어리〉, 배명훈의 〈타워〉, 김홍중의 〈마음의 사회학〉, 김영민의 〈동무와 연인〉 등이 있었다.

학교에서 동료 선생님들과 같이 책을 읽고 싶은 열망은 오래된 미래처럼 간절했으나 이런저런 사정으로 여의치 않았는데 드디어 2013년 봄, 학교 안팎의 도움으로 독서모임이 만들어졌다. 그 모임을 여는 첫 책이 천명관의 〈고령화 가족〉이다.

구성원은 십여 명. 아직은 서로 낯선 사이인 경우도 많고 나이도 20대에서 50대, 과목도 국영수사과에 외국어까지 다양한 분야라 책을 고르기가 쉽지 않았다. 공부에 대한 철학적 정립을 위한 고미숙의 〈호모 쿵푸스〉, 현대사회의 피로한 일상 그 원인과 처방을 담은 한병철의 〈피로 사회〉, 수업 비평을 통해 교사로서 수업의 본질과 의미를 살펴보는 이혁규의 〈수업〉, 그리고 당시 영화로 널리 알려진 천명관의 〈고령화 가족〉이 후보에 올랐는데 근소한 차이로 〈고령화 가족〉이 선정되었다.

2003년 〈프랭크와 나〉로 문학동네 신인상 소설 부분에 당선된 후, 2010년 〈고래〉로 제10회 문학동네 소설상을 탄 작가다. 입담에서 둘째가라면 서러워할 천명관의 소설이니 읽기 부담은 없을 거라는 판단이 우선한 결과다. (역시 서론이 길었다. 글쓰기 책이니

이제 소설 읽고 글쓰기 어떻게 할까를 고민해보자)

한 권의 소설, 혹은 영화를 읽고 글을 쓸 때 어떻게 시작할까? 당연히 고민스럽다. 그 글이 발제문이든, 감상문이든 혹은 서평이든 마찬가지다. 인터넷에 좋은 영화평이 많지만 여기에 적지는 않겠다. 그 글들을 비교평가 하는 것도 글쓰기 공부에 도움이 되겠지만 본말이 전도될 우려가 있다. 간략히 언급하자면 〈고령화 가족〉이라는 제목에 걸맞게 '가족'을 주제로 한 비평 / 감상이 가장 많았고 그 가족의 특징 중에 하나인 '밥'을 다루는 글도 적지 않았다. 그밖에 뭘 이야기할까? 영화적인 요소로서의 스토리나 기법 등을 다루어도 좋겠지만 그건 영화판 사람들이나 관심가질 요소니 굳이 언급할 필요가 없다.

이러고 나니 잠시 고민되는 문제는 줄거리 정리다. 이해를 돕기 위해 줄거리를 먼저 이야기하자. 이 책의 많은 독자들이 〈고령화 가족〉을 읽거나 봤을 가능성이 있지만 그렇지 않은 독자에 대한 배려 차원에서. 여기서 잠시 인터넷의 힘을 빌리자.

인터넷에서 '고령화가족 줄거리'를 검색한다.
〈고령화 가족 Boomerang Family, 2013〉 영화 공식 홈페이지가 책 소개보다 먼저 뜬다.
요약한국 | 가족 | 2013.05.09 | 15세이상관람가 | 113분 감독송해성 출연 박해일, 윤제문, 공효진, 윤여정. 줄거리 인/생/포/기/

40세 '인모' 결/혼/환/승/전/문/ 35세 '미연' 총/체/적/난..

　더보기 매거진 '고령화가족' 지독한 삶 위에 피어나는 따뜻한 가족애 [정덕현의 그래서 우리는] 홈페이지oh-fam2013.interest.me

줄거리

인/생/포/기/ 40세 '인모'

결/혼/환/승/전/문/ 35세 '미연'

총/체/적/난/국/ 44세 '한모'

개/념/상/실/ 15세 조카 '민경'

자/식/농/사/대/실/패/ 69세 '엄마'

　평화롭던 엄마 집에 나이값 못하는 가족이 다시 모여들기 시작한다. 엄마 집에 빈대 붙어 사는 철없는 백수 첫째 '한모', 흥행참패 영화감독 둘째 '인모', 결혼만 세 번째인 뻔뻔한 로맨티스트 셋째 '미연'. 서로가 껄끄럽기만 한 삼 남매와 미연을 쏙 빼 닮아 되바라진 성격의 개념상실 여중생 '민경'까지, 모이기만 하면 사건 사고가 끊이지 않는 이들의 속사정이 공개된다!

　세상에 이런 조합은 없었다!

　박해일 - 윤제문 - 공효진 - 윤여정 - 진지희까지

　대한민국 대표 연기파 배우들의 완벽한 적역 캐스팅!

　박해일, 윤제문, 공효진, 윤여정, 진지희까지 이름만으로도 관객들에게 무한한 신뢰를 주는 대한민국 대표 연기파 배우들이 〈고령화가족〉으로 뭉쳤다. 캐스팅 공개만으로도 뜨거운 기대를 불러모은 〈고령화가족〉은 엄마 집에 빌붙어 사는 철없는 백수 첫째 아들 '한모', 데뷔작부터 홍행에 참패한 영화감독 둘째 아들 '인모', 남들은 한번도 힘든 결혼을 세 번째 앞두고 있는 뻔뻔한 로맨티스트 셋째 딸 '미연'과 그녀를 쏙 빼 닮아 되바라진 성격을 자랑하는 사춘기 여중생 '민경'이 평화롭기만 하던 '엄마' 집에 모여 걸끄러운 동거를 시작하면서 벌어지는 이야기를 그린 작품. 〈최종병기 활〉의 신궁, 〈은교〉의 노시인 등 매 작품마다 관객들의 기대를 저버리지 않는 색다른 선택으로 탁월한 연기력을 과시해온 박해일이 〈고령화가족〉의 유일한 고학력자이자 허세가 하늘을 찌르는 둘째 아들 '인모' 역을 맡았다.

드라마 [뿌리깊은 나무], [더킹 투하츠]와 영화 〈전설의 주먹〉 등 관객을 압도하는 카리스마로 깊은 인상을 남긴 윤제문이 〈고령화가족〉의 첫째 아들 '한모'로 분해 생활 밀착형 백수의 진수를 선보인다. 뿐만 아니라 영화 〈러브 픽션〉, 드라마 [최고의 사랑] 등을 통해 스크린과 브라운관을 종횡무진하는 매력적인 로코퀸으로 거듭난 공효진이 당당하게 바람난 셋째 딸 '미연'으로 파격변신을 감행했다. 여기에 대한민국 영화계에서 독보적인 존재감을 지닌 관록의 여배우 윤여정이 무엇 하나 잘난 구석이 없는 삼 남매를 무한한 사랑으로 보듬는 한편, 자식들에게 말 못할 비밀을 간직한 '엄마' 역으로 가세해 작품에 깊이감을 더한다. 시트콤 [지붕뚫고 하이킥]의 빵

꾸뚱꾸, 드라마 [해를 품은 달]의 민화공주 등 통통 튀는 매력으로 사랑받아온 진지희는 공효진의 딸 '민경' 역으로 실제 자신의 나이와 같은 까칠한 사춘기 중학생을 현실적으로 연기해 관객들의 눈길을 사로잡을 예정이다. 이처럼 한자리에 모이기 힘든 대한민국 대표 연기파 배우들의 완벽한 앙상블을 자랑하는 〈고령화가족〉은 지금껏 보지 못한 새로운 가족의 탄생을 예고한다.

이 정도면 줄거리 소개는 따로 안 해도 좋겠다. 핵심은 다 들어 있다는 판단에서.

그럼 내식으로 발제나 감상문은 어떻게 쓸까. 영화 소개를 했지만 영화는 아직 보지 못했고 책만 읽었다. 책을 읽으면서 당연히 어떻게 쓸까를 고민했다. 그리고 글 한 편 쓰려면 적어도 두어 번은 읽어야 하는데 그럴 여유는 없다. 가장 먼저 떠오른 방식은 열쇳말 찾기다. 이 책에서 건져 올릴 화두 찾기랄까.(흠, 좀 어려운가?) 책을 다시 주욱 훑어보면서 찾은 화두는 대략 다음과 같다.

앞서 언급한 '가족'과 '밥'을 꼽는다. 그 다음에 주인공이 영화 감독이라 책 속에 다양한 '영화'가 언급된다. 〈무기여 잘 있거라〉, 〈스팅〉, 〈저수지의 개들〉, 〈쥘과 짐〉의 영화 제목은 이 소설의 총 10장 가운데 4개 장을 차지한다. 소설이니 당근, '사랑' 이야기가 빠지면 재미없다. 바늘에 실 따라가듯 사랑에 섹스가 빠지면 더 재미없다. 하지만 그건 양념 정도라 본격적인 화두로 말하기는 좀 그렇다. 그 다음에 작가의 글쓰기 전략으로 활용된 헤밍웨이. 5장 제목이 '헤밍웨이와 나'인데 작가는 이 책에서 헤밍웨이의 삶과 작품을 자주 활용한다. 이 소설의 주제의식과 깊은 연관을 가진다는 뜻이다. 헤밍웨이의 낡은 전집을 이야기하면서 〈무기여 잘 있거라〉, 〈누구를 위하여 종은 울리나〉 등을 종종 언급한다. 특히 〈노인과 바다〉의 노인은 헤밍웨이의 자화상이자, 주인공이 지향하는 인간형이며, 주인공의 형 '한모'의 삶과 변신에도 심대한 영향을 끼친다는 점에서 매우 중요한 캐릭터다.

이렇게 정리하면 '가족, 밥, 영화, 사랑, 헤밍웨이' 이 다섯이 주요 화두가 되는 셈이다. 물론 사람에 따라 다르게 정해진다. 자기 관심사나 경험에 따라 아는만큼 보이는 법이니까.

2011년 가을 나는 경기국어교사모임에서 진행하는 열정 모임의 문학기행 가이드 역할을 한 적이 있다. 김선우, 함민복, 곽재구 시인 등을 초청해서 강연을 듣고 마지막 문학기행에서 만나는 시인은 김지하였다. 문학기행 행사 장소는 원주 일대인데 원주는 김지하 시인의 집이 있는 곳이고 그의 장모인 박경리 선생님 집필실과 고인이 생전 후배들을 위해 글쓰기 공간을 마련한 토지문화관이 있어서다. 그 밖에 김지하 시인의 시집 〈못난 시편〉에 나오는 '원주 귀래리'에 가서 손짜장을 먹고, 원주 5일장을 보고, 제천의 '베론 성지' 방문과 한백겸 묘를 찾아보는 과정도 문학기행 여정이었다.

원래 문학기행에서 안내를 하기로 한 사람은 화가 홍성담과 시인 임동확이었다. 그런데 경기국어교사모임에서 박경리 작가의 토지문학상 수상 일정에 맞춰 일정을 한 주 변경하는 바람에, 홍성담, 임동확 시인과 일정을 맞추기가 어려워졌다. 그래서 대타로 김지하를 오랜 세월 좋아하고 관심 많던 내게 김지하에 대한 글 한 편과 안내 요청이 왔다.

그때 나는 김지하에 대해서 A4 25장 정도의 제법 긴 글을 썼다. 제목은 〈김지하를 읽는 열 개의 화두〉였다. 2012년 겨울 대선 국면에서 김지하의 돌출적이고 극보수적인 발언 때문에 그에 대한 세간의 평가들이 달라지고, 예전의 김지하에 대한 배신감을 느낀 사람들이 많아졌지만, 그전까지만 해도 김지하가 그 정도의 평가와 대접을 받는 사람은 아니었다.

1991년 노태우 정부 시절 강경대 열사 죽음 이후 이어진 분신정국 때, 김지하 시인이 조선일보에 쓴 글이 사회적 파문을 일으킨 적이 있다. '죽음의 굿판을 집어치워라'라는 매우 선정적이고 도발적인 제목의 강렬한 글이었다. 그 글 이후 김지하는 변절의 대명사로 불리기도 했지만 그에 대한 평가는 쉽게 이루어지지 못하고 유보 상태다. 그래도 김지하 하면 〈황토〉, 〈타는 목마름으로〉, 〈오적〉을 쓴 대작가가 아닌가!

어쨌든 1984년 〈밥〉과 〈애린〉이라는 생명사상가로서의 김지하를 만난 이래 우호적인 입장을 견지해온 나로서는 김지하에 대한 나의 경험과 인식을 담아 한 편을 글을 쓸 수밖에 없었는데, 그때 글쓰기에 활용한 방법도 지금 〈고령화 가족〉에 대한 접근 방식과 유사한 '열쇳말 찾기'였다.

당시 내가 선택한 열 개의 열쇳말은 다음과 같다.

'밥, 오적(五賊)과 타는 목마름으로, 나락 한 알 속의 우주 무위당
장일순 선생님, 동학과 해월 최시형, 살림과 한살림, 대설 남(南),
기우뚱한 균형, 흰 그늘과 시김새, 죽음의 굿판 사건, 김지하 대 김
지하.'

고령화 가족에서도 '밥'의 문제가 크게 다루어지지만 김지하에서
'밥'을 제일 먼저 꼽은 이유는 김지하가 말하는 생명 사상의 핵심을
가장 잘 표현한 말이기 때문이다. 뒤에 나오는 '생명', '살림', 공동체
운동인 '한살림', 인간을 하늘로 여기는 '동학', 김지하의 스승 '무위
당 장일순', '해월 최시형'은 모두 하늘 같이 귀한 밥을 공경하자는
사상 혹은 실천과 연관이 있다. '무위당'은 김지하의 직접적인 스승
이고 그의 정신적인 스승인 해월 선생은 자연히 김지하와 연결되
어 넣었다. '오적'과 '타는 목마름으로' 그리고 '죽음의 굿판'은 김지
하의 정치적 영향력과 연관된 낱말이다. '기우뚱한 균형'은 원래 철
학자 김진석이 만들어낸 개념이지만 김지하의 사상을 이해하는데
도움되는 말이라 넣었고, '흰 그늘'과 '시김새'는 그의 미학 사상을
푸는 데 가장 유효한 개념이라 포함시켰다. '대설 남(南)'은 소설이
란 장르를 뛰어넘는 호쾌하고 유장한 가락의 새 장르에 대한 실험
이라는 점을 높이 사서 특별히 넣었다.

이처럼 단 열 개의 열쇳말로 긴 호흡을 가진 한 시인의 인간적이고 문학적인 역정(歷程)을 다 소개하는 건 장님 코끼리 만지기처럼 간에 기별도 안 가는 간지러운 활동이지만 이렇게라도 하지 않고서는 그의 긴 생애를 일별하기 어려운 까닭에 그렇게 접근했다. 깊이는 부족하겠지만 그래도 큰 그림을 그리는데 도움되는 글쓰기 방법이랄까. 그런 점에서 천명관의 〈고령화 가족〉도 이러저러한 접근이 가능하지만 이렇게 다섯 개의 열쇳말로 접근하기가 일단 가장 용이하다는 판단이다. 그럼 지금부터 간단하게 다섯 개의 열쇳말을 풀어보자. (이 대목에서 아주 빠른 속도로 책을 한 번 더 읽어본다)

한 시간 정도 읽으면서 정리하다 보니 몇 개의 열쇳말이 추가된다. 하나는 작가가 인용한 '시와 노래'와 '인간'(혹은 자존심)이란 단어다. 시와 노래는 작가로서 글쓰기에 양념처럼 활용한 게 절묘하기 때문이고, 궁극적으로 (인간의 재탄생이나 재발견이라면 너무 거창하고) 인간의 본질과 존엄에 대한 작가의 고투가 느껴진 까닭이다. 거기에 마지막으로 추가한다면 약간의 시대배경적 묘사가 세태 소설적 느낌을 준다는 정도.

자 그럼 다시 정리하자. '밥, 가족(특히 엄마), 인간, 영화, 사랑, 헤밍웨이(생각보다 깊게 자주 등장한다), 시와 노래' 이렇게 일곱 개의 열쇳말이 나온다. 이런 정리가 의미있는 이유는 한 편을 글을 쓰기 위해 작가가 어떻게 소재를 찾고 주제를 만들고 구상하는지를 역추적할 수 있기 때문이다.(천명관이 이 글을 본다면 코웃음 치는 소리가 귀에 들리는 듯 하지만^^)

앞 글을 쓰고 나서, 독서토론 모임에 앞서 발제문을 작성해야 하는데 시간에 쫓겨 간단히 마인드 맵을 그렸다. 마인드 맵을 그리면 작품 전체의 얼개를 한 눈에 볼 수 있으므로 글의 이해와 동시에 글쓰는 이의 머릿속을 간단히 살펴볼 수 있는 장점이 있다.

글쓰기를 위해 다른 사람과 독서토론을 하는 경험이 얼마나 힘이 되는지는 해본 사람이면 안다. (〈함께 읽기는 힘이 세다〉라는 책의 제목이 그걸 웅변한다.) 조금 부담스럽기는 하지만, 발제, 녹취, 사회 등의 경험이 작품에 대한 이해와 분석 및 통찰에 도움을 주는 걸 몸으로 느끼기 때문이다.

만약 독서토론을 안 하고 〈고령화 가족〉에 대한 글을 썼다면 어땠을까? 이 글이 확 달라져 있었겠지. 물론 독서토론 한 번 했다고 글쓰기 키높이가 순식간에 훌쩍 높아지지는 않지만 말이다. 그럼에도 불구하고 글쓰기에서 독서토론의 경험은 내공을 쌓는데 엄청난 힘이 된다. (이 대목은 나중에 자세히 다룰 예정이다.)

학술이나 발표를 목적으로 하지 않는 가벼운 독서토론이기 때문에 한 시간 이내에 짧은 감상나누기로 마쳤다. 모인 사람은 11명. 과목은 다양한 고교 선생님. 작품에 대한 감상은 대동소이. 오랜 만에 (좋은) 책을 읽었고, 재미난 표현, 속도 빠른 전개, 영화적 구성, 흥겨운 입담 등으로 즐거운 시간을 보냈다. 개인마다의 감상을 일일이 적기 어려우므로 그 가운데 인상적인 몇 대목만 간추리자.

- 중학교 이후 20년동안 집을 나와 생활했다. 밥 먹을 때 식판이 너무 싫다. 가족이 모여사는 게 부럽다.
- 엄마의 밥심이 가족을 살리는 게 인상적이다. 엄마로서 책임감 느낀다
- 특이한 가족 같지만 보편성도 띤다.(대한민국 많은 가족이 콩가루?) 영화와 거의 비슷한데 후반부가 약간 다르다. 깡패한테 맞으면서 자존심을 세우는 부분이 인상적이다. 제목의 의미가 궁금하다.
- 내가 감독이 되어 머릿속으로 구성하면서 책을 보는 느낌이다. 한모의 은근한 인간성이 기억에 남는다.
- 부유하는 가족에 엄마가 닻을 내려 중심 역할을 하는 모습이 인상적이다. 미연이 거울을 보면서 마치 엄마의 분신같은 모습을 하는 장면도 짠하다.
- 인모라는 주인공이 주변을 관찰하는 부분과 주변 상황을 감정 없이 묘사하는 장면이 재미있다. 엄마가 자식의 잘못을 묻지 않고 다 받아주는 모습이 좋다.
- 엄마가 자식들 건사하면서 젊어진다는 구절이 인상적이다. 이유가 뭘까? 인간은 이타적인 삶 속에서 완성된다는 말도 기억에 남고. 아쉬운 건 작가가 마지막 부분에서 해피엔딩으로 마치면서 서

둘러 끝낸 듯한 모습이다. 가족 문제를 다루려면 좀 더 심층적으로 파고들었어야 하지 않을지.

이런저런 의견들이 새롭고 신기하고 공감이 간다. 역시 사람은 자기가 겪은 만큼, 보는 만큼 보게 되어있음을 다시 실감한다.

토론 주제도 다양했다. '제목의 의미'에 대해서 그리고 작가가 주인공의 부인을 '기내식' 같은 여자로 표현한 부분을 토대로 '작가의 여성관' 혹은 일반적으로 '남자들이 여성을 보는 시각' 등에 대해서 논의하자는 의견이 있었다. 후자의 의도는 명료하지만 자기 이야기를 드러낼만큼 열린 사이가 아니라서 약간 겉돌거나 다른 쪽으로 이야기가 선회되었다. 제목의 의미만 조금 이야기 해보자. 왜 〈고령화 가족〉인가?

- 3대가 살면서 표면적으로는 평균 나이 49세 가족이니 고령은 고령이다.
- 영어제목이 부메랑 패밀리(boomerang family)인데 돌아온 가족, 한 번은 인생에서 실패하고 돌아온 가족이라는 의미가 아닐지.
- 정상가족에 대한 도전장의 의미?
- 어머니의 지혜로 사회문제를 풀어간다는 점에서 전통적이고 모던한 가족이지 포스트 모던한 가족은 아닌 듯 하다.

등등 의견은 나오지만, 딱히 참신한 의견은 나오지 않고(어차피 그 의미는 작가 밖에 모를 테니) 아버지 쪽으로 화제 전환.

- 아버지의 부재가 느껴진다. 가부장인 아버지가 없어서 가족이 뭉친 게 아닐까?
- 줄거리에 따르면 아버지는 자기 희생으로 집을 장만하고 죽는다. 희생과 헌신의 아버지상. 드문 모습이다. 등등

생각해보니 고령화는 나이 높은 '고령(高齡)화'인데, 고(高) - 영화(榮華), 고(高) - 영화(靈化), 고(go) - 영화(映畵) 이런 의미도 담지 않았을까 추측한다는 말로 이야기를 마쳤다. **(정답 없는 토론, 의미는 각자가 알아서 주워 담기~)**

이렇게 해서 〈고령화 가족〉 이야기는 마쳤다. '열쇳말 찾기'에 관한 이 글을 쓰면서 든 생각은 '글쓰기는 독서/글읽기'라는 생각이다. 결국 독서가 외부 세계의 경험을 내 내면에 언어로 새기는 작업이라면 글쓰기는 내 내면의 풍경과 바람을 외부의 종이, 여백에 수놓은 작업이므로 양자는 늘 서로 긴장하고 갈등하고 길항(拮抗)하면서 움직이는 일란성 쌍생아가 아닐까 싶다.

작가들이 혹은 누구나 열쇳말을 통해 글을 쓴다는 걸 읽어내는 힘을 키우면 역으로 내가 글을 쓸 때도, 어떤 핵심 낱말을 주요 포스트에 배치하고 그 낱말을 축으로 해서 전후좌우 글의 흐름과 방향과 깊이와 온도 등을 끝없이 조정해나갈 수 있을 터이니.

- 주제의 핵심 줄기를 찾고 줄기에서 뻗어나갈 가지 단어들을 목록화한다. 그 가지 단어 하나하나에 대한 자료를 찾아 열매를 딴다.

- 자유 연상 기법으로 브레인스토밍을 하면서 연관 단어를 여러 개 나열한 다음에 생각그물(마인드맵)을 통해서 중심과 가지를 정리하고 더 중요한 단어들을 가지치기 하듯 잘라내면 어느 정도 글의 기둥이 세워진다.

3. 소재, 꼬리에 꼬리를 물어라

나는, '중독'까지는 아니지만 인터넷 검색을 자주 한다. 즐겨찾기 해놓고 날마다 자주 가는 사이트는 '신문가게'다. 거기서 '뷰스앤뉴스', '오마이뉴스', '프레시안', '미디어 오늘', '경향신문'을 자주 들어간다. '한겨레 신문', '한겨레 21'은 정기구독 하므로 굳이 자주 가지 않는다. 속칭 '조중동'은 당연히 정신 건강에 좋지 않아 가지 않는다.

어느 해, 전교조의 서울 사립강남, 강동, 송파를 책임지는 지회장을 맡아서 지회 누리집도 하루 한두 번은 들어가 글을 읽거나 가끔 글을 올릴 때가 있었다. 어느 날 거기 올라 온 글 하나가 눈길을 끌었다.(사실 글보다는 거기 같이 실린 사진 때문이다. 궁금하신가^^)

'스승의 날 거리의 교사들 눈물' 같은 기사들이 실린 교직원 노조

게시판인데, 여느 때 올라오던 글들과 달리 매우 선정적인 사진이 올라온 까닭이다.

'야구장에 가보셨나요?'라는 제목의 글 왼쪽에 한눈에 맨살이 드러난 배와 다리. 하얗고 짧은 팬티에, 가슴은 가렸지만 겨드랑이를 드러내며 윗도리를 벗으려는 포즈의 여자 사진이 마치 포르노 스팸 사진만 같아서 눈길을 보내지 않을 도리가 없다.

이 글은 스팸이 아니고, 평소 야구를 좋아해서 야구에 관한 글을 올리는 선생님 한 분이 뭔가 하고 싶은 말이 있어 글을 올렸는데 사진을 같이 실었다. 자세히 보면 다음과 같은 사진이다. 그리고 아래 간단한 글.

토론주제 발굴에 목매고 있는 장00입니다. 야구장 치어리더들의 의상과 공연이 날이 갈수록 아슬아슬(?)해진다고 합니다. 선생님들이 보시기에 위 그림, 보기 어떠신지요? 〈야구장 치어리더 공연의 선정성을 법으로 규제해야 하는가?〉라는 토론주제의 적절성에 대하여 선생님들의 고견을 듣고 싶습니다.

몇 개의 의견 댓글이 달렸다.

유00 : 최근 외국에서는 여성들이 공공장소에서 윗도리를 다 벗는 것에 대해, 남자와 차별할 바 없으므로 법에 저촉되지 않는다는 판결이 있었지요. 치어리더는 왜 주로 여자이고, 여자들만 선정적인 논란의 주인공이 되어야 하는지 모르지만, 선정성 기준을 정하기 쉽지 않고, 법적 규제의 타당성을 주장하기는 더 쉽지 않을 듯합니다. 재미는 있을 것 같아요 특히 남학생들^^ 추진해보기를 권합니다.~* (고견은 아님)

정00 : 남자에겐 참 좋은 건데 뭐라고 말할 수는 없네……. 논의를 위해 의견을 한마디 보탠다면 "볼거리를 제공하기 위한 의도가 짙고, 또한 그녀가 동의했건 안했건 간에 불리한 '을'의 입장에서의 계약임이 뻔하다. 즉 이것은 미필적 고의에 의한 강요임이 쉽게 예상되므로 '을'에게 점점 과도한 조건 혹은 감정노동을 요구하는 것으로 보이므로 규제가 필요하다고 본다." 그러나 그 규제를 꼭 법으로 해야 된다는 것에는 동의하지 않는다.

장00 : 즐기는 대중이 있을지도 모르는 정서적 악영향보다 즐거움을 제공해야 하는 노동자의 현실적 고통을 고려한 판단! 역시 정00선생님. 그런데 반드시 필요한 규제 방법이 법이 아니라면 어떻게? 좋은 말로?

이00 : 토론 주제로 적절하지 않습니다. 그리고 규제해서는 안 됩니다.

장00 : 은자들의 세계에서는 몰라도 이 속세에서 전제(근거)없는

주장은 유효하지 않습니다. 이유를 말씀해 주세요. 이00 님~

강00 : 장00샘 안녕하셨죠? ^^ 혹시 학교에서 토론반 운영하고 있는데…. 1년 운영을 어케하는 게 좋을지 깜깜이네요. 저 좀 알려 주세요~! ㅋ 저는 지회 사이트에 오래만에 왔다가 사진만 보고, 스팸 올라온 줄 알았답니다…. ^^;

장00 : 강00 선생님 애는 잘 크죠? 저는 수업시간(문학)에 토론으로 수행평가를 하고 있고요 저도 동아리 토론반을 맡고 있어요. 한 달에 두 번 정도 하는 토론반 활동은 아이들이 카페를 만들어서 지들이 알아서 활동계획을 세워 진행한답니다. 그러다 가끔 뭐 하면 좋을까요? 하고 물으면 대답해줄 꺼리가 있어야 하기에 이런 의견 구함도 하고 그러죠. 내일 동아리 시간 토론 주제는 야구장에서 치어걸들의 선정적 공연 규제로 정했지요. 법이라고 하면 알레르기 반응을 보이는 선생님들이 많아서 별 댓글이 없지만요. 참 그리고 우리 아이들 꿈이 여학교 토론반과 토론해 보는 건데 언제 아이들을 위해 좋은 시간 만들어 볼까요?

이런 글들이 오고 가고 있었다. 며칠 전에 여성의 상반신 알몸 노출이 법에 저촉되지 않는다는 어느 기사를 읽은 기억이 나서 의견을 제시했는데 다른 샘들의 논의는 새로운 방향으로 흘러가고 있었다. 그러던 중에 인문학 고수로 널리 알려진 학자이자 서평가인 이현우의 『로자의 인문학 서재』라는 책을 보았다. 2부 〈순간에 완성되는 사랑이 있을까요?〉라는 부분에 이런 대목이 눈에 띈다.

우선 2부의 내용은 다음과 같았다.

1. 미용사 판타지에 대하여. 파트리스 르콩트의 〈미용사의 남편〉이 라는 영화를 통해 판타지, 라깡, 욕망을 논한다.

그런데 신기하지 않은가, 〈고령화 가족〉에서 언급된 '파트리스 르콩트'가 여기도 나오고 거기에 '미용사 수자' 이야기가 겹쳐진다.

2. 생명복제 시대의 예술 작품. 80년대 인문교양의 잣대가 되었던 '레오스 까락스 - 그는 〈퐁네프의 연인들〉로 순식간에 유명해졌다' - 의 〈나쁜 피〉라는 영화를 통해서 사랑, 예술, 과학복제 등에 대해 논한다.

3. 로망스 대 포르노. 카트린 브레야의 영화 두 편, 〈로망스〉와 〈포르노크라시〉를 통해 로맨스와 포르노의 차이를 드러내며, 뿐만 아니라 정치적인 포르노와 파시즘을 연결 짓고, 80년대 〈애마부인〉과 〈젖소부인〉을 분석하고, 결국 로망스는 '아이'가 개입하는 3자적 관계고, 포르노는 아이가 없는 2자적 관계라는 데 도달하며, 이 모든 이야기를 필자 이현우가 좋아하는 '지젝' 이야기로 버무리고 마무리

한다.

　자 다시 지회 자유게시판의 사진으로 돌아오자. 길게 책을 소개한 까닭은 3장의 초반에 이런 대목이 눈길을 끌어서다.

　노출에 덧붙여. 얼마 전, 전 한국의 인터넷 뉴스에 요즘 드라마의 '노출'이 지나치게 선정적이라는 식의 '선정적인' 뉴스가 떠서 클릭해 보았다. 김미숙, 장나라가 드라마에 수영복을 입고 등장했다고 (혼자서) 흥분하고, 한고은이 드라마에서 왼쪽 가슴에 문신을 새겼다고 (혼자서) '분개한' 기사였다(물론 이런 기사들의 노림수는 순전히 '클릭'에 있지만). 한국은 인터넷에서 음란(포르노) 사이트의 비율이 가장 높은 나라의 하나일 텐데(그게 인터넷 강국의 지표이기도 하다), 아직도 그러한 '가장(假裝)' 혹은 연기가 통용된다는 게 새삼 신기하고 우스꽝스럽다.
　언제나 그렇지만, 선정적인 건 '대상'이 아니라 그걸 바라보는 '시선'이다. 내가 보기에, 한국의 TV는 세계 어느 나라보다 '덜 선정적'이지만, 즉 '건전'하지만 (혹 아랍권이 우리보다 더 건전할는지?) 그걸 바라보는 '시선'과 '응시'는 세계 어느 나라보다 더 선정적이고 퇴폐적이다. 그렇게 대상과 시선이 서로 보충하는 식으로 어느 나라에서건 '선정성의 총량'은 보존되는 것인지?
　- 선정적인 건 '대상'을 바라보는 '시선'이다. 이현우

또 우연일까? 그날, 사진과 글에서 제기한 문제제기에 대해서 고민하는 중에 마침 인터넷에 새로운 기사가 올라왔다.

여성 권리 단체 '피멘(Femen)' 회원들이 29일(이하 현지 시간) 튀니지 튀니스의 법무부 청사 앞에서 튀니지 여성 아미나 양의 체포에 항의하며 시위를 하고 있다. 튀니지 내무부는 지난 19일 아미나 양이 이슬람 사원 벽에 여성 권리를 주장하는 현수막을 걸고 상반신을 노출하려고 한 혐의로 체포됐다고 밝혔다. 아미나 양은 지난 3월 자신의 페이스북에 누드 사진을 올려 이슬람 보수 세력으로부터 비난을 받은 바 있다. /Anis Mili ⓒ로이터

아까 이현우도 이슬람의 건전성을 이야기했는데, 바라다보이는 대상으로서의 여성의 모습이 아니라 주체적으로 자신의 성적 매력을 표현할 여성권리 측면에서는 우리와는 전혀 다른 문제가 발생한다는 내용의 기사다.

더 이상 가지를 치지는 않겠지만, 앞서 제시된 자료들만으로 선정적인 문화에 대한 글 한 편 정도는 이제 쓸 수 있지 않을까?

미국이나 아랍에서의 (비교가 되는) 여성의 가슴노출 현상(우리나라에서는 아직 경범죄 처벌을 받고 논란이 되겠지. 인권을 강조하는 강의석의 알몸 노출, 미술교사로서 자신의 누드를 누리집에 올린 김인규 교사의 예술작품에 대한 논란 등이 덧붙여지겠다). 반

면 장OO 선생님의 고민과 문제제기대로 과연 치어리더(이들을 노동
자로 보는 정OO 선생님 시각에 대해서도 다른 논의가 필요하다.)
모습이 갈수록 선정적인(대상이든 시선이든 욕망을 건드리는 강밀
도가 높아진다는 점에서 분명히 선정적인!) 현상에 대해 일종의 자
기 의견을 담은 글 한 편을 쓸 수 있을 테니까.

　요지는 무엇인가? 선정성 논란에 대한 글을 접했는데, 하필이면
(우연일까?) 그에 관한 글을 책에서, 인터넷 뉴스에서 꼬리에 꼬리
를 물고 접했다는 말이다. 물론 그 책 속에서나, 인터넷에 소개된
자료를 다시 검색하면 글을 쓸 소재나 제재 등은 무궁무진 하고 거
기서 새로운 문제의식(예컨대 치어리더의 노동 문제) 등이 싹트기
도 한다. 글을 잘 쓰고자 한다면 이처럼 꼬리를 잘 잡아야 한다. 일
차 꼬리뿐만 아니라 꼬리에 꼬리에 꼬리까지 잡으려는 의지와 노
력이 필요하다. 대개는 글쓰기의 몸통에 도움이 될 가지를 계속 쳐
가는 작은 꼬리인 경우가 대부분이겠지만, 때론 꼬리가 몸통을 흔
드는(wag the dog - 주객전도. 보잘 것 없는 작은 일이 큰 일에 영
향을 미쳐 관계를 역전시키는 현상. 주식시장에서 파생상품인 선물
시장에 의해 현물시장이 좌지우지되는 현상 등을 나타낼 때 쓰인
다.) 대박꼬리를 찾는 기쁨이 찾아올지 누가 알겠는가.

　사족으로, 영화를 좋아하는 나로서는 카트린 브레야의 영화, 〈로
망스〉와 〈포르노크라시〉도 보고 싶고 〈사랑한다면 이들처럼〉이란

제목으로 개봉된 파트리스 르콩트의 〈미용사의 남편〉도 구미가 당긴다. 천명관처럼 문학적이거나 이현우처럼 철학적이지는 못하더라도 적어도 사랑과 포르노에 대한 내 나름의 멋진 글 한 편 쓰는데 적잖은 도움이 될지 모르니 말이다.

팁   - 최근에 주변에서 흥미롭게 본 기사나 사건 등을 하나
정하고 그 사건과 연결된 기사나 책, 영화 등의 소재를 세
단계 이상 꼬리물기로 찾아보자.
   - 그 과정을 통해 새롭게 알게 된 정보나 인용할 좋은 구
절을 찾아보자.

4. 진정성 - 〈누드 글쓰기〉와 작은 책

토요일 아침부터 바빴다. 오전 강남의 한 고등학교에서 토론 강의를 하고 오후에는 전교조 전국교사대회로 직행해야 하는 날이다. 토론 강의야 늘 하는 일이라 부담 없지만 전국교사대회는 지회장으로서 약간의 부담이 되는 날. 약간 늦게 대회장에 도착하니 '박근혜 정부의 전교조 법외노조화를 막고 경쟁교육을 철폐하자'는 교육노동자들 목소리가 여의도 광장을 울린다. 교사대회 집회도 집회지만 해군기지 전설에 반대하는 제주 강정 마을과, 아직도 장기 투쟁을 벌이는 쌍용차 노동자를 살리기 위한 모금과 물품판매 현장 등이 더 안쓰럽고 마음이 짠하다.

글쓰기 계획을 실천한 이래, 아침부터 글쓰기에 대한 고민이 없을 수 없다. 하루 종일 밖에 있을 생각에 오늘은 쓰기보다 책을 읽으면서 내일의 쓰기를 준비하자는 생각이 앞섰다. 그래서 아침에 손에 들고 나온 책이 〈누드 글쓰기〉다. 글쓰기 책을 쓰면서 한 번은 도전하고 기어이 넘어서고 싶은, 내게는 일종의 화두이자 숙제 같은 책이다. 책 표지를 보면

몸과 삶이 만나는 글,
누드 글쓰기

이렇게 되어 있고 그 아래 고미숙을 포함한 6명의 필자 이름이 적혀 있다. 고미숙, 김동철, 류시성, 손영달, 수경, 안도균. 공신(功神-우리 시대 진정한 공부 다단계의 최고 수장인 곰샘께 내가 붙여드리는 별명) 고미숙 선생님은 워낙 유명하신 분이라 독자들도 대개 알텐데(모르신다면 이 책을 던져버리고 그 분 책들을 먼저 읽어보시길~*) 나머지는 고미숙 선생님과 함께 감이당에서 공부를 하는 출판사 '북드라망'(책으로 여는 지혜의 인드라망)의 벗들이다.

하얀 표지에 주름처럼 휘감긴 우주 혹은 지구의 그림을 배경으로 아래는 영어 한 구절이 쓰여져 있다.

save
yourself
new writing

글쓰기 책이니 굳이 '글쓰기'와 'writing'을 강조할 필요는 없고, 이

책의 열쇳말을 찾아보면 '몸', '삶', '누드', 'save yourself' 이렇게 4개다. 책은 정확히 200쪽으로 적당한 두께의 책 속에는 글쓰기와 자기 운명을 둘러싼 6편의 글이 실렸다. 부분적인 화두들도 적지 않겠지만, 책의 얼굴인 표지를 보니 글쓰기를 둘러싼 4개의 화두가 다가온다.

우선 몸과 삶.

'몸'은 김용옥이 기철학을 강조한 이래, 아니 그와 상관 없이도, 서양의 관념철학이나 인식, 이성 중심적 사고에 대응하는 동양적 삶의 기반이 되는 철학적 화두이다. 고미숙 또한 책마다 몸의 가치나 의미 등을 강조하지 않은 책이 없을 정도로 몸은 인간 존재의 가장 근본이 되는 마당이자 주체이다. - '시작(詩作)은 온몸으로 온몸을 밀고 나가는 것'이라는 김수영의 전언이나 인간은 '호모 사피엔스(이성적 존재)'라기보다 호모 모미엔스(몸을 지닌 존재)'라는 김용옥의 참신한 제언, 그리고 몸은 지닌 주체로서 피할 수 없는 숙명인 공부하는 존재란 뜻을 담은 고미숙의 '호모 쿵푸스(공부하는 존재)'가 그 계보를 잇는다.

'삶'은 에둘러 말할 필요도 없다. 인간에게 삶이 없다면 죽음 혹은 죽임이고, 그 이후에는 언어도 감정도 숨소리도 사라질 테니, 결국 살아 있는 우리 모두의 궁극적 의미는 삶 그 자체와 이왕이면 아름답고 행복하게 잘 사는 것! 글쓰기가 삶을 바탕으로 삶을 지향한다는 건 두 말 하면 잔소리고 세 말 하면 입 아프다. 삶을 가꾸는 글쓰기의 원조는 역시 이오덕 선생님인데, 삶과 글의 뗄 수 없는 관계와 의미는 따로 한 장을 바쳐서라도 다룰 주제이므로 여기서는 훌쩍 뛰어넘기.

그럼 이제 남은 두 개의 화두는 '스스로를 구원하라(save yourself)'와 '누드' 즉 벗은 몸이다. 어느 쪽을 먼저 다룰까?

아침에 집을 나서면 늘 손에 책을 들고다녔다. 밖에 나가 버스를 타서 이 책을 펼치는 순간, 번개에 맞은 듯(실제로 맞아본 적은 없다^^) 온몸이 저릿한 충격을 받았다. 명치 끝에 묵직하게 울려오는 생생한 글씨. 노란 속지에 이런 글이 쓰여져 있는 것이 아닌가!

나이 오십, 나의 운명도
글쓰기와 함께 달려갈 것이다.
온몸으로, 홀딱 벗고!
- 2013. 2 애린.

'애린'은 앞서 소개했듯 내 아호다. 이 책을 넉 달 전에 한 번 읽었을 때 그 앞에 써놓은 글인데, 전혀 기억을 못하고 있다가 책을 다시 펴든 순간 이 글을 만났다.

우선 내가 올해 글을 쓰는 '몸 - 삶'으로 변한 사실이 놀랍다. 혹시 나도 모르게 내가 주술을 걸거나 혹은 예언을 한 셈인가. 지금 이렇게 운명적으로 무슨 팔자처럼 글을 쓰는가? 나도 모른다. 이 글을 보는 순간, 아, 내가 나도 모르게 내 운명을 글쓰기에 걸었구나 하는 생각. 이전에도 〈토론의 전사〉책을 쓰고 아주 드물게 가끔씩 원고라든지, 시나 수필 등을 써 본 적은 있지만, 올해처럼 왕성하게 글쓰기를 해본 적은 없다.

학교에서 약간 숨통이 트이고 시간 여유가 많은 해이기는 하지만, 지난 3월부터 5월까지 석 달 동안 영화 〈쿵푸 팬더〉를 소재로 한 책〈공부를 사랑하라(이파르)〉을 한 권 썼다. 석 달이라고는 했지만 거의 두 달 동안 일이다. 먹고 기도하고 사랑하고 강의하고 수업하면서 틈나는 대로 쓴 결실이다.

그 와중에 내가 새로 기획한 책만 서너 권은 된다. 2월부터 추진해서 느릿느릿 걸음을 걷는 〈토론의 전사 3(한결하늘)〉, 각종 영화와 수업의 명장면만 모아서 가치있는 교실 수업의 의미를 담아보려는 수업이야기, 토론의 전사에서 담지 못한 한국사회의 토론문화와 정치현실에 대한 해묵은 숙제 같은 토론 책 〈강자들은 토론하지 않는다(단비)〉, 중고생을 위한 토론이야기, 등등 눈감고 명상만 하면 이 책도 쓰고 싶고 저 책도 만들어보고 싶은 욕망과 충동이 불같이 일다가 안개처럼 사라지곤 했다. 정녕 글쓰기 귀신이라도 들리지 않고서야 어찌 이리 쓰고 싶고 써지겠는가! 몸에 갑자기 글쓰기 귀신이라도 붙은 이 행복/불행한 경험을 이미 겪은 이도 많겠지만 나로서는 정말, 오십년 생애 처음 찾아오는, 난감하고 두렵고 은

근히 신나는 특이한 경험이 아닐 수 없다.

그 운명은 이미 2013년 2월에 나도 모르는 무의식에 의해 점지되었나니, 오십의 나이, 운명은 글쓰기와 그것도 홀딱 벗고! 〈누드 글쓰기〉라는 책을 읽으면서 다가온 단상인지, 읽기 전인지는 기억 나지 않지만, 피할 수 없고 돌이킬 수 없는 지천명 내 삶의 시작인 걸 부인하지 못하겠다.

이 책을 다시 펼쳐든 오늘, 내게 다가온 두 개의 화두는 이것이다. '누드'와 '운명의 구원!'. 과연 나는 나 자신을 스스로 구원하는 (save yourself) 글쓰기를 이룰 수 있을까? 이 누드 글쓰기의 필자들이 내게 던지는 운명같은 도전장이다.

흡혈귀 섹스로 시작해서 로망스와 포르노를 거쳐 누드로 진행되는 이 책의 선정성은 이미 예고한 바 있다(앞으로 또 어떤 야한 정신이 기다리는지 기대 만빵^^). 이제 부끄러움을 살짝 떨치고 누드의 세계로 들어가보자. 저 머나먼 유럽의 해변가에 있는 바람 시원한 나체촌을 거니는 심정으로 말이다.

짐작 하겠지만 누드의 핵심은 '커밍 아웃'이다. 아, 성적, 동성애적 커밍아웃 말고 번뇌와 집착에 빠져 불운의 길을 걸어온 불쌍한 우리 중생의 삶에 대한 진지하고 솔직한 옷벗기, 그게 누드 글쓰기의 '누드'이다.

전국적으로 여기저기 힐링(healing)이 유행한다. 너도나도 아프고 답답하기 때문이다. 왜 아프고 답답한가? 통(通)하지 않기 때문이다. 왜 통하지 않는가? 불교적으로 말하면 탐진치, 내 스스로의 욕망과 집착 때문이고 외부적으로는 인간의 본성인 사랑과 욕망까지도 상품화해내는 괴물같은 자본주의 때문이다. 내 몸 안팎의 마귀들이 자신들의 오감 아니 육감까지 사로잡아 가두다보니 우주와 자연과 이웃과 내 자신과 소통할 여가가 없다. 통하지 않는 몸과 정신의 독소는 쌓이기만 하고 풀어 배출할 방법을 모르니 여기저기 몸이 쑤시고 정신이 메마른다. 그래서 힐링의 대가라는 무슨 무슨 스님 시리즈(혜민과 법륜 스님 등등)에 목을 매거나, 병을 만드는 병원(일리치) 주변을 어슬렁거리거나 그도 아니면 캄캄한 동굴같은 골방에 갇혀 자기만의 우주를 만들고 거기서 혼자 왕노릇하며 일베질(일간 아니 인간 베스트 개지랄 - 그러고보니 그들도 운명을 걸고 온몸으로 글쓰는 글쓰기의 전사다, 무협지의 사파 오합지졸같은 악역이 안타깝기는 하지만)이나 하는 게 요즘의 세태다.

결국 외부와, 자연, 우주와 소통해야 하는데, 그 핵심이 무엇인가? 벗는 일이다. 나를 보여주지 않고서는, 환자로서 환부를 의사에게 드러내보여주지 않고서는 치료받을 수 없듯이, 나를 드러내보여주는 일이다. 그러기 위해서는 솔직하게 벗어야 한다. 〈누드 글쓰기〉 책에서는 이를 '번뇌의 커밍 아웃'이라 하는데(말도 잘해요 ^^) 번뇌든 쾌락이든 욕망이든 슬픔이든 정말 순수한 성찰을 통해 자신을 발가벗겨보는 일이다.

어디까지 어떻게 벗을까? 물론 사람마다, 역량에 따라 다르다. 성인들은 만인 앞에서 죽음의 모습까지 다 벗지만 우리같은 범인들이야 하늘의 별같은 그분들 발톱의 때만큼도 벗기 어렵다. 이 짧은 글을 쓰면서도 수없이 자기 검열에 시달리는 비루함을 벗기 어렵다는 의미다. 그래서 벗기 위한 마당과 조명 도구 등이 필요하다. 그리고 벗는 방법 중에 가장 치열하고 어렵고 솔직한 옷벗기가 바로 '누드 글쓰기'다. 이제 글쓰기의 나라에 막 입문하는 나로서는 글쓰기의 중요성과 의미를 두루 헤아리기 어렵고, 여기서 잠깐, 공신 고미숙의 입을 잠시 빌려보자.

"글쓰기가 모든 사람들에게 최고의 용신이 되는 까닭도 거기에 있다. 엉? 여기까지 고개를 끄덕이다 갑자기 화들짝 놀랄지도 모르겠다. 비약이 너무 심하잖아라면서. 그렇지 않다. 용신에서의 핵심은 관찰이다. 자신이 서 있는 지점을 정확히 보는 것이 중요하다. 그러기 위해서는 고도의 집중력이 요구된다. 이 집중력을 발휘할 수 있는 최고의 기술이 글쓰기다. 생각해보시라. 글쓰기보다 더 낯설고 이질적인 행위가 있는지. 춤을 추거나 그림을 그리거나 노래를 부르는 일들은 대충 납득이 될 것이다. 이해가 된다는 건 그만큼 익숙하다는 뜻이다. 그런데 글쓰기는 영 난감하다. 그게 바로 포인트다. 글쓰기는 일단 지성과 신체를 동시적으로 쓰는 행위다. 한마디로 존재 전체를 투신해야만 가능하다. '가만히 앉아서 하는데 무슨 힘이 든담' 이렇게 생각하는 이가 있다면 그건 아직도 한 번도 글을 써보지 않았다는 뜻이다. 그건 마치 태극권이 동작이 느리다고 힘이 안들 거라고 생각하는 것과 마찬가지다. 농담삼아 말하면 글을 쓰는 건 태극권보다 약간 더 힘이 든다. 그래서 운을 열 수 있는 것이다." 〈누드 글쓰기 21-22〉

용신이란, 인간이 사나운 팔자 탓을 외부로 돌리지 않고 자신에게서 찾으려할 때, 자기 운을 열어가는 개운(開運) 과정의 구체적인 방편을 말한다. 자신에게 부족하고 낯선 기운과 기질과 리듬을 만나 기존에 내가 지닌 습관과 운명 등을 조율하고 바꿔나가는, 내 운명 개척의 지팡이랄까. 그 운명 개척의 매개 가운데 최고가 감히! 글쓰기라고 주장한다. (태극권보다 어렵다는 말에 100% 공감은 안되지만 과장은 아니라고 생각한다. 그래서 다소 유치해보일지 모르지만, 이렇게 열심히 쓰는 행위가 기쁘고도 설렌다.)

이런 엄청난(!) 운명개척 무기인 글쓰기를 바탕으로 자신의 전존재를 관찰하고 고백하며 결심하는 글쓰기야말로 세상에 얽매여 비틀거리는 내 인생을 바로잡고 도약할 절호의 기회이자 도전이다. 그래서 글쓰기는 내 자신을 구원할 귀중한 삶의 목표이고 수단이 된다.

막상 글쓰기 책 집필을 시도했지만 사실 아직도 왜 이렇게 열심히 쓰고 있는지, 내 자신도 알지 못한다. 쌀이 쏟아지고 깨가 쏟아지는 것도 아닌데(혹 모르지 책이 만들어져 잘 팔리면 돈도 벌고 사랑도 받을지^^) 하여간 쓴다. 누구말대로 '뼛속까지 내려가' 써볼 작정이다. 아직 스스로를 구원하지 못한 내 운명의 개척자로서, 여행자로서 글쓰기의 세계를 탐사하고 전수할 생각이다. 그게 낯선 세계를 떠돌며 무언가를 전하는 헤르메스의 운명 그것이니까.

나이 오십. 공자가 말한 지천명(知天命). 나는 그 의미를 오십대를 마칠 때쯤이나 알 줄 알았다. 내가 무슨 의혹(疑惑)의 세계를 초월한 건 아니지만, 사십이 불혹(不惑)이라 말한 공자의 말을 사십대를 마치는 최근에야 조금 깨달았기 때문이다. 그런 의미에서 지천명의 의미는 육십 가까이 돼서라도 깨달았으면 좋겠다는 심정이었는데, 몸과 삶과 어우러지는 글쓰기와 만나면서 그 실마리를 잡은 느낌이다.(정말 실마리다, 아주 가느다란 실마리)

참고로 〈누드 글쓰기〉의 필자들은 인문의역학과 사주명리학을 배워가면서 그 둘을 무기삼아 자신의 팔자와 운명을 성찰하고 개척하려는 글을 쓴다. '인문의역학'과 '사주명리학'이 일종의 용신인 셈이다. 물론 나도 감이당에 가서 그 공부를 하고 싶고, 언젠가는 만날 날이 오리라 믿는다. 만약 독자들도 누드 글쓰기에 도전해보고 싶다면 감이당의 문들 두드릴 것을 권한다.(아 결국 공부 다단계의 말단의 말단 역할을 하는 내 행복한 운명^^). 그럴 시간이 없다면 북드라망에서 나온 〈갑자서당〉과 〈나의 운명사용설명서〉도 적잖은 도움을 줄 터이므로 일독, 아니 재독, 삼독을 권한다.

참고로 나는 내가 걸어오면서 읽은 책과 경험을 용신 삼아 글을 써낼 것이다.(나는 나니까~) 시와 소설, 문학과 과학, 이런 작가와 저런 필자, 국어나 문학 교과서와 학교에서의 경험 등등이 결국 내가 내 운명의 길에서 만난 팔자의 일부이기 때문이다. 그러므로 꼭 인문의역학과 사주명리를 알아야만 팔자를 바꾸는 삶글쓰기가 이루어진다는 것도 편견이고 오만이다.

그래도 멋진 책, <누드 글쓰기>의 뒷 표지는 다음과 같은
내용으로 채워져있다.

"상처와 기억을 몸 밖으로
나를 살리는 누드 글쓰기"

나로부터 시작하는 글쓰기, 번뇌의 커밍아웃이 시작된다.

"우리 시대는 행복조차 이미지와 상품으로 주입되는 시대다. 아마
가장 큰 불행은 행복한 거 같긴 한데 그것이 누군가의 조종에 의한
것임을 눈치 채게 될 때일 것이다. 노예의 행복-이 지독한 형용모순
에 빠지지 않으려면 행복에 대해, 삶에 대해 배우고 익혀야 한다. 그
래서 운명의 지도가 필요하다. 자신의 명과 그 명을 움직이는 길을
안다는 것, 그 병과 같이 어떻게 천지만물이 결합되어 있는지를 안
다는 것, 그것이 구원이자 출구다. 자기 구원으로서의 앎, 자기 수련
으로서의 글쓰기 - 이것이 누드 글쓰기가 추구하는 두 개의 테제다.
  - 고미숙, 글쓰기의 존재론 중에서.

죽임의 문화 속에서 사람을 살리는 글쓰기의 존재론과 관
계론. 전적으로 공감이다. 과연 나는 앞으로 남은 생애의 글
을 쓰는 동안 얼마나 나의 번뇌와 욕망을 커밍아웃 할까?

고도의 체력과 정신력을 발휘하여 내 존재의 삶의 가치를 한 단계 높일까, 잘라 말 할 수는 없지만 다짐은 한다. 내 삶이 다 하는 날까지 쓰겠노라고, 벗겠노라고 하여 자유롭게 내 자신을 해방시키고 자유인이 되겠노라고.

나의 글쓰기가 나를 구원하고 나를 수련하는 최고의 공부가 되는 그날까지, 나는 쓴다 고로 존재한다!

- 〈누드 글쓰기〉는 정말 거짓없이 자기 자신의 과거와 현재를 벗기는 과정이다. 남에게 말할 수 없는, 말하기 힘든 내 삶과 운명의 비밀을 솔직하게 적는다. 꼭 보여주지 않고 혼자 몰래 보고 태우거나 지우더라도 도전 자체가 의미 있다.

세기의 섹스 심벌이자 세기의 독서광이었던 마릴린 먼로도 말했다.

"내가 아닌 모습으로 사랑받는 것보다 내 본연의 모습으로 미움받는 것이 낫다고."

내가 사랑하는 나의 모습, 내가 보여주고 싶은 나의 모습도 좋지만 비록 나 자신이나 남들에게 손가락질 받을지라도 나 스스로 어찌할 수 없었던 내 운명같은 나의 과거, 감정, 사건들을 속시원히 정리하자. 내 인생과 글쓰기가 달라진다.

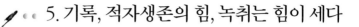

5. 기록, 적자생존의 힘, 녹취는 힘이 세다

어린 시절 내 별명은 용두사미(龍頭蛇尾)였다. 무슨 일이든 벌여 놓고 끝이 흐지부지한 내게 아버지가 붙여준, 나로서는 매우 부끄러운 별명이다.(나의 헤르메스적 인생은 이때부터 시작인지도 모르겠다.) 그래서인지 내 인생은 늘 '작심삼일'이었고, 어디 한 군데 오래 머무르지 못하는 방랑벽에 휘청거렸다. 글쓰기 100일 계획의 4일차에 약간의 긴장감이 느껴지는 까닭이다. 어찌어찌 사흘은 넘어왔는데, 과연 작심삼일 콤플렉스, 용두사미 트라우마를 벗어날 수 있을까 하는 일말의 불안감. (앞의 세 편 글은 사흘 만에 쓰여지고 2년 뒤에 다듬어지는 중이다)

사흘 만에 쓸거리가 떨어진다면 애초에 글쓰기에 대한 도전조차 엄두도 못 했을 터, 그렇다고 미리 100일 계획표를 세워두고 한 건 아니므로 앞의 사흘처럼 돌출적으로 쓸만한 주제를 떠올려본다.

글의 처음을 잘 시작하는 방법, 카페나 블로그 활용하기, 표현력 키우기, 문법적인 고민을 어떻게 해결할까, 매력적인 글 제목을 잘 붙이는 방법, 조정래 선생님의 〈황홀한 글감옥〉이나 고미숙 선생님과 함께 하는 공부공동체인 '감이당'에서 의역학을 공부한 사람들이 쓴 〈누드 글쓰기〉같은 좋은 글쓰기 책에 대한 소개와 그 책 속에서 글쓰기에 대한 알짬 찾기 등등 많은 소재들이 떠올랐으나 일단 내가 최대 강점이라 자부하는 녹취 혹은 메모에 대한 주제로 나흘 고비를 넘기로 했다. 글 좀 쓰는 사람이면 누구나 강조하지만 몸으로 체득하지 않으면 쉽지 않은 '적자생존' 습관 길들이기.

요즘 유행하는 식상한 유머 가운데 '적자생존'이 있다. 아니 정확히 말하면 '적(는)자, 생존!'이다. 알다시피 적자생존(適者生存)은 생물의 생존 경쟁의 결과, 환경에 적응하는 것만 살아남고 그렇지 못한 것은 도태되는 현상으로. 스펜서(Spencer, H.)에 의하여 제창되고, 다윈(Darwin, C. R.)이 〈종(種)의 기원〉에서 사용한 말이다.

21세기의 환경적응이란 일단 가정, 직장, 행정부처 등 자기가 근무처에서 최적의 성과를 내는 일이다. 성과를 내기 위해서는 창의적인 아이디어를 내고 그걸 실행에 옮겨야 한다. 반짝거리는 아이디어를 만들어내고 그걸 자기화해서 다른 사람에게 전달하는데 꼭 필요한 능력이 바로 메모 능력, 적는 힘이다. 그런 점에서 '적자생존(適者生存)'과 '적는 자(記錄者), 생존'은 둘이 아니라 하나다.

메모의 중요성을 여기서 다시 강조할 필요는 없겠다. 한국의 메모 달인들을 비롯한 국내외 유수의 책들이 지겹게 강조해온 바이며 인터넷에서 메모광을 검색해봐도 인류사의 내로라 하는 위인들이 그 반열에 올라있다

예를 들면 습작 노트를 178권이나 남긴 피카소, 평생 3400권에 달하는 노트를 남겨 '걸어다니는 노트'라 불린 에디슨, 검은 모자에 작은 수첩을 넣어가지고 다니면서 메모 습관을 버리지 않았던 링컨, 메모 뿐만 아니라 습작기록으로도 유명한 다방면의 융합 천재였던 다빈치가 그들이다.

우리나라 메모광은 누가 있을까? 최효찬이 쓴 〈한국의 메모 달인들〉에 따르면 안철수를 비롯한 메모광들과 그들의 노하우가 자세히 소개되어 있다. (14인이 소개되어 있는데 안철수 말고 내가 아는 사람이 없다. 성공 운운하는 책들을 워낙 싫어하는 까닭에 성공신화의 주인공들은 매력이 느껴지지 않는다.)

우리나라 역사 속에서는 〈세종실록〉을 남긴 세종, 전란 중에도 일기를 쓴 이순신, 〈백범일지〉를 남긴 김구 등을 꼽을 수 있고, 유배지에서 18년간 500여 권의 책을 남긴 다산 정약용 선생을 최고의 기록달인으로 엄지를 척하고 추켜세울 수도 있겠다. (굳이 황홀하지 않더라도, 역시 감옥만큼 좋은 글쓰기 공간은 없는 듯. 그리고 보니 신영복 선생님의 〈감옥으로부터의 사색〉이야말로 최고의 옥중서신이다.)

다산 선생 이야기가 나왔으니 하는 말인데 정민 선생님이 쓰신 〈다산 선생 지식경영법〉에는 메모와 기록 남기기에 관한 두 개의

장이 소개되어 있다

'읽은 것을 초록하여 가늠하고 따져보라'는 초서권형법(抄書權衡法)과 '생각이 떠오르면 수시로 메모하라'는 수사차록법(隨思箚錄法)'이 그 것이다.(어려운 한자가 나온다고 쫄 필요 없다. 배에 힘주고 끄응~)

우선 초서권형법의 결론은 다음과 같다. 기본 경전을 읽고 난 뒤 중요한 내용을 카드작업을 하라는 이야기다. '문목을 먼저 세운 뒤에 읽다가 요긴한 대목이 나오면 그 부분을 발췌해서 초록하라'는 말이다.

"주견을 먼저 세워라. 생각을 붙들어 세워라. 그런 뒤에 책을 읽어라. 눈으로 입으로만 읽지 말고 손으로 읽어라. 부지런히 초록하고 쉴 새 없이 기록해라. 초록이 쌓여야 생각이 튼실해진다. 주견이 확립된다. 그때그때 적어두지 않으면 기억에서 사라진다. 당시에는 요긴하다 싶었는데 찾을 수가 없게 된다. 열심히 적어라 무조건 적어라."(148쪽)

책을 눈으로만 읽지 말고 손으로 읽으라는 말이 인상적이고, 무조건 적으라는 말에도 공감이 간다. 수사차록 역시 머리보다는 손을 믿고 무언가 떠오를 때마다 바로바로 적으라는 말이다. 역시 유사한 결론이다.

"부지런히 메모해라. 쉬지 말고 적어라. 기억은 흐려지고 생각은 사라진다. 머리를 믿지 말고 손을 믿어라. 메모는 생각의 실마리다. 메모가 있어야 기억이 복원된다. 습관처럼 적고 본능으로 기억하라."(159쪽)

이 말에 담긴 뜻과 그 효용을 부정하고 싶진 않다. 하지만 글쓰기를 이야기하면서 내가 강조하려는 바는 단순한 메모가 아니라 '녹취'라는 활동이다. 메모가 단순한 아이디어 수집 차원이라면 다산 말대로 책을 좋은 구절을 초록하는 것은 글의 때깔을 더하기 위한 인용, 활용 수준이고 녹취는 이 모든 것을 집약한 고도의 훈련 활동이다. 어느 날 퍼뜩 떠오른 생각을 바로 적어두거나(이건 기본이다!), 책을 읽으면서 마음에 드는 구절을 기록해 두는 단계(이 부분은 독서 부분에서 다시 논하자)를 넘어서 강의를 들으면서 기록하기는 그 이상의 의미가 있기 때문이다.

우선 나는 위에서 언급한 메모와 관련해 다른 의견을 갖고 있다. 뭐 단순히 말하자면 나는 메모를 잘 하지 않는다. 수많은 메모와 기록들이 아이디어 창출과 글쓰기에 도움이 되는 건 부정하지 않지만 '헤르메스'적인 삶을 중시하는 나로서는 기억보다는 망각을, 객관꼼꼼보다는 주관널널을 좋아하는 탓에 수시로 메모하는 습관을 들이지 않았다. 일찍이 메모를 했으면 나도 성공했을지 모르지만, 성공이라는 게 뭐냐! 무언가에 얽매인 성공보다는 그런 개념 없이 자유롭게 사는 평범이 훨 낫다! (아, 장자^^) 그리고 헤르메스를 자꾸 언급하고 강조하니 도대체 헤르메스가 뭐 어땠나 궁금할 텐데 그건 신화 부분을 다룰 때 이야기 하자. 참으시라 참아^^.

기록할만한 삶이 보잘 것 없는 탓에 초딩시절 억지로 쓴 그림일기 외에 일기는 써본 적이 없고, 수첩을 가지고 다녀본 적도 없다. 내가 가장 신기해하는 사람은 다이어리나 플래너를 매우 꼼꼼하게 적는 사람인데 때론 부럽기도 하지만 한편으로 '답답해서 어찌 사노' 하는 생각이 들 때가 더 많다.

스마트 폰의 등장으로 녹음, 메모 환경이 발달했다. 물론 손으로 직접 적는 경우는 줄어든다. 그냥 찰칵 찍어버리면 끝이다. 두 시간 정도 녹화는 기본으로 남길 수 있는 세상이라 사람들이 손으로 직접 기록하는 능력은 점점 퇴화한다. 이른 바 '손의 죽음'이랄까! 다산은 '손으로 읽고 손을 믿으'라 강조했지만 현대인은 스마트 폰에 의한, 스마트 폰을 위한, 스마트 폰 세계에서 놀고, 읽고, 기록한다.

원시적이지만 손으로 기록하기를 권장하는 나는, 당연히 스마트 폰이 없다. 이 좋은 기기를 왜 안 쓰는가? 그래서, 좋아서 안 쓴다. 갤럭시노트나 아이패드도 당근, 없다. 자랑은 아니지만 현재 그렇다는 말이다. (헤르메스답지 않다고? 그거야 알아서 판단하실 일이고...) 여하튼 기록 수단이야 갈수록 발달할 테니 적절하게 잘 사용하면 좋은 일이다. (2년이 지난 지금 당근 스마트 폰을 활용한다.

기계 앞에서 깨갱! 물론 적기는 손으로!)

  글쓰기 능력 향상을 위해 강조하는 녹취는 '받아적기'다. 보고 적
거나 떠오르는 걸 단순히 메모하는 게 아니라 들리는 모든 것을,
아니 의미 있다고 여겨지는 것들을 닥치는대로 기록하는 일이다.
그 가운데 가장 좋은 활동은 역시 훌륭한 강사의 명강의 받아적기
나 독서토론 내용 녹취하기다. 앞서 고령화 가족에서 선생님들이
이야기하는 걸 아주 간단히 적은 예를 보여주었으므로 여기서는
도올 김용옥 선생님의 강의 녹취 사례를 소개하겠다.(원래 녹취 훈
련의 시작은 토론을 공부하면서 시작된 것인데 토론 속 기록 이야
기는 〈토론의 전사 3〉권 '기록은 힘이 세다' 참조)

  2012년 4월 7일. 역사적인 날이다. 도올 김용옥 현장 강의를 처
음 들었기 때문이다. 장소는 다산 생가 옆 실학 박물관. 주제는 맹
자와 다산. 바야흐로 다산 서제 176주기, 탄생 250주년을 기념하여
도올 특강이 남한강변 다산의 마당에서, 그것도 맹자를 주제로 하
여 이루어진 날이다. 한 자리에서 맹자와 다산과 도올을 만났으니
어찌 역사적이라 감격하지 않으랴.
  마침 2012년, 유엔의 유네스코는 올해의 세계 기념 인물에 다산
정약용을 뽑았다. 그해 유네스코가 세계 기념 인물로 지정한 인사
들은 '장 자크 루소, 헤르만 헤세, 클로드 드뷔시'다. 가히 세계적인
사상가와 작가, 음악가 등과 어깨를 나란히 겨루고 유엔이 인정할

만큼 다산의 학문적 역량과 업적은 대단하다.

이날 도올 특강은 다산의 서거일을 기념하여 생가 위 무덤에서 제를 올리고 다산의 해를 맞아 다산과 맹자의 사상을 비교 검토하면서 다산의 업적과 한계를 짚어보자는 의미로 마련된 자리였다. 신문에서 이 기사를 읽고 아침 일찍 택시를 타고 한강변을 달렸다. 도착하여 서제를 지내는데 삼성가의 중앙일보 홍석현 회장이 초헌관이 되어 첫잔을 올리는 게 기이했다. 다산과 삼성가에 무슨 혈연이 있나 하는 의문이 들었다. 재헌관은 다산 후예인 정씨 집안 분이, 삼헌이자 종헌은 도올이 맡았다. 제례를 마치고 시작된 특강. 나는 강의를 앞에서 듣고 싶어 일찌감치 앞으로 가서 앉았다. 낡은 휴대폰으로 사진 한 장 찍고 드디어 시작된 특강. 그리고 달변으로 흘러가는 도올의 강의를 내가 아는 만큼, 들리는 만큼, 받아적었다. 그 기록의 한 단면이 다음 글이다. 전문을 싣자면 이 책의 분량으로 20쪽에 달한다.(오, 신이여 정녕 이걸 제가 다 받아적었다는 말입니까!)

그 시작은 다음과 같다.

맹자와 다산

- 다선 서제 176주년 탄생 250주년 기념

도올 김용옥 강연

(2012.4.7 다산 생가 옆 실학박물관)

바람은 조금 차가웠지만 애타게 기다리던 봄볕이 따사롭게 내리쬐던 날. 다산 서제 소식을 듣고 먼 길을 달려갔다. 50분 남짓 제를 올리고 진행될 도올 김용옥 선생님 강연을 듣고파서…. 전국 각지에서 찾아온 사람들. 실학박물관 내의 강연장은 말 그대로 송곳 하나 들어설 곳 없이 빽빽했다. 앉을 자리가 없어 연단에까지 사람들을 앉으라는 배려를 아끼지 않은 도올 선생의 강의는 명불허전 그 자체로 한 호흡이 멈출 여지도 없이 물처럼 흘러갔다.

먼저 박석무 다산 연구소장님의 인사말..

원근에서 이렇게 많이 와주셔서 감사하다. 너무 당연한 일인데 너무 늦었다, 이런 관심이. 다산을 통한 사회개혁과 평등 세상의 꿈이….

"맹자는 '백성이 임금을 끌어내릴 수 있다'고 한 사상가다. 중국에서도 1500년이나 금서였다가 송나라 주희가 〈사서집주〉를 쓰면서 사서에 들어가 복권되었다. 다산 또한 맹자의 뜻을 이어받아 개혁을 꿈꾼 사상가다. 좋은 강의 기대된다."

김시업 실학박물관장님도 한 말씀.

"이곳에서 실학의 정신을 느껴보시라. 다산은 1800년 유배를 갔다, 18년 유배 생활 마치고 돌아와 다시 여기서 18년을 사셨다. 회혼례를 준비하면서 그 날 아침 돌아가셨고, 오늘이 그날이다. 유네스코는 2012년 세계문화 인물에 장 자크 루소와 헤르만 헤세, 드뷔시와 다산 정약용 선생을 지정했다. 자랑스러운 일이다."

이어진 도올 강의

얼마 전 맹자를 우리 말로 풀어쓴 〈맹자한글역주〉를 완료했다. 맹자의 삶과 시대를 아우른 세계 최초의 번역서다.(우~ 여기서부터 깔때기의 시작^^)

맹자를, 우리는 공자의 사상을 발현시킨 최대의 사상가로 알고 있다. 그런데 중국에는 〈공맹(孔孟)사상〉이라는 말이 없다. 그 말은 12세기 이후 이정, 주자가 맹자를 발굴하면서 나타난 말이다. 그 전까지 맹자는 철저히 무시당했다. 백안시(白眼視) 되었다. 주석도 '조기'라는 후한말의 학자가 남긴 게 유일했다. 통치자들이 맹자를 아주 싫어했기 때문이다. 군(君)은 별거 아니고 민(民)은 가장 고귀하다고 한 사상가. 임금 네가 임금인 것은 민의와 민심을 얻어야 왕의 자격이 있는 거라고 했다. 군은 일부(一夫), '한 또라이', 좀 심하게 말하면 '한 또라이 새끼'에 불과하다고 했다.

맹자가 제선왕을 만났을 때, 제선왕이 '걸주같은 폭군이라도 왕을 시해하고 혁명을 일으키는 것은 잘못 아닌가. 군주를 시해하는 것이 가능한가?'라고 했을 때, 맹자는 '인을 해치면 도적이고 의를 해치면 잔학한 놈인데 내가 임금을 죽였다는 말은 들은 적은 없고, 한 또라이를 죽였다는 말만 들었다'고 대답했다. .

왕 앞에서 이렇게 말하고도 맹자가 살아난 이유는 무엇인가? 전국시대는 패도의 시대이기 때문에 국력 확보가 목적이라 맹자같은 현인을 존중했다. 당시의 군주들은 격(格)이 있었다.

맹자가 제선왕을 만나 이런 말도 했다.

"여기 가족을 친구에게 맡기고 먼 나라로 떠난 신하가 있습니다. 그 신하를 저 먼 초나라 사신으로 보냈는데, 사신은 너무 멀고 오랜 길이라 처자식을 맡기고 갔다 왔습니다. 그런데 그 처자식이 굶어 죽었다면 그 사신은 사신으로서 자격이 있습니까?"

"물론 자격 없으니 짤라야지."

"군대를 통솔하는 참모총장이 군인에게 명령을 내리는데 안 듣습니다. 제대로 통솔하는 능력이 없는 참모총장은 어떻게 해야 합니까?"

"그야 자격이 없으니 짤라야지."

"제나라 현실을 보시지요. 기근과 흉년에 노약자, 어린이 시체가 도랑에 즐비합니다. 그러면 그 나라를 책임지는 당신은 어떻게 해야 할까요?"(당연히 널 짤라야겠지!)

이 때 제선왕 할 말이 없으니, 좌우를 돌아보며 딴청을 부린다. 당시 군주는 그렇게 귀여웠다.(ㅆ) 그 정도로 임금을 까도 비판의 목소리에 귀를 기울였다.

이렇듯 맹자의 핵심은 민본(民本)사상이다. 백성이 근본이고 군주는 그 종이다. 오늘날의 민주주의보다 더 지독한 민주주의 사상이다. 다만 당시는 오늘날 같은 선거 제도가 없고 오로지 군주의 개혁에 기대던 시대였기에 군주를 설득하려 했다.

성선설(性善說)도 결국 군주의 마음을 어떻게 움직이느냐에 따라 세상이 달라질 기대에서 나온 사상이다. 군주가 인(仁)하면 백성도 인하고, 군주가 의(義)하면 백성도 의한 시대. 군주가 불인(不仁)하면 백성도 불인하고 군주가 불의(不義)하면 백성도 불의한 시대라서 백성에 앞서 군주를 이끌려 했다.

공자에도 나온다

정치(政治)가 무엇입니까? 정(政)은 정(正)이다.

정치는 바름이다. 그대가 올바름으로 정치를 한다면 누가 부정부패 하겠느냐(공자)

맹자 첫머리에 양혜왕 편이 있다. 주유열국을 하던 맹자. 양혜왕을 만날 때 혼자 가지 않고 많은 제자를 데려간다. 왕이 맹자를 만나는데 수레 수십 대에 종자가 수백이다. 지금으로 말하면 벤츠 30대에 수행원이 300인데 그 비용을 양혜왕이 다 대주었다. 맹자

첫머리의 불원천리(不遠千里) 와주시니, 그 말은 과장이 아니다. 실제 추량과 양나라는 천오백리 거리다. 무려 두 달이나 걸리는 거리다.

"불원천리 와주시니 감사합니다. 저희 나라가 어떻게 하면 이익을 얻겠습니까?"

"왕은 하필 이익을 말하는가(何必曰利!) 오로지 인의가 있을 뿐이오. 나는 이익을 주러 온 것이 아니고 인의 도덕을 가르치려 왔다."

당시로 보면 이 사람 맹자는 너무 오활(迂闊)한, 시세에 너무 어두운 사람이었다. 모두가 부국강병을 꿈꾸는데, 패도를 실현하려 하는데 맹자는 단호히 거부했다. 무력은 천하를 통일하는 길이 아니라고 믿었다. 천하통일은 도덕으로 이루어야 한다고 믿었다. 모두가 전쟁 없는 시대를 바랬다. 하지만 모든 사상가들이 이전거전(以戰去戰 - 전쟁으로 전쟁을 없앤다)을 주장할 때, 맹자는 오로지 도덕의 힘만으로 가능하다 주장했다. (이걸 다 적자면 맹자와 다산에 대한 도올의 두 시간 특강이 되므로 여기서 중략, 그리고 나머지 마지막 부분을 살펴보자.)

마지막 역사 이야기 하나 더. (찾아보니 '맹자 진심장'에 나오는 이야기다)

순임금에 대해서 제자가 어려운 질문을 하나 던졌다. 순임금의 탁월한 신하 가운데 '고요'라는 사람이 있다. 순이 천자가 된 뒤 고요를 법무부 장관에 임명했는데, 아까 나쁜 놈이라 했던 순의 아버지 고수를 모시고 있다. 그런데 그 아버지 고수가 살인을 했다면 순임금이 어떻게 했을까요? 천자의 아버지 고수가 살인을 했다면 고요는 어떻게 해야 할까요?

이 질문에 맹자는 법대로 집행해야 한다고 말한다.

"그럼 어떻게 하는 것이 법대로입니까?"

"나는 법대로라고만 했느니라."

"그럼 순은 어찌 처신해야 합니까?"

"사람들은 다들 권력에 대해 바당바당! 하는데, 바당바당! 그는 권력에 욕심이 없는 분이니 점잖은 분이니 아버지가 살인을 하셨다면 기꺼이 그 지위를 내놓을 것이다. 단 감옥에 갇힌 자기 아버지를 업고 도망치겠지! 저기 발해나 북해 같은 먼 곳으로 가서, 안빈낙도(安貧樂道)를 누리고 살겠지."

다산은 이 부분에 대해서 맹자를 인정하지 않았다. 제자가 오독해서 끼워넣은 것이라고 맹렬히 깐다. 왕이 자리를 내놓는 무책임이 어디 있으며, 옥리를 매수한다니 이건 불법이고 옥리 또한 누군가를 봐주는 것은 범법이니 이치에 안 맞는다! (역시 다산다운 해석이다!) 이건 제자가 끼워놓은 이야기다.

그러나 나 도올의 생각은 다산과 다르다. 법은 집행하고 유가의 대가인 맹자의 문제의식은 유가의 도리를 따른다. 맹자는 어머니의 장례도 엄청난 후장(厚葬)을 치러 많은 사람들의 비판을 받았다. 묵자는, '죽으면 썩는 시체인데 뭘 그리 낭비하면서 장사를 치르는가! 국가재정 낭비이고 사람들로 하여금 사치스런 경쟁만 조장한다'고 비판했다. 맹자는 어머니가 죽어 땅속에서 추우실 것을 생각하니 가슴이 아프다며 두꺼운 석회를 사용하고 몇 년이라도 더 육신의 모습을 유지하길 바랬다.

맹자는 묵자(墨子)와 치열하게 대립했다. 묵자는 원시공산사회를 꿈꾸는 평등주의자다. 또 맹자는 양주와도 대립한다. 양주(楊朱)는 '자기의 털 하나 뽑지 않겠다'고 한 그 양주다. '내 털 하나를 뽑는 일이 천하를 위한 일이 된다 할지라도 자기는 절대 그러지 않겠다'고 했다. 열자 양주편에 나오는 이 양주는 그냥 이기주의자가 아니라 지독한 아나키스트다. 모든 권력을 부인한 사람이다. 맹자는 묵자라는 무차별 평등주의자나 양주같은 지독한 에고이즘을 까고 도덕의 마음을 설파했다. 도덕이란 아주 가까운 사람들을 보살피고 아끼는 마음이다. 자기 자식과 부모를 섬기는 게 선업과 정치의 근본이며 가장 도덕적인 실천이라고 강조했다. 그러니 순임금의 행동은 정당하다는 게 맹자의 입장이다.

앞으로 박석무 선생님과 1, 3주 수요일 4회에 걸쳐서 나 도올이

랑 여유당전서를 놓고 다산 공부를 할 것이다. 내가 배우는 자리가 될 거다.

내가 마지막으로 하고 싶은 말은 '다산을 실학의 테두리에 가두지 말라'는 것이다. 나는 실학이라는 말을 싫어한다. 그래서 성대 교수들이 날 미워하는데(ㅆ) 여기가 또 '실학'박물관이다. 여기 관장이신 김시업 교수님은 의성 김씨의 꼬장꼬장한 지조와 무서운 도덕의식을 가지고 계신다.

실학이란 말 자체가 우리에겐 없었다. 반계나 다산이 실학이라는 개념으로 학문을 말한 적이 없다. 일제시대에 일본에서 들어온 말이다. 그냥 실사구시 학문이라 하면 될 것을 실학이란 말로 규정하고 갔다. 물론 실학은 중용의 장구서에 나온다. 정이천의 말이다. 허학(虛學)의 반대로 그냥 일반 용어이다. 일본 학자들이 자기 유학을 규정하는 말이 없어서 실학이란 말을 썼는데, 실학에 대한 일종의 편견을 가지고 있다. 우리도 그냥 실사구시 학풍이라 하면 된다. 문제는 조선왕조사의 정약용을 실학자로 규정하면 안된다는 말이다. 그는 당대의 탑 스칼라십을 가진 경학자였다. 조선 주자학이 아니라 주자학을 포괄해서 조선의 미래, 조선의 개혁을 꿈꾼 사람이다. 독서 범위가 대단하고 문장력이 장난이 아니다. 함부로 조선왕조의 누구와 비교할 수 없는 격이 다른 사람이다. 그런데도 나는 유감이 많다(ㅆ)

이상 도올 강의 끝. 들은 대로 받아 적은 내용을 정리했다. 속기?

물론 아니다. 그냥 받아적었다.

80년대 대학에 다니던 시절, 김용옥의 〈동양학 어떻게 할 것인가〉와 〈여자란 무엇인가〉를 읽고 강렬한 지적 충격을 받았다. 카프카가 말하는 '책이 도끼'가 되어 내리치는 충격이랄까! 당시 남성중심 기독교적 사고에 젖어있던 내게 동양학, 여성학 책은 김지하의 〈밥〉과 〈애린〉 등의 책들, 카프라의 〈현대물리학과 동양사상〉과 더불어 내 세계관을 틀 짓는 매우 중요한 자산이었다. 도올을 흠모한지 약 20년 만에 처음 도올의 육성을 들었고, '역시 도올'이구나 하는 감탄을 금치 못했다.

강연을 마치고 잔디밭에서 점심식사를 하시는 도올에게 차 한 잔 올리고 왔다. 이 흐뭇함이라니~ 아직 공부가 부족해 방황이 계속 되는 지금, 강신주와 김수영과 더불어 도올 또한 비틀거리는 내 삶에 작은 나침반이 되어준다면…. 더할 나위 없이 행복하겠다.

중간에 많은 부분이 생략되어 전문을 다 보지는 못 했지만 대략 앞뒤의 분위기를 보면 어떤 상황인지 짐작이 갈 터이다. 강연을 듣게 된 동기, 강연장 분위기가 강연에 임하는 나의 마음가짐 자세 등을 기록하고 그 다음부터는 손이 빠져라 부지런히 적었다. 다산 말대로 손을 믿고, 손으로 듣고, 손으로 적어 내려간다. 녹음도 하면 물론 좋겠지만, 나중에 녹음을 풀어서 정리하자면 훨씬 번거롭다. (물론 나는 한 번도 해보지 않았다.) 그리고 나중에 시간이 나면 타자를 쳐서 원고를 다듬고 그때 강의를 들으면서 미진했던 부분, 즉 놓쳐서 못 적은 부분이나 인용 출처가 불분명했던 부분 등을 찾아서 여백을 채우다보면 내 자신만의 독자적인 글쓰기 공부가 된다. 강사는 개떡처럼 말해도 찰떡같이 찰지게 글을 완성할 수 있는 셈이다. (객관적으로 강사가 말한 부분만 그대로 적는 것도 의미가 있으나, 어차피 세상에 순수 객관이란 없으므로 알아서 주체적으로!)

정리된 글이 가치가 있다고 여겨지면 자기 자신의 블로그나 본인이 활동하는 카페 등에 올린다. 이 글도 내가 카페지기로 있는 〈토론의 전사〉 카페에 올렸다. 거기 몇 개의 댓글이 달린 걸 소개한다.

- 별보는소년 12.04.09. 15:58 현장에서 도올 선생님의 목소리를 통해 다산을 비롯한 많은 분을 만나셨군요. 감회가 남달랐겠네요.^^ 국학(國學)의 발전을 간절히 기원하면서 첨부 파일 받아갑니다. 귀찮음을 무릅쓰고 애써주심에 감사드립니다.
- 답글 〉애린 12.04.09. 18:55 귀하게 읽어주시니 저의 영광입니다^^
- 갈매나무 12.04.16. 14:00 현장에서 중계를 하시듯 생생한 목소리 전달, 감사합니다. 덕분에 여러 정보 잘 얻었습니다. 도올 선생님의 학문에 대한 열정에 감탄하는 한 사람으로서 재미있게 잘 읽었습니다. 고맙습니다.
- agatha153 12.04.16. 14:46 늘 감탄하지만 궁금도 해요. 어떻게

빠짐없이 전달하실 수 있는지요? 속기? 꼼꼼한 전달에 감사드립니다. ^^*

- 반디 12.04.16. 15:53 재미있게 잘 읽었어요. 나도 그 자리에 있었다면 얼마나 좋았을까… 하는 부러움으로 마음 한 편이 싸~합니다.^^

- 애린 12.04.16. 22:58 그냥 발품팔아 움직이고, 현장에서 부지런히 받아 적고, 모르는 것 찾아보고... 그러면서 저도 공부하고, 이렇게 벗님들하고도 나누고 그러지요…. '헤르메스의 피'를 타고난 저의 사명이라 생각하면서요…. 재미있게 읽어주시면 보람이 느껴집니다. 저도 감사드립니다~* 답글

설해 12.04.28. 15:05 족장님 안내로 저번에 도올 선생님 특강 들으러 갔었어요. 그 때 이런 이야기도 살짝 하셨었지요. 현장에 있는 듯한 세심한 녹취록, 거저 퍼갑니다. ^^

여기서 '헤르메스의 피' 운운하는 '애린'이 바로 나다. 설해가 이야기하는 족장도 물론 나이고. 속기를 따로 배웠다면 기록을 더 빨리 정확하게 했겠지만, 그건 아니고 그냥 현장에서 들리는대로 받아적었을 뿐이다. 이런 버릇과 습관은 간단한 메모와는 조금 다르지만, 마음 먹고 꾸준히 적으려 한다는 점에서 일맥상통이다.

전국국어교사모임 서울회장 당시 정여울 특강을 듣고 적은 기록이나, 전교조 지회에서 소금꽃나무 김진숙 강의를 듣고 올린 녹취록에 대한 반응도 다르지 않았다.

정여울 강의록의 맨 마지막 부분만 같이 읽어보자.

문학, 인문학은, 돈 없으면 인간다움을 찾지 못하는 시대에 왜 우리가 인간인지를 계속 고민하게 해줍니다. 자신을 잊고 타인의 고민을 상상하는 능력을 배우는 거죠.

서경식 선생님은 교양이 무엇이냐는 질문에 '교양이란 타인의 고통을 상상하는 능력'이라고 했습니다. 다른 사람에게도 지켜야 할 무엇이 있다는 것을 잊지 않는 능력. 문학은 유식을 증명하는 엑세서리가 아니라 그 사람에게 빙의되지 않고서도 그 사람을 알 수 있는 능력을 키우는 겁니다. 우리는 사랑하는 사람도 상상하기 어려운데, 전혀 낯선 타자들에게서 고통의 늪을 재보는 게 얼마나 어려운지 알지만, 그 길을 찾아가는 게 인문학의 사명이죠. 상상하는 능력을 키우는 게 인문학의 미션입니다.

저는 문학이라는 가이아적 생태계 속에서 자라왔고 문학이 타인의 고통을 상상하는 힘을 길러주는 진정한 교양의 밑바닥을 형성한다고 믿어요. (손뼉으로 강의 끝)

정여울은 이날 글쓰기에 대한 질문에 대해, '요약 지식이 아닌 삶이 부딪치는 문장을 쓰고 싶다'는 대답을 했다. '시간의 앞모습과 뒷모습'에 대한 질문에는, '삶의 뒤를 보며 후회하지 말고 앞모습을 반길 수 있는 사람, 나이들수록 기쁘구나 하면서 행복하게 희망을 맞이할 수 있는 사람이 되자'는 뜻이라 말해주었다.

'타인과 헤어지면 상처를 받는다. 어떻게 해야 자유롭게 받아들이나?' 그 질문에 대해서도 서울대 조국 교수 인터뷰 예를 들며, 조국 교수는 '타인의 고통에 공감 못하는 학생들에게 소설을 읽힌다면, 타인을 보면 내가 치유된다. 내 문제에서 떨어져 다른 사람을 보라!'고 말했다고 한다.

"개입은 커녕 연민도 없는 우리 아이들을 어찌하나?"

"인조인간화 된 아이들. 재래시장같은 생선비린내와 서로 연민하는 삶이 없는 세상을 인정한다. 연민을 훈련하는 교육프로그램이 필요하다. 질문을 통해서 아이들이 새로운 사고와 체험을 하도록 해야 한다. 게임의 회로에 젖은 아이들에게 언어의 회로를 가르치자. 언어는 그 애매모호성에 힘이 있다. 은유와 상징이 없는 언어는 얼마나 척박한가. 감각의 훈련이 필요하다."

두 시간이 넘게 시간이 흘렀지만, '시간을 달리는 소녀'처럼 시공을 오가면서 같이 이야기하고 웃고 떠들었다. 내 안에서 저자와 강사와 대화를 나눈 따스한 느낌들이 나만의 것은 아니었던 시간…. 그 안에 모인 사람들 모두가 어떤 신화 속의 주인공인듯, 인디언 추장이 구수하게 들려주는 이야기가 꽃피는 것 같은 강의를 들었다.

정여울의 결론이자 나의 결론은 문학, 인문학은 사명과 힘이 있다. 타인을 상상하는 힘. 상처를 치유하고 영혼을 고양시키는 힘으로 타자와 만나가는 길을 열어가는 것, 그것이 문학이고 인문학이

라는 것 · · · .(끝)

이렇게 강의 전체를 녹취하고 들은 내용을 최대한 재구성해서
글로 완성하다보면 내용에 대한 복습도 되고 글쓰기 훈련도 장난
아니게 빡세게 하게 된다. 이러니 어찌 녹취하지 않으랴.

녹취력이란 말은 없지만, 녹취 능력을 녹취력이라 한다면 그 분
야의 뛰어난 고수들은 기자나 법원 서기들이 아닐지. 내가 토론 이
야기를 했지만 나도 한때, 아주 짧게 1년 정도 기자 생활 경험이 있
다. 기자라야 일간지 기자도 아닌 주간 신문 기자이고, 그것도 방학
에는 쉬는 신문이니 본격적인 의미의 기자 생활은 아니다.

2006년 학교를 1년 쉬고 전교조에서 발행하는 '교육희망'이란 신
문 기자 활동을 했는데, 이 시기에 현장에 나가 기자회견이나 시위,

집회 등을 취재해 기사를 쓴 적이 있고, 초중고 학교를 찾아가 수업 사례 등도 소개하는 기사를 썼다. 당시 타고난 만연체의 내 글은 선배 편집장이나 상근 편집차장으로부터 많은 지적을 받아, 나 스스로 내 글쓰기에 대한 반성과 고민을 자주 했다. 모르긴 해도 녹취 능력의 일부가 이때 길러지지 않았을까 생각한다.

녹취력이 본격적으로 향상된 건 역시 토론의 힘이다. 토론하면 흔히 '경청'과 '논리'라고 생각한다. 맞는 말이다. 하지만 나는 토론의 3요소를 꼽으라면 '논리와 경청과 기록'을 꼽는다. 토론은 입과 귀로만 하지 않고 손으로도 해야 한다는 게 나의 지론이다. 앞서 다산 이야기를 해서 알겠지만, 손으로 적지 않으면 들어도 오래 기억 못하고, 당연히 논리는 비틀거릴 수밖에 없다. 이런 거룩한 손의 행동을 성공이나 출세에 연결시키는 것 같아 부끄럽게도, 무한경쟁 시스템의 아류같은 서글픈 격언이지만, '적자생존', '적자, 생존'은 끝없이 공부하는 사람들의, 영원히 피할 수 없는 숙명이다.

- 강연을 들을 기회가 있다면 최대한 받아서 적은 뒤에 문서로 정리한다. 들은 내용 중 부정확하거나 애매한 부분은 인터넷을 활용하거나 주변 사람에게 물어 충실하게 채워넣는다. 그런 다음 같이 들은 사람에게 공유하여 소감을 받는다.

- 강의를 직접 들을 기회가 없다면 유튜브에서 명강의로 알려진 테드나 세바시(세상을 바꾸는 십오분) 강의를 들으면서 받아적고 정리하는 연습을 한다.

이때 들은 내용만 적기보다는 듣기 전 상황이나 이유, 듣고 난 뒤의 소감을 곁들이면 글맛이 좋아진다. 맥락이 내용을 더욱 충실하게 채워준다.

(이런 활동들은 지금도 계속하여 좋은 강의를 들으면 장장 20~30쪽의 녹취록을 공유한다. 요즘은 카페보다 카톡이나 밴드, 페이스북 등을 통해서.)

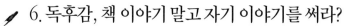

6. 독후감, 책 이야기 말고 자기 이야기를 써라?

글로써 팔자를 고치고 운명을 개척하자니, 운명은 새로운 운명을 부르는가. 그 동안 써보지 않았던 낯선 형식의 글을 쓸 명분과 기회가 찾아왔다. 이른바 독후감 대회.

5월 31일 금요일, 오후. 일과를 마치고 도서실을 나서려는데 올해 도서실을 맡고 계신 김선생님께서 포스터 한 장을 가지고 와 도서실 입구에 붙이려고 애를 쓰신다. 무슨 내용인가 자세히 보니 송파구청에서 주최하는 '어머니 독후감 대회'. 순간, 며칠 전 함께 공부한 〈고령화 가족〉이 퍼뜩 떠올랐다가 이내 수그러들었다. '어머니'라는 말이 걸려 '뭐, 쓰고 싶어도 나갈 수 없겠네' 하는 가벼운 실망감 때문이다. 농담으로, '상금은 얼마에요' 하고 물어보니 내가 관심을 보이는 게 신기했는지 작은 안내문을 건넨다. 받아서 읽어보니 상금이 최고 30만원부터 최소 5만원에 이르기까지 다양하고 인원도 적지 않은 게 나 정도면 5만원이야 받겠지 하는(속으로는 20만원 정도 생각하면서) 마음이 들면서 안타까워 하다가, 얼핏 눈에 '부모'라는 단어가 보이지 않는가! 그러면 그렇지, 아무리 여성상위 시대라지만 '남자에게 기회조차 주지 않고 여자만 나가라는 대회는 좀 심하지 않나' 하는 생각에 자세히 보니 남자들에게도 기회가 열려 있는 대회다. 그래, 남은 기간은 열흘. 글 한 편 두어 시간이면 뚝딱 쓰니 다음 주에 써서 한 번 내보자 하는 생각이 들었다. 그게 오늘의 글을 쓰는 동기고 배경이다.

앞서, '그 동안 써보지 않았던 낯선 형식'의 글이라고 했는데, 그 말은 맞는 말이기도 하지만 내가 독후감을 처음 써보는 건 아니다. 지독한 '글치'였던 초중고 시절의 독후감이야 기억도 나지 않고, '억지로'에 '무지'가 더해진 글들이었을 테니 회상의 가치도 없다. 하지만 2005년 우리 사회를 흔들었던 하나의 사건과 관련한 나의 독후감 글쓰기가 있었다. 이른바 우리 사회 남북과, 전세계적으로 동서양을 가로지르는 인물이었던 송두율 교수님의 책 〈경계인의 사색〉을 읽고 독후감을 내라는 대회가 열렸다. 국내에 들어왔다가 정치적, 사회적 파문을 일으키고 국가보안법으로 감옥에 들어간 송두율 교수 석방을 돕기 위해 대책위에서 마련한 행사였다.

송두율. 신문지상에 한두 번 들어왔을 이름이다. 재독학자로서 남과 북을 아우르며 통일에 대한 열망과 노력으로 한평생을 바쳐

오신 분인데. 학술대회가 열려 한국에 초청되었다가 몇 십 년 만에 조국의 품에 안기기는커녕 안기부의 공작에 말려 국가보안법으로 옥살이를 하신 분이다. 분단 조국이 낳은 또 하나의 기형아이자 사생아다.

송두율 교수님이 감옥으로 이송되기 전에 서울 구치소로 면회를 갔다. 미쳤나? 생면부지 사람에다 말만 들어도 무서운 국가보안법 위반 시국사범 면회를 왜 가나? 그건 내가 당시 전교조에서 통일위원회 활동을 했기 때문이다. 2005년 당시만 해도 남북교육교류가 활발하던 시절이라 남한의 교사들과 북측의 교사들 사이에 서로 만남과 협력의 교류가 이어지던 시절이다. 그러니까 금강산은 물론 개성 공단까지 남북관계가 경직된 오늘보다 훨씬 좋던 시절이다. 금강산에서 남북의 교사대표들이 서로 만난 분단의 아픔을 안타까워하고 멀지 않아 통일이 이루어지기를 위해 학생들을 잘 가르치고 통일의 날에 다시 만나자는 다짐을 하는 자리도 있었다. 이 대회에 남측에서는 전교조뿐만 아니라 교총의 대표도 동등한 숫자가 같은 자격으로 참가했다.

대학 때 느껴보지 못했던 분단의 고통과 이산가족의 아픔을 비록 교사가 돼서도 한참 뒤이긴 했지만 가까이서 느껴보니 하루 속히 통일이 이루어져 한다는 마음이 들었다. 그래서 우리 한국 사회 분단의 희생자들에게 눈이 가고 국가보안법이라는 막강한 악법이 많은 사람들을 구렁텅이에 빠뜨린다는 사실을 알았다. 그러던 차에 송두율교수님 사건이 터졌고, 도대체 구치소라는 곳을 한 번도 못

가보았던 나는 송교수님을 위로도 할 겸, 분단 악법의 폐해를 온몸으로 느껴볼 겸, 겸사겸사 해서 면회를 다녀왔다. 그리고 그 이야기를 이렇게 글감으로 삼을 줄은 꿈에도 몰랐다. 글감은 이렇듯 '남이 안 해본 다른 경험'에서 오는 경우가 많다!

짧은 면회 시간에 생면부지의 내가 대화를 나눌 말이 있을 리 없다. 한 번 면회에 2인만 허용되기 때문에 대화는 주로 사모님이 하시고 나는 인사만 드린 채 물러나왔다. 면회를 가면서 그냥 가기가 멋쩍어 내가 쓴 글을 한 편 가져갔는데, 그게 바로 대책위에서 공모한 독후감이었다.

독후감 대회 결과, 최우수상은 아니고 두 번째에 해당되는 상을 탔다. 어쨌든 독후감 대회 수상 치고는 좀 특이한 이력이다.

물론 이번 송파구청에서 개최한 독후감 대회는 분량도 4쪽으로 제한되어 있고, 지역사회의 소통과 나눔을 위한 행사라는 암묵적인 전제가 있기 때문에 소재나 제재의 폭이 한정되어 있어 더 어려우리라는 생각이 든다. 하지만 이미 감이 왔기 때문에 걱정은 없다. 『고령화 가족』은 선생님들과 같이 가볍게 이야기를 나눈 책인데다, 요즘 사회에서 가족의 문제는 누구나 공감할 소재이기 때문에 접근만 잘 하면 5만원은 따논 당상이다.(히, 너무 속이 보이나^^;)

자 이제 그럼 한 편의 독후감을 쓰기 위해서는 어떻게 할까? (긴장된다, 내 글솜씨를 보여야 한다는 엄청난 부담감)

독후감 쓰는 과정을 한 번 정리해보자.

1. 동기부여 - 쓰게 된 인연(〈고령화 가족〉 공부 + 도서실에서 만난 홍보물)

2. 집필 결심(여태 설명했고)

3. 글쓰기 구상(지금 하는 바로 이 작업 단계다)

4. 글을 쓰기 위한 소재를 찾아본다(고령화 가족 열쇳말 찾기처럼 독후감 쓰기 열쇳말을 찾아본다. 가족과 밥, 엄마 등은 필수. 헤밍웨이나 영화 등을 배제. 역시 송파구청 주최이니 '가족' 문제로 접근하는게 좋겠다. '고령화'라는 키워드는 택할지 말지 잠시 고민하고 유보.)

5. 경험적 소재로 밥과 엄마에 얽힌 사연을 떠올려본다. 가족은 옛날 가족보다 지금 우리 가족을 소재로 쓰기가 적절한데 고령화 가족을 능가하는 콩가루 가족이라 반성적으로 접근할지, 유쾌하고 당당하게 접근할지 이 역시 고민과 유보.

6. 주제는 가족 간의 사랑, 엄마의 소중함(유치하지만, 보편적인, 그리고 〈흡혈귀〉에서 다루었듯이 읽는 이를 배려하는 치밀한 전략)

7. 이렇게 계획적인 글쓰기를 해본 적이 없는 헤르메스(나)로서는 좀 어색하고 난감하지만 시작을 어떻게 할 것인가? (이 부분은 정말 할 말이 많다. 거의 즉흥적인, 이러저러 생각하다가 집어 든 책이나 본 영화, 들은 이야기 등등에서 소재를 가져와 글쓰기를 시작하는 경우가 대부분이다.)

8. 글을 앞에서 차례대로 써나가는 스타일이 아니라 일단 쓰면

쓰고자 하는 부분이나, 생각나는 대목을 여기저기 쓴다.(아마 독자 입장에서는 정신없다 생각할지 모른다. 집으로 비유하자면 땅을 파고 주춧돌을 놓고 벽돌을 쌓고 지붕을 올리는 그런 집짓기가 아니다. 나는 땅을 파면서 지붕의 기와도 올리고 그러다가 생각나면 벽을 바르고 서까래를 얹는 그런 글쓰기를 좋아한다. 그러니까 '헤르메스'적이라 한다. 영화 〈컨택트〉에 나오는 헵타포드들처럼 시공간을 가로지르는 4차원적 글쓰기에 가깝다. 누구는 지멋대로 글쓰기라고도 한다^^)

9. 여기저기 쓴 부분들을 수시로 고친다. 더 좋은 소재나 표현이 다가오면 두말 없이 바꾼다. 모차르트나 김수영같은 시인은 머리 속에서 다 구상을 하고 그걸 밖으로 표현하지만 그런 능력이 딸리는 나로서는 일단, 쓰면서 생각하고 틀을 잡고 다듬는다. 전형적인 돈키호테형이다. 생각하고 뛰는 게 아니라 뛰면서 생각하는 오빠 강남스타일 아니라 헤르메스 스타일~*)

10. 제목은 먼저 붙일 수도 있고 나중에 지을 때도 있다. 수시로 생각하다가 떠오른 단상들을 모았다가 나중에 결정한다.

11. 글을 쓰면 주변 사람들에게 보여주는 버릇이 있다. 물론 초고를 보여주는 순간은 늘 창피하다. 여기서부터 누드 정신이 필요하다. 하지만 글의 목적이 소통에 있는 한, 남에게 보여주기를 부끄러워 말라. 그걸 나는, 아랫 사람에게 묻기를 부끄러워말라는 '불치하문(不恥下問)'에 빗대어 아랫 사람에게 글을 보여주기를 부끄러워 말라는 '불치하문(不恥下文)'이라 부른다.

12. 적절한 피드백을 받으면 과감하게 고친다. 대부분의 경우 나도 쓰면서 좀 미진하다고 생각한 부분에 대해서 정확한 지적을 받는 경우가 많고 때에 따라 구상부터 뒤집어지는 경우도 있으나 십중팔구는 '그만하면 잘 썼다'이다. 깔때기냐고? 그건 아니고 왜냐하면 자기들은 글을 잘 안 쓰는 사람이니 그 정도 공치사는 해준다. 순진하게 그 말을 믿고 그만하면, 됐다 하는 심정으로 제출한다. 진인사대천명(盡人事待天命) 이제부터 그 과정을 찬찬히 밟아보자.

제목을 먼저 떠올려보았다. 그냥 순간적으로 떠오른 제목은 다음과 같다.

'밥 심(心)'이 '밥 심(힘)'이다

줄이면 '밥심, 밥힘'이다. 밥의 중요성을 가족과 엄마와 연결시키면서 핵가족화되어 밥을 따로 먹고 사는 고독사회, 고령사회의 매우 의미심장한 메시지로 적절하지 싶어서다. 그리고는 써내려간다. 시작~*&

'밥 심(心)'이 '밥 심(힘)'이다

밥이 하늘이다. 아니 밥이 하느님이다. 밥은 나의 종교다. 고교 1학년 시절부터 교회를 다녔던 나는 대학 2학년 때 김지하가 쓴

〈밥〉이라는 책을 만나면서 교회를 끊었다. 교회도 하나님도 다 중요하지만 세상에 '밥'보다 중요한 건 없다는 깨달음을 얻어서다. '밥의 소중함'을 깨달은 게 나만은 아닌가 보다. 소설 〈고령화 가족〉의 작가 천명관도 밥을 통해 만나고 성장하고 사랑하고 성숙해지는 한 가족 이야기를 맛깔나게 소개한다.

　소설의 첫머리는 실패한 영화감독이자 백수이고 신용불량자로서 삶과 죽음의 경계를 오가는 인모라는 주인공이 밥 때문에 살아나는 이야기로 시작한다. 오랜 만에 걸려온 엄마의 전화. 전화기 건너 나를 걱정하면 묻는 엄마의 목소리. 그 내용은 '밥은 먹고 사니?'이다. '밥도 제대로 못 먹고' 삶과 죽음의 경계를 오락가락하던 아들 인모. '닭죽 쑤어놓았으니 먹으러 오라'는 엄마의 말이 '마음이 가난한 사람은 복이 있어 천국에 간다'는 예수 말보다 백 배 반갑다.

　호사다마(好事多魔)라고, 좋은 일에 마가 끼는 법인가, 집에 가서 밥 맛있게 먹고 한 숨 쉬려는데 이때부터 포복절도, 기상천외의 사건들이 줄줄이 벌어진다. 우선 자기를 능가하는 배다른 형 한모가 안방을 차지하고 있다. 전과5범에 강간의 경험까지 있는데다 벽돌은 물론 함마까지 자주 휘둘러 '오함마'라는 별명을 가진 인간말종 오한모. 가까이서 보기만해도 이가 갈리고 치가 떨린다. 뿐인가, 이번에는 두 번의 이혼경력을 가진 바람기 심한 씨 다른 여자 동생 미연이가 진짜 성이 무언지도 모를 조카 민경을 데리고 들어온다. 배다른 형과 씨 다른 동생과 성씨도 모를 조카, 뭔가 콩가루 냄새가 펄펄 날리지 않는가. 이는 오래 전에 돌아가신 아버지도 바람을 피웠다는 뜻이고, 엄마 역시 한 남자만 바라보며 독수공방 살아온 여자는 아니라는 뜻이다. 보고 배운 게 도둑질이라고 형은 형대로 동생은 동생대로 바람 잘 날 없는 날라리 인생이 기구하기 짝이 없는데, 주인공 인모도 영화 감독이랍시고 첫 번째 영화부터 크게 말아먹어 빚쟁이한테 쫓기다가 겨우 집에 기어든 것인데, 한솥밥 먹어야 하는 식구들 면면이 한심하다 못해 미치고 팔짝 뛸 노릇이다.

소설의 사건은 흥미진진하게 전개된다. 동네 미용사 수자를 둘러싼 형과 동생의 구애, 그동안 만난 숱한 남자가 가운데 드디어 세 번째 결혼 상대를 구해온 미연과, 동네에서 연쇄살인 사건이 벌어지는 가운데 집을 나가 돌아오지 않아 가족들 애를 태우는 조카 민경을 찾아오려는 두 형제의 가슴 짠한 이야기가 작가 특유의 입담을 타고 웃음을 멈출 새 없이 전개된다.

조카를 찾으려고 조폭의 세계까지 마다않고 찾아간 형이 그 대가로 사기꾼(그의 별명은 약장수다)의 바지사장이 되어 자신을 교도소로 헌신하려 결심하면서 이야기는 막바지로 치닫는다. 치닫다가 반전이 일어난다. 인간적 자존심을 구긴 형이 조폭을 농락하고 거액의 돈을 빼돌려 미용실 수자씨와 해외로 튀고(엉, 수자씨가 괴물같은 형을 사랑했어?) 형 대신 끌려가 죽도록 얻어터진 주인공도 한때 불륜의 상대였던 윤주씨를 만나 상처를 치유받고 진정한 사랑의 의미가 무엇이지를 조금 깨닫는다.

이 소설에서는 형의 개과천선과 나의 환골탈태에 결정적인 영향을 준 두 가지가 있다. 하나는 헤밍웨이이고(정신적 밥이다) 다른 하나는 엄마의 밥(물질이자 마음의 밥)이다.

치열한 글쓰기 정신으로 인간의 삶을 고뇌하다 결국 권총자살에 이른 '킬리만자로의 표범'이자 '파도가 높이 치는 바다의 노인'이었던 헤밍웨이의 전집을 한 권, 두 권 읽어나가면서 나는 천천히, 형은 급격히 철이 들기 시작한다. '밥이 하늘'이란 말 속에는 이렇듯 정신적 의미가 담겨 있다. 사람은 빵으로만은 살 수 없기 때문이다. 예수나 부처의 말씀에 해당하는 영혼의 밥은 이렇게 채워졌다. 재활용 쓰레기로나 버려질 운명에 처해있던 헤밍웨이 전집이 사회 밑바닥으로 처절하게 버려진 인모네 가족 구성원을 하나 둘씩, 조용히 살려낸다.

빵만으로 못 산다 해서 빵 없이도 인간이 살 수 있다는 말이 아니다. 자식들의 배고픔을 누구보다 잘 이해하고 가슴 아파하는 엄마의 밥이야말로 험난한 시대를 살아가는 유일의 힘인지도 모른다. 그래서인지 작가는 소설 후반부에 주인공 입을 빌려 이렇게 말한다.

"엄마가 우리에게 고기를 해먹인 것은 우리를 무참히 패배시킨 그 세상과 맞서 싸우려는 것에 다름 아니었을 것이다. 또한 엄마가 해준 밥을 먹고 몸을 추슬러 다시 세상에 나가 싸우라는 뜻이기도 했을 것이다"

그렇다 밥은 단순히 허기를 때우는 생존 수단에 그치지 않는다.

밥은 인간으로서 최소한의 존엄을 지키는 사회적 기반이며 편견과 차별같은 부당한 사회 부조리에 맞서는 가장 강력하고 기본적인 삶의 무기이다. '사람은 어려운 때일수록 잘 먹어야 한다'는 엄마의 지론은 어떤 명언보다 귀한 가치를 지니고, 한심한 듯 보이나 각각의 사연을 담은 아픈 삶을 살고 있는 자식들에게 '미친 듯이 고기를 먹이는 엄마의 모습'은 여느 거룩한 성자의 희생 못지않은 숭고한 행동이다.

재미난 사실은 자식들을 하나둘씩 건사하던 엄마가 웃음과 활기를 찾기 시작했다는 거다. 남편과 다른 남자. 사실은 기구한 사연 많은 엄마도 그동안 행복하지 못했다. 그런데 그저 묵묵히 자식들의 배고픔을 달래주고, 밖에 나가 기(氣)라도 죽지 않았으면 하는 엄마의 마음이 행복하게 밥을 먹는 자식들 모습을 보면서 조금씩 꽃피어나기 시작한다.

밥은, 밥을 먹는 사람도 살리지만 따스한 마음으로 밥 한 그릇 공양하는 그 주체도 더불어 살리는 법이다. 그런 의미에서 〈고령화 가족〉은 단순히 나이만 많이 먹은 고령(高齡) 가족 이야기만이 아니라, 밥을 통해 영혼이 고양되는 〈고령화(高靈化) 가족〉이기도 하다.

책 속에서 작가는 〈위대한 개츠비〉의 저자, 스코츠 피츠제랄드는 '미국적인 삶에 제 2막은 존재하지 않는다'는 말을 인용했다. 하지만 〈고령화 가족〉을 읽고 나면 '엄마 밥이 따스하게 퍼지는 곳에 인생의 2막은 얼마든지 새롭게 시작한다'고 나는 믿는다.

지금 우리 사회는 '고령 노인'과 '청년 백수'들이 많아지면서 사회 곳곳에 가족들의 아픔도 늘어난다. 누군가에게 따스한 밥 한 그릇 지어주고 싶어하는 노인 분들과 가족들에게 밥 한 그릇 얻어먹기 미안해하는 젊은이들이 함께 밥을 먹으며 '밥심(心)과 밥심(힘)'을 나누는 아름다운 날은 언제나 찾아올까. 우리 집, 우리 동네에서부터 밥으로 친해지고 밥으로 공생하는 행복한 상상을 하며 천명관의 〈고령화(高齡化) 가족〉, 아니 〈고령화(高靈化) 가족〉을 덮는다. 끝.

앞서 말한 과정을 거쳐 일필휘지 써내려간 뒤에 앞서 말한 절차에 따라 글다듬기를 하고 공모에 응했다. 결과가 궁금하다고? 구청에서 개최한 어머니 독후감 대회. 비록 남자들도 참가가 가능했지만 상을 받을 수 있었을까? 독자들의 상상에 맡긴다.

그 뒤로 한 번 더 독후감 대회 응모한 바 있다. 주변 사람들로부터 칭찬을 받았지만 사회 비판적 요소가 너무 강해 어렵지 않겠느냐는 충고도 들었다. 결과는? 낙방이었다. 이유는 알 수 없지만 한 가지 힌트는 얻었다. 독후감을 쓸 때, 책 이야기보다 자신의 생각을 너무 강하게 담는 것은 심사위원들의 심기를 불편하게 만든다는 점이다. 물론 그 반대도 있다. 자기 생각 없이 책 이야기만 하는 경우다. 위에서 언급한 고령화 가족 독후감의 경우 지나치게 줄거리가 길고 내 이야기가 적었다. 그점에서 철저한 실패가 아닐까?

역시 중요한 것은 조화와 중용이다.

책의 저자와 내용도 살리면서 자기 이야기를 구수하게 풀어나가는 힘. 그게 관건이다.

팁 - 일차적으로 줄거리 정리는 필수다. 다음은 목표를 뚜렷이 하기 주제를 명확히 한다. 주제와 연관된 자료를 찾아 구성을 고민한 뒤에 글을 쓰고 피드백을 받아가면서 고친다. 그러나 이렇게 구체적인 목표와 대상과 사전 취지가 명확한 경우에는 가장 중요한 점은 역시 주최측의 의도다. 내 목소리에 힘을 빼고, 목표의식에 집중한다. 그게 최선의 방책이다.

독후감을 대회 나가기 위해 쓰고자 하면 좋은 글을 쓰기 어렵다. 견물생심의 유혹이 글쓰기의 초심을 흔든다. 평소 자기가 읽은 책이나 관람한 영화가 있으면 나기 나름의 독자적인 감상을 적어둔다.

작품의 배경이나, 작가, 인상적인 장면과 좋은 구절 등을 적어두면 언젠가는 반드시 유용하게 쓸 날이 온다. 힘 빼고 자연스럽게 책에 다가가기. 목표의식을 버리는 것이야말로 진짜 최선의 방책이다.

7. 사진(寫眞), 이미지도 글이다

보이는 걸 설명하지 말고 생생하게 보여줘라

한 편의 그림은 많은 것을 말한다.

동서고금을 막론하고 대가들의 그림에는 이야기가 살아 있다. 최근에 이야기 없이 개념만으로 혹은 개념조차 없이 무의미 자체만으로 의미를 창조하는 그림도 없지 않으나 우리처럼 평범한 사람들에게는 그림 한 점 한 점이 무언가 많은 호기심을 유발한다.

명화해설집이나 사진집처럼 그림이나 사진을 전문적으로 활용하는 책이나 글들이 많다. 하지만 일반 글을 쓸 때도 사진 그림을 활용하면 글맛이 산다. 대부분 글들에서는 사진이 들어갈 여지없고 그림을 활용할 여지가 작지만 미술사 공부를 통해서 그림 몇 점이라도 보는 눈을 키우거나 사진에 대한 미적 감각 혹은 지적 감각을 키워두면 글쓰기에 막강한 힘이 된다.

로렌체티 作《좋은 통치체제와 나쁜 통치체제의 알레고리》의 고결한 통치자

꼬리에 꼬리를 문다고, 사진이나 그림에 대한 글을 쓰려던 차에 좋은 소재를 만났다. 어느 날 존경하는 벗이 추천해준 글을 읽었다. 정치철학을 다룬 책인데 자유, 민주주의, 정의 등에 대한 논쟁이 자세히 담겨있다. 책의 내용도 좋았지만, 글쓰기 관점에서 작가가 첫 머리에 그림 한 편을 제시하고 글을 풀어나가는 역량이 놀라웠다.

이 책의 첫 머리는 이렇게 시작한다.

'한 번 보는 것이 천 마디의 말보다 낫다'는 속담에 따라 '정치철학은 과연 무엇인가'를 이해하는데 도움이 되는 매우 거대한 그림 하나를 이야기하면서 이 책을 시작하려 한다. 내가 이야기할 그림은 현재 이탈리아의 시에나 시청사의 '9인 통치의 방' 3개의 벽을 가득 채우고 있는, 1337년에서 1339년 사이에 완성된 암브로조 로렌체티의 작품이다. 이 작품은 흔히 '좋은 통치체제와 나쁜 통치체제의 알레고리'라 불리는데, 로렌체티는 이 프레스코화를 통해 통치자가 보유해야만 하는 자질과 보유해서는 안 되는 자질을 상징하는 인물들을 활용하여 좋은 통치체제와 나쁜 통치제제 각각의 본성을 묘사하고, 이 두 종류의 통치체제가 평범한 사람들의 삶에 미치는 영향을 묘사하는 데 가장 심혈을 기울였다.

- 정치철학

그 뒤로 이어지는 그림에 대한 묘사와 해설은 마치 그림 속에 내가 들어간 듯 구체적이며 그 그림이 통치자와 시민의 삶과 어떤 관계가 있는지를 자세하게 풀어나간다. 평소 그림에 대한 안목이 있거나, 본인의 전공과 관련해서 일반 서적뿐만 아니라 문화사의 주요 그림이나 음악 등을 모두 통섭적으로 연구한 사람이 보여주는 내공이다.

이 장에서는 이처럼 그림이나 사진을 활용한 글쓰기의 힘을 말하고자 한다.

꼭 여행이 아니더라도 여기저기 기웃거리다보면 사진을 찍는 경우가 종종 있다. 1인 1카메라 시대라 사진을 활용하는 글쓰기는 어지간한 블로그에서도 자주 만난다. 문제는 사진과 글의 조화, 혹은 사진을 글로 풀어내는 힘이다.

일차적으로 앞서 언급한 기록의 힘을 믿고, 자료 찾기를 치열하게 해야 하지만 그림을 통한 깊이 있는 접근도 가능하다. 우리나라에서는 〈미학 오디세이〉로 이름을 날린 진중권이나 미술사가이면서 글쓰기의 대가로 손꼽히는 〈나의 문화유산답사기〉의 저자 유홍준이 대표적이다.

난 개인적으로 사진을 찍는 것도, 찍히는 것도 그닥 좋아하는 편은 아니지만, 사진은 막상 찍어놓고 보면 요긴하게 쓰이는 경우가 많다. 대표적인 사례가 뒤에 언급할 '개성 기행기'이다.

평소에 국내의 절이나 산, 바다를 가도 사진을 찍지 않는 편인데, 장소가 개성인지라, 유달리 사진을 자주 찍었나보다. 사진이 굳이 없어도 간단한 메모와 기억력에 의존해서 글을 쓰는 편이지만 이렇게 사진이 있으면 더욱 생생하게 현장을 기억할 수 있고, 또 사진에 보이는 그림이나 글귀들을 활용하여 글을 쓸 수 있다는 점에서 사진은 매우 유용하다. 그런 점에서 기록과 사진은 그 자체로 하나이면서 둘인 셈이다.

내가 사진을 찍을 수밖에 없었던 시절이 있었다. 앞서 말한대로 2000년대 초반, 615 정상회담 이후 부산 아시안 게임이나 대구 유니버시아드 대회 등 남북 교류 사업이 활발해지고 남북관계가 해빙 무드를 맞이하던 시절, 전교조 통일위원회에서 사무국장을 맡아서 일을 했는데, 회의를 마치면 결과를 전국의 각 시도 통일위원장에게 보고하면서 쓴 글들을 보고 나한테 기자생활을 해보라는 제의를 해왔다.

어찌하다 보니 글쓰기에 대한 책을 낼 목적으로 글쓰기 관련 글을 지금도 쓰고 있지만, 나는 지금도 간결하고 정확한 기사체 글을 잘 쓰지 못한다. 그 시기도 이미 십 년전이니 퍽 오래 전 일이기는 한데, 대학 시절부터 시인 김지하의 영향, 그 가운데서도 〈대설, 남〉의 영향을 많이 받은 까닭인지 나는 호흡 짧은 간결체 문장을 선호하지도 않았고, 잘 쓰지도 못했다. 오히려 판소리투의 풍자성이 담긴 만연체 문장을 좋아했는데, 아시다시피 그런 문장은 숨가쁘게 순간순간을 살아가는 사람들에게 '지루하고 읽기가 힘들다'는 비판과 충고를 종종 들었다. 나도 남들처럼 간명하고 쉬운 글쓰기를 배우고 싶었으나 달리 그런 기회를 찾지 못하다가 기자직 제의를 받고는 이번 기회에 글공부 좀 해보자는 심보로 냉큼 수락했다.

편집실 대표인 실장의 추천으로 기자가 되었으나 초년생 기자의 글을 본 편집국장이 길게 늘어지는 내 문체를 좋아할 리 만무. 소설 정도는 아니지만 객관적이고 사실적인 보도를 생명으로 하는 신문 기사를 자기 마음에 따라 붓가는 대로 수필처럼 써오는 현장 기자를 좋아할 실무책임자가 어디 있겠는가! 나는 종종 꾸지람을 들었고 이리 저리 글고치기를 시도했으나 여든까지 가는 세 살 버릇이 고쳐지기 위해서는 천리 길도 한걸음부터라는 말을 종종 속 쓰리게 명심해야 했다.

거리에 나가 사진을 찍는 습관은 이때 잠깐 생겼는데, 비록 싸구려 디카이긴 하지만 여기저기서 찍은 사진을 바탕으로 사진 속에 드러난 현장을 묘사하고 글을 써본 경험이 내게는 글쓰기 훈련에 큰 도움이 되었다. 아마 개성에서의 사진도 그 당시, 사진을 찍어두던 습관에서 자연스럽게 나온 결과가 아닌가 싶다.

지금 이 글을 쓰는 중간 틈틈이 사진을 다시 본다. 글로만 보고 말로만 듣던 '박연폭포', 바위에 굵게 새겨진 글씨 '지원(志遠)', 푸짐하게 반찬이 담긴 반상이나, '선죽교'와 '고려박물관' 등은 아무리 묘사를 잘 해도 사진으로 보는 감흥을 얻기는 힘들다. 그러므로 오래 기억하고 생생하게 보여주고 멋지게 글을 잘 쓰고 싶다면 사진을 찍어 두자. 그 가운데 내게 말을 거는 몇 장의 사진을 오래 들여다보고 그 말에 귀를 기울여 글로 옮겨 보자.

개성방문기

연암과 화담의 무덤도 가보고 싶다

흥망이 유수하니 만월대도 추초(秋草)이로다
오백년 왕업이 목적(牧笛)에 부쳤으니
석양에 지나는 객이 홀로 눈물 겨워 하노라(원천석)

세 번째 개성을 다녀오면서, 빌어먹을(!) 이 시조가 떠오르는 이유는 뭘까?

분단 60년 세월. 전쟁과 냉전, 615와 6자 회담의 험난한 과정을 다 넘어 북한과 미국 사이에도 새로운 기류가 동터오는 지금, 개성을 다녀오는 소회가 고려왕조의 멸망을 탄식하는 노객의 시조라니……

겨울의 한가운데라서 그랬을까? 만월대 추초(秋草)는 간 데 없었으되, 유수한 흥망성쇠의 조국현실과 오백년의 왕업이 한 줄기 피리소리에 얽히면서 눈시울이 붉어진 것은.

개성 방문은 이번이 세 번째이다. 2005년 전교조 통일위 사무국장 직책으로 남북교육자 대표회의를 위한 실무자로 한 번, 대표자 회담 실무집행자로 한 번, 도합 두 번 개성을 방문했다. 처음엔 실무협의 차 갔기 때문에 개성 자남산 여관에서 회의와 식사를 하고 돌아왔다. 두 번째는 대표들 방문이었기 때문에 교총을 포함한 남측 교육자 대표들과 함께 자남산 여관 바로 앞의 선죽교와 고려박물관을 둘러보고 왔지만, 가슴에 담고 머리로 정리할 여유는 없었다.

이번 개성방문은 그동안 남북통일교육연구회 회원으로 간간이 연수에 참여하고 통일교육에 대한 정보를 교류한 몫으로 주어졌다. 연구회 각종 활동에 직간접적으로 참여했던 게 연구회가 주관하는 개성탐방에 합류하는 행운을 가져다 준 셈이다.(비용은 반만 부담해서 9만원) 그동안 '화해평화통일모임'이라는 까페를 만들어 통일교육 활동을 해온 선배 교사들 몇 분과 통일교육연구회원들 몇 명 그리고 지리교사 모임의 북녘지리를 연구하는 교사 몇 분이서 길동무가 되었다. 특히 지리교사 모임의 '북지모' 선생님들은 교과 속에서 긴 호흡으로 통일을 꿈꾸면서 준비하는 모임이라 참가자들에게 훈훈한 느낌을 더해주었다.

새벽 5시 반 종합운동장 출발. 네 시부터 일어나 설쳐대다 계란 두 개를 부쳐 시금치국에 먹고서 5시경 집을 나섰다. 압구정 현대아파트에서 다른 일행을 태우고 올림픽대로를 지나 가양대교 건너 통일로를 따라가다 보니 8시경. 임진각 지나 도라산역 부근 남측 남북출입사무소(CIQ) 도착. 주의사항 설명 듣고 외국(!)으로 나가는 수속을 밟고 버스에 오르니 바로 민간통제선을 지나 군사분계선 안에 들어선다. 남북 2km의 비무장지대를 지나 북측 출입사무소에 도착하는데 고작 10여 분. 하긴 개성도 서울 중심에서 한 시간 남짓 거리에 불과하다. 한 시간과 60년 세월 사이의 말로 할 수 없는 거리 차이가 무슨 의미인지 새삼 가슴을 울린다. 멀리 북녘땅 기정동 마을의 대형 인공기가 보인다. 그 건너 안개 속에 남측의 대성동 마을에 고요히 머리 숙인 태극기가 가물가물하다. 세계 제일을 외치는 북은 남측의 태극기에 대응해 높이 165미터 깃대에 40평짜리 인공기를 만들어 깃발을 걸어놓았다. 지금은 기계가 강하를 하겠지만 전에는 장정 40명이 움직였다는 깃발. 무구한 세월 속에 깃발은 소리가 없다. 그리고 어떤 아우성도 없이 고요한 모습.

북측으로 들어가는 입국심사 수속을 밟고 버스에 올라타니 북측 안내원 셋이 동승한다. 마음 속으로는 한핏줄 한겨레에 대한 설렘으로 몸이 먼저 끌리지만 개성의 분위기가 금강산에 비해 어떨지 몰라 그들의 말과 안내를 기다린다.

리기창, 김정훈, 김훈 세 사람의 남자 안내자. 아직 개성 쪽은 여성 안내자 준비가 안된 모양이다 싶었다. 마이크를 잡고 일정을 안내한 사람은 영화배우 뺨치게 잘 생긴 리선생이었다. 북방한계선을 넘어 개성시를 지나 박연폭포까지는 50분 정도의 시간이 걸리기에 그동안 남측 관람객들을 위해 활기찬 분위기를 만들어주는 역할을 한다. 리선생이 소개한 일정은 다음과 같다. 그러니 이번 탐길의 여정도 이 코스를 따라 움직인다.

박연폭포 → 관음사 → 점심(통일관) → 숭양서원 → 선죽교 → 고려성균관(고려박물관)

차는 천천히 몸을 움직였다. 개성공단을 지나면서 이번 방문이 2000년 615공동선언과 2007년 천사선언(10.04)을 통해서 민족경제 공동번영을 위한 약속 이행에 따른 조처임을 강조한다. 그리고 100만 평 부지에 현재 23만평의 공단이 들어서 활기찬 생산활동에 전념하고 있음을 소개한다. 개성은 송악산을 비롯 진봉산, 동물산 등으로 둘러싸여 있다. 차가 안개낀 공단을 지나 개성시내로 접어들자 개성 인민들의 주거지와 학교, 상점 등이 보이고 거리를 오가는 시민들이 보인다.

차가 개성 시내를 지나는 동안 입담이 끝내주는 리선생 입에서 개성에 대한 전설, 일화, 역사가 줄줄줄 멈출 줄을 모른다. 제일 먼저 방문할 박연 폭포에 얽힌 사연부터 한 마디. 금강산 구룡폭포와 설악산 대승폭포와 더불어 3대 명폭으로 불리는 '박연(朴淵)폭포'. 화담 서경덕과 황진이와 더불어 송도(松都) 삼절로도 잘 알려져 있다. 천마산과 성거산 사이 흐르는 물로 높이 37m 장관이라니 벌써 눈앞에 펼쳐질 폭포의 장관이 삼삼하다. 황진이가 머리채를 휘둘러 썼다는 시조를 멋들어지게 낭송한다. 폭포 오른쪽 위에는 황진이가 초서로 썼다는 내용의 시조이다. 자료를 찾아보니 다음과 같다.

一派長川噴壑壟 (일파장천분학롱) 한 줄기 긴 물줄기가 바위에서 뿜어나와

龍秋白仞水叢叢 (용추백인수총총) 폭포수 백 길 넘어 물소리 우렁차다

飛泉倒瀉疑銀漢 (비천도사의은한) 나는 듯 거꾸로 솟아 은하수 같고

怒瀑橫垂宛白虹 (노폭횡수완백홍) 성난 폭포 가로 드리우니 흰 무지개 완연하다

雹亂霆馳彌洞府 (박난정치미동부) 어지러운 물방울이 골짜기에 가득하니

珠?(春)玉碎徹晴空 (주용옥쇄철청공) 구슬 방아에 부서진 옥 허공에 치솟는다

遊人莫道廬山勝 (유인막도려산승) 나그네여, 여산을 말하지 말라

須識天磨冠海東 (수식천마관해동) 천마산이야말로 해동에서 으뜸인 것을.

　　내용도 내용이거니와 분위기 잡아 낭송하는 해설가의 목소리가 멋드러지다. 해설에 따르면 박연(朴淵)이라 함은 두 가지 어원을 지닌다. 하나는 박진사가 용녀를 따라 용궁에 다녀온 일화가 있어 박연이고, 다른 하나는 바가지 모양을 한 연못이라 하여 박연으로

불리운다. 폭포가 쏟아져 내리는 위에 놓인 연못인데 금강산 구룡 폭포로 치자면 상팔담에 해당하는 곳이다.

얼어붙은 개성의 박연폭포. 말로만 듣고 글로만 보던 박연폭포를 찬 겨울에 보는 느낌은 서늘하고 상큼하다. 황진이와 서화담이 옆에 서 있다면 얼마나 좋으랴! 사진을 통해서 폭포의 풍경과 느낌뿐만 아니라 폭포와 연관된 사람, 설화, 시조 등을 두루 글에 활용할 수 있다.

차창 밖을 보니 옆으로 길게 늘어선 송악산이 보인다. 높이 400여 미터의 송악산은 그 형상이 머리채를 풀어헤치고 누워 있는 여인을 닮았다. 배가 불룩 튀어나와 임신한 여성상인데 머리채가 풀어진 그 곳에 고려 왕궁인 만월대가 있었다.

942년 거란족이 비단 50필을 선물하고 수교를 요청하러 왔지만, 발해를 멸망시킨 민족의 적이기에 거란 사신은 유배시키고 낙타를 죽였다는 데서 유래한 낙타교를 지나 통일거리를 지난다. 그 길을 따라가면 개성 평양간 도로가 이어진다니 마음은 한 달음에 평양까지도 달려갈 듯하다. 강감찬 장군의 집터와 우물이 있다는 곳을 지나고 만월대 왕궁 서문인 오정문을 지나 해선리 마을을 넘는다. 해선리(解線里)는 한국전쟁 전에 38선이었던 곳으로 전쟁 중에 북측 땅이 되면서 선이 풀려 이런 이름이 지어졌다. 그리고 멀리 만수산이 보인다. 만수산? 어디서 많이 듣던 산이었는데. 아 이방원이 떠오른다. 드렁칡과 함께 다가오는 시조 한 수, 하여가(何如歌).

이런들 어떠하리 저런들 어떠하리
만수산 드렁칡이 얽혀진들 어떠하리
우리도 이같이 얽혀서 백년까지 누리리라.(이방원)

역성혁명을 꿈꾸던 이성계의 뜻을 받아 아들 이방원이 정몽주를 회유하던 시의 주인공 만수산을 지난다. 만수산 중턱에 41세 왕위에 올라 재위 26년간 나라를 다스리고 67세를 일기로 떠난 왕건 왕릉이 있다니 느낌이 더욱 묘하다.

관광객 중 하나가 고려 인삼에 대한 질문을 던지자 이번에는 인삼에 대한 설화며 효능 이야기가 줄줄 흘러나온다. 온화한 기후와 특이한 토질, 과학 영농으로 지금도 인삼하면 개성 인삼을 빼놓을 수가 없다. 송도 부자집 딸 푼덕이와 조선비의 둘째 아들 조생부의 인삼에 얽힌 일화는 특히 성기능 강화에 좋은 고려인삼의 효능을 자랑하려는 재미난 이야기지만 차마 옮기기 민망한 대목이 한두 군데가 아닌 데다 여성(남측의 페미니스트) 입장에서는 듣기 거북하기도 하거니와 내용 또한 너무 길어 여기 일일이 옮기지 못함이 아쉬울 따름이다.

다시 박연으로 돌아가보자. 개성 시내 거리를 지나 정명사 고개를 넘는다. 오르며 5리, 내려가며 5리라는 곳이란다. 몇 분 더 나아가니 시원한 풍광을 자랑하는 박연폭포가 기다리고 있다. 차안에서 1차 헤어지기가 못내 아쉬운지 리선생이 자청하여 '아내의 노래'를 불러준다. 남측 손님들을 흥겹게 해주려는 배려가 고맙고 조금은 안쓰럽다.

살펴주는 그 눈길 떠날 새 없고
젖어 있는 그 눈길 마를 새 없네
사랑없이 잠시도 못사는 마음
저를 위해 바친 건 하나 없어라
아내여 아내여 그대는 나의 길동무

~ (못 적음) 웃는 그 얼굴
내 잘못도 저보고 용서하라네
살뜰히도 반기는 그대 말 속에
~ 그 진정 나는 알았네
아내여 아내여 그대는 나의 길동무 (아내의 노래)

'여성은 꽃이라네'나 '도시처녀 시집가네' 등 북쪽의 여성주제 노래를 들으면 우리로서는 봉건시대를 떠오르게 한다. 우리와 체제와 문화, 역사가 다른 북으로서는 우리가 봉건 혹은 전통으로 여기는 노래 주제를 그대로 담아 부르고 있다. 어설픈(?) 서구의 페미니즘

잣대를 들이대서도 안되겠지만 상대적으로 충효서열의 유교문화가 아직 깊게 남아 있는 것도 사실이다. 노래를 들을 때는 그런저런 생각에 감흥이 크지 않더니만 정작 지금 가사를 옮겨 적다 보니 가슴이 뭉클하다. '젖은 손이 애처로워 살며시~' 하는 남측 노래와는 정서나 분위기가 다르지만 아내를 동무 혹은 동지로 여기며 부르는 노래가 낯설음 때문인지, 혁명기가 떠올라서인지 사뭇 가슴을 부여잡는다.

박연폭포에서 잠시 쉬며 사진을 찍는 사이 일행이 다 사라졌다. 다들 사진을 찍고 일찌감치 올라간 모양이다. 차 한 잔 마시고 나무지팡이를 하나 산 뒤에 얼음 지치는 아이들을 따라 나도 얼음놀이를 하다 뒤늦게 일행을 따라갔다. 전망이 좋은 범사정에 올라 사진을 두어 장 더 찍은 뒤 가벼운 몸으로 비스듬한 산길을 오른다. 대흥산성 문을 지나 뒤로 돌아가니 자그마한 연못 - 박연이 자리잡고 있다. 상팔담처럼 멋지거나 깊은 곳은 아니지만 이 작은 연못이 거대한 폭포로 이어진다 생각하니 신기함을 감출 수 없다. 돌아서 나오는 길에 보이는 자연글발. 금강산만큼 자주, 많이 보이지는 않아도 이곳 역시 인민을 교양하려는 당의 의지가 여과없이 드러나 있다. 해금강 삼일포 어귀나 내금강 만폭동 계곡에서 보았던 '지원'(志遠)이라는 글발이 새겨진 바위가 여기도 예외없이 보인다. '뜻을 멀리 두라!'.

점점 어려워질 세상, 어지러운 교육 현실을 생각하니 나의 뜻의 거처가 고민스럽다.

나의 문화답사기의 저자 유홍준에 의해서 소개된 지원 바위.
'뜻을 멀리 두라'는 말 속에서 역사에 대한 깊은 성찰과 인간에 대한 이해가 다가온다. 바위 사진, 특히 남다른 느낌을 주는 글이 새겨진 바위는 글쓰기에 적절한 소재다.

나는 지금 어디에 있는가

입만 살아서 중구난방인 참새떼에게 물어본다

나는 지금 어디로 가고 있는가

다리만 살아서 갈팡질팡인 책상다리에게 물어본다

천 갈래 만 갈래로 갈라져

난마처럼 어지러운 이 거리에서

나는 무엇이고

마침내 이르러야 할 길은 어디인가 (김남주, 사상의 거처 중)

앞선 시대, 시대를 앞선 한 시인의 고뇌가 이제 평범한 대중 모두의 화두가 되었다. 다시, 민주주의의 위기가 다가오는 현실 속에서 이 역사가 가야할 길에 대한 탐색은 이제 시작인지도 모른다. 걸음을 재촉해 조금 더 오르니 멀리 작은 건물 몇 채와 탑이 보인다. 관음사다. 970년 지었다가 소실되어 1646년 재건되었다 한다. 대웅전 뒤쪽 문짝에 대한 전설을 차안에서 들었던 게 생각난다. 11살 운나소년이 뛰어난 솜씨로 발탁되어 사찰문을 만들어 왔다. 어머니가 아프다는 소식에 돌아가려는데 절측에서 귀가를 불허하는 바람에 '재주가 원수로다'하며 팔을 자르고 돌아갔다는 이야기가 전해오는데, 문의 좌측은 완성, 오른쪽은 미완성이라고 한다. 물론 지금은 아닌 듯하다. 가까이 가보니 대웅전 창살이 아름다워 거기에 넋을 잃은 사이 문은 잊어버렸다. 남측 손님을 반가이 맞아주는 주지스님, 부지런히 안내하느라 바쁜 안내원들, 잠시 다녀가면서 한 장이라도 더 남기려 사진을 정신없이 찍어대는 관광객들. 역사의 숨결을 고즈넉이 느끼기에는 이 흥청거림이 어울리지 않지만, 분단을 넘어서 꾹꾹 밟아주고 가는 남측 방문객의 급한 발걸음이 그리 흠이 되지는 않으리라 생각하며 발길을 돌렸다.

우리나라 옛절에서 종종 보는 문양이다. 남과 북 가릴 것 없이 아름다운 문양은 눈길을 끈다. 선명한 이미지가 말을 걸어오고 보는 이들도 여기에 대해서 자기 이야기 한두 마디쯤은 하고 싶게 만드는 글쓰기 소재다.

시내로 돌아오는 길 다시 상세하고 긴 설명이 이어진다. 능이 연이어 있는 마을 연능리와 72명의 고려 충신들이 벼슬을 거두고 돌아가 충절을 지키는 의미로 문을 걸어잠그고 두문불출하였다는 데서 유래한 두문동을 멀리하고, 최대 무역항으로 예성강을 거쳐 멀리 아라비아까지 무역을 진행한 고려의 역사와 경제가 술술 흘러나오는 가운데 어느덧 시내로 접어들어 강감찬 장군의 승전보가 기록된 승전동을 지나간다.

맛깔나는 음식도 음식이지만, 음식 배치도 예술이다. 먹방의 유행과 함께 먹거리에 대한 글이나 프로그램이 유행인 오늘 음식상 사진도 할 말을 많게 해준다. 백문이 불여일견.

개성 남대문을 지나 어느덧 도착한 식당 '통일관'. 여러 종류 반찬들을 소담하게 담은 11첩 반상기에 소주 한 잔 걸치니 오전의 추위가 싹 가신다. 북측 음식의 맛은 원래 담백하고도 깊은 맛이 일품인데 반찬맛이 남측과 크게 다르지 않다. 듣자 하니 남측 손님들이 다녀가면서 자극적인 음식맛을 원해 거기에 맞추다보니 별로 차이가 없어졌다고 한다. 시원한 닭국을 두 그릇이나 먹고 아리따운 북측 안내원들과 기념사진을 찍은 뒤에 거리로 나가니 멀잖은 곳에 북측 동포들이 바쁘게 오가는 모습이 보인다. 이번 여행은 특별히 거리의 인민들에게 깊은 관심을 갖지 않았다. 어차피 대화를 나눌 수는 없는 상황이고, 안내원들과는 틈틈이 이야기를 나누기도 했다. 작년 여름 내금강을 처음 갔을 때, 안내원과 워낙 친근하게 이런 저런 이야기를 나눈 터라 개성에서는 딱히 안내원들하고도 더 깊고 정감어린 대화를 나누고 싶지 않았다. 사실 그럴 여유도 없었고. 서부득화부진(書不得畵不盡)이라 하여 '글로도 얻을 수 없고, 그림으로도 다 표현할 수 없다'는 금강산을 비로소 마음에 담을 수 있었던 것은 사람을 만나면서였다. 이 개성 역시 짧고 바쁜 시간 안에 진심으로 마음에 담아갈 수 없을 바에야 있는 그대로의 자연이나 역사에 좀 더 빠져들고 싶었던 까닭이다.

포은 정몽주의 집터에 세운 숭양서원이 다음으로 갈 곳이다. 리선생은 예외 없이 정몽주에 대한 소개와 함께, 만수산의 드렁칡을 거부한 너무나도 유명한 시조 '단심가'(丹心歌)를 읊어준다.

'이 몸이 죽고 죽어 일백 번 고쳐 죽어
백골(白骨)이 진토(塵土)되어 넋이라도 있고 없고
임 향한 일편단심(一片丹心)이야 가실 줄이 있으랴'

차에서 내려 서원으로 가니 옆에 정몽주 집터를 나타내주는 표식비가 있다. 안내원의 자세한 해설을 서원 앞에서 듣고 안으로 들어가니 단촐한 공부방 몇 개가 놓여있고 계단을 오르니 작은 방에

포은의 초상이 빛난다. 사진을 찍고 차에 오르니 다음은 단심의 비원이 서린 선죽교다. 자남산 여관에서 남북교육자 대회 때 한 번 들른 곳이라 감흥은 그리 크지 않았으나 역사의 현장이라는 점 때문인지 일행의 관심은 다른 어디보다도 컸다.

크기로 봐서야 6미터 남짓한 작은 돌다리. 사람들의 통행을 막느라 앞뒤를 다시 돌로 막았다. 옆에 명필 한석봉이 쓴, 선죽교를 알리는 작은 비가 놓여있고 조금 떨어져 마주한 곳에 영조와 고종이 세웠다는 표충비가 있다. 암수 거북이 각각 하나씩을 떠받들고 있는 비들은 그 효험을 자랑하는 탓에 관광객들이 누구나 거북의 머리를 쓰다듬어 보느라 발걸음이 떨어지지 않는다.

말로만 듣던 피 어린 선죽교에서 역사의 목소리를 듣는다. 이성계와 이방원의 야망, 정몽주의 우국충정. 주인공은 다르지만 영화 〈관상〉의 장면들이 스쳐간다.

마지막 일정은 고려성균관으로 알려진 고려박물관. 천년 역사를 자랑하는 고려 성균관. 오백년의 조선 성균관 그리고 성균관 대학교를 합쳐 이 땅에는 세 개의 성균관이 있단다. 992년 설립된 국자감을 개칭해 부르는 고려 성균관은 명실상부한 박물관이자 교육기

관으로 손색이 없다. 이곳에는 고려청자와 세계최초 금속활자본을 포함 1,000여종의 다양한 유물이 전시되어 있다.

고려시대 유물이 전시된 고려박물관. '역사는 유물을 남기고 유물은 역사를 증언한다'는 유홍준 교수님 말씀이 새록새록 새로워진다.

밖에는 천년의 세월을 함께 한 나무들이 마당에서 인사를 하고 건물마다 고려 역사 유물이 남측 손님의 발길을 기다린다. 한쪽에는 헌화사를 비롯한 유명한 절들의 탑과 석등 등 국보급 유물들을 전시해놓아 그 규모와 의의가 남다른 곳이다. 이 곳도 두 번째 방문이라 안내원을 처음부터 끝까지 따라다니며 이번에는 자세한 설명을 들었다.

각종 유물에 대한 해박한 지식과 특유의 유려한 설명도 놀랍다. 그러나 겉으로 드러내지는 않았지만 외적을 물리친 조상의 슬기를 강조하거나 나라를 빼앗긴 민족의 슬픔이 교차하면서, 결국 우리민족끼리 자각과 단합 속에서 통일을 이루자는 의지가 듣는 이의 가슴을 더욱 뜨겁게 만든다. 정권이 바뀌면서 통일부의 미래를 알 수 없을 만큼 위태롭고 특수한 우리 민족의 위기가 어디 먼 나라 먼 일일까 싶은 까닭이다.

사진은 그 자체로 기억이다. 영화 〈메멘토〉의 주인공 레너드는 10분 뒤면 기억이 사라지는 단기기억상실증 환자이고, 스스로 그 사실을 알고 있기에 쉼없이 메모하고 사진을 찍어 기억을 회복한다.

태조 왕건은 물론 고려의 충절을 지킨 정몽주와 최영 장군을 비롯, 황진이 서경덕 등에 얽힌 일화들이 많이 남아 있고, 연암의 무덤이 개성 부근에 있다는 말이 국어교사인 나의 호기심을 자극했다. 〈호모 쿵푸스〉의 저자 고미숙이 〈나비와 전사〉에서 언급한 바, 전사 정약용과 대비하면서 자유인의 표상으로 제시한 연암 박지원. 통일의 전사와 자유인의 초상 속에서 갈 길을 찾지 못하고 방황하는 나로서는 황진이와 서화담 못지 않게 연암의 무덤이 가보고 싶어졌다. 개성의 거리로 나온 시민들과 시대의 고민없이 뛰노는 아이들 너머로 저무는 개성의 서쪽 하늘이 어두워온다.

2003년부터 통일위 생활을 하면서 그동안 만났던 북측 사람들의 얼굴을 떠올리고 이름을 되뇌어본다. 마음 속으로만 통일의 염원을 빌어보는 게 부질없는 일인 줄 알면서도 가슴 속에 타오르는 통일의 불씨만큼은 꺼뜨리고 싶지 않다. 빌어먹을(!), 망국의 노객같은 눈물겨운 이 심정 가눌 길 없건마는, 분단 60여년의 세월이 헛되지 않아 민족의 숨결 앞에 스러진 조선의 영령들이여! 이 민족 살피시어 도와주시라, 도와주시라 메아리 없는 노래 부르며 세 번째 개성

방문의 탄식을 땅에 묻는다.

이 사진은 고려박물관 내의 탑과 건물인데도 정확하게 명칭을 알아두지 않아 딱히 말과 설명을 덧붙일 것이 없다. 사진도 사진이지만 역시 사진의 대상에 대한 적절한 이름과 이해와 설명이 중요함을 깨닫는다.

　　여기까지가 당시 여행을 다녀와서 쓴 글이다. 나름 메모와 기억의 힘에 의존하기는 했지만 사진이 없었다면 이 정도의 글을 쓰기 힘들지 않았을까. 중간중간 몇 군데 사진 설명을 덧붙였다. 사진은 상상력을 죽이지만 기억력을 살려준다. 이미지의 시대다. 글을 잘 쓰기 위해서는 사진과 친해야 하고 사진에서 글을 불러오는 기술의 터득은 글을 훨씬 풍요롭고 맛깔나게 한다.

– 사진마다 제목을 붙이고 사진의 이미지를 글로 묘사하는 훈련을 해본다. 묘사의 훈련을 위해서는 관찰이 필수적이다. 관찰의 힘은 광고하는 인문학자 박웅현의 〈여덟 단어〉를 권한다. 윤정희 주연 이창동 감독의 영화 〈시〉에도 관찰을 통한 묘사의 힘을 시인 김용택이 설명하는 대목이 나온다.

"여러분은 살면서 몇 번이나 사과를 봤습니까? 수천 번? 수만 번이요? 아닙니다. 우리는 한번도 사과를 제대로 본 적이 없습니다. 사과를 오래도록 지켜보고 무슨 말을 하나 귀기울여보고 주변에 깃드는 빛도 헤아려보고 그러다 한 입 깨물어보기도 했어야 진짜 본 것입니다."

"지금까지 여러분은 사과를 진짜로 본 게 아니에요. 사과라는 것을 정말 알고 싶어서, 관심을 갖고, 이해하고 싶어서, 대화하고 싶어서 보는 것이 진짜로 보는 거예요."

시상에 굶주려 있던 영화 속 이름인 김용탁(김용택) 시인의 말을 듣고 집에 가서 시인의 말대로 비로소 진짜 사과를 '처음으로, 제대로, 보기' 시작한다. 영어의 '시'(see)가 예술적인 '시'(詩)로 거듭나는 순간이다.

사진이나 그림같은 이미지와의 만남을 위한 필수적인 통과 의례다. 그렇다, 진짜로 보는 힘이 허약하면 아무리 많은 사진이나 그림이 있어도 장난감에 불과하다. 사진이나 그림보다 사진과 그림을 보고 표현하는 안목이 더 중요하다. 일차적으로는 관찰과 묘사, 이차척으로는 감상과 인식으로 이어지는 깊이의 힘이다.

8. 제목, 섹시하게 대중적으로

'병은 널리 알리라'고 했다. 혼자서 끙끙 싸안는다고 아픔이 해결되지 않는다는 뜻이렸다. 심한 병일수록 널리 알려서 다른 사람들의 진단과 처방을 받을 때 병을 더 잘 고칠 수 있다는 뜻이다. 글도 마찬가지다. 아마도 혼자 골방에서 밤마다 몰래 자기 글을 읽어보려고 글을 쓰는 사람은 없을 것이다. 글을 쓴다면 최대한 여러 사람이 볼 수 있는 매체에다 글을 쓰면 좋다. 소소한 일상사로 수필 같은 글을 어찌 대형 매체에다 올릴가 싶지만 인터넷 언론 가운데는 미시적인 일상사도 기사가 되도록 실어주는 곳이 적지 않다. 문제는 자기 삶을 공유할 가치가 있는 것으로 끌어내고 잘 표현하느냐의 여부에 달려 있다.

2014년의 어느 날 신문을 읽다 슬픈 소식을 접했다. 어느 사학의 비리를 고발한 공익적내부고발자가 오히려 그 학교 재단 이사장의 분노를 사서 부당하게 파면을 당했다는 기사다. 힘겨운 고통을 당한 분은 성북구에 있는 동구재단의 안종훈 선생님이신데, 동구라면 내게 적잖은 추억이 남은 학교다. 당연히 글이 안 쓰여질 리가 없지 않겠는가. 이러저러 할 일이 많은 시기였지만 두어 시간 마음 먹고 손이 가는대로 자판을 두드렸다.

1990년 3월 나는 동구여중을 떠났습니다. 교사로서 처음 교직에 첫 발을 디딘 곳. 내 교직 인생의 첫 설레임과 아름다움, 쓰라림과 지옥이 교차하던 그곳. 동구 학원을 떠나온지 이십오년 만에 처음으로 그 학교를 다시 홈페이지로 만났습니다. 홈페이지 대문에 써 있는 '자연 속에서 꿈을 키우는 곳'이라는 말이 무색하지 않게 동구의 자연은 아름답습니다. 곱게 물든 단풍 아래 운동장과 건물이 드러난 사진도 제 가슴을 찡하게 하네요. 날카로운 첫 키스를 담은 첫 사랑이 그러하듯, 동구학원은 제게 교사로서의 첫 사랑과 아픔을 동시에 겪게 해주었습니다. 1989년의 일이니까 벌써 25년이 흘렀네요.

저는 1988년 11월17일 동구여중에서 정식 교사로 첫 발걸음을 내딛었습니다. 대학에서 국문학을 전공했지만 80년대의 상황 속에서 국문학 공부를 충실히 하지 못했고, 사범대도 아니라서 교직 과목을 이수는 했지만 교육에 대한 철학이나 방법 등을 잘 모르고 사회 초년생으로 교직에 첫발을 들였습니다. 초임이니 아이들에 대한 열정이야 누구 못지않았지만 전문성이 부족한 탓에 아이들에게 무엇을, 어떻게 가르쳐야 할까는 늘 무거운 숙제였습니다.

그 무렵 이오덕, 윤구병 선생님께서 진행하시는 '삶을 가꾸는 글쓰기 교육'을 만났고 교육은 아이들의 삶을 가꾸고 글로 잘 표현하는 힘을 기르는 데 있음을 깨달았습니다. 그 해 겨울, 국어교육의 기틀을 잡고 새 길을 열어가는 '전국국어교사모임'이 창립했습니다. 내성적인데다 조직 활동에는 별로 관심이 없던 터라 무덤덤히 살아가던 제게 그 해 겨울 전국모 창립의 뜨거운 열기는 제 가슴에 새로운 불을 지펴주었습니다. 좋은 교사로 살아가려면 용기와 지혜와 사랑이 필요한데, 그 모든 것이 부족하던 제게 일단은 글쓰기 교육과 뜨거운 열정이 먼저 다가온 것이지요.

중고등학교 시절 문제집 푸는 기술만 배우다가 막상 교사가 되니 무엇을 가르칠까 고민스러웠는데 두 만남이 저를 새롭게 변화시켰습니다. 참고서, 문제집을 버리고 글쓰기를 시키고 삶을 담아내라. 89년 봄 저의 학급운영과 국어 수업은 주로 글쓰기 시간으로 채워졌습니다. 모둠 일기 쓰기와 생활글 쓰기가 주요 활동이었습니다.

당시 80년대 생명 사상을 펼쳐내는 김지하의 영향을 받은 저는 교실 뒤편에 김지하의 『밥』이라는 책 표지에 그려진 달마 대사를 크게 그려 전시하고 학생들에게도 늘 밥 한 그릇의 소중함을 일깨우는 말을 했던 기억이 납니다. 대학시절 동양사상을 좋아하고 서구의 기독교나 마르크스 사상과는 별로 친하지 않은 터라 제 교육 철학이나 활동 속에 그런 부분들은 거의 없었습니다. 동구학원은 기독교를 기반으로 한 곳이라 일주일에 한 번 예배가 있었는지, 지금은 가물가물 하지만 종교행사는 가끔 있어도 그걸 강요하는 곳은 아니었던 걸로 기억합니다.

삶을 가꾸는 글쓰기 교육이 억압적인 독재정권과 입시교육에 대한 비판으로 이어지면서 〈밥 먹으며 시계 보고 시계보며 또 먹고〉, 〈불량제품들이 부르는 희망 노래〉 같은 책들이 나와 학생들을 교육하는데 도움을 주었습니다. '행복은 성적순이 아니'라는 외침이 사회적 공명을 얻을 때였으니 학생들의 고통을 담은 생활글들은 당시 국어교사들에게 적잖은 영향을 주었습니다. 특히 그책에는 학생들의 공동창작시가 많았는데 풍자와 유머가 가득했습니다. 재미난 학생 생활시집입니다.

동구여중에서 저는 학교 교훈의 이름을 가진 신문 〈정심〉을 편집하는 신문반 담당 교사였습니다. 그런데 학교 신문에 사회비판적인 공동창작시를 실었다가 주변 선생님들로부터 여러 목소리를 들은 기억이 납니다. 일부는 왜 그런 내용을 신느냐 하는 질책이었고 일부는 아이들의 삶을 잘 담아낸 좋은 글이라는 칭찬이었습니다. 89년 당시 동구여중에는 젊은 선생님들이 많아 자주 어울리고 삶을 나누었지만 특별한 조직이 형성되거나 단체활동을 하기에는 어려운 상황이었습니다. 아이들에 대한 애정은 누구 못지 않은 분들이지만 시대의 모순을 몸소 느끼며 자기 삶으로 바꿀만한 역량은 다들 부족하지 않았나 싶은 그런 분들이었죠.

1989년 5월이 왔습니다. 한국 사회, 특히 교육계는 거대한 소용돌이 속에 빠져들었습니다. 한국 교육운동의 커다란 변화를 가져온 전교조가 창립되었습니다. 전교조와 정권의 충돌로 학교마다 들썩거렸지만 동구학원은 조용했습니다. 재단에서 교사들을 임용할 때, 성향을 잘 파악한 탓인지, 시국은 엄중해도 앞에 나서거나 밑에서 움직일만한 교사들을 철저히 배제하고 선발한 까닭이겠죠. 저도 그런 사람 중의 하나였습니다. 혼자서 생각은 많고 내가 하고 싶은 대로 하기는 하지만 남들과 연대해서 조직적으로 활동하는 것에 대해서는 부담도 많이 느끼고 나설 용기도 없는 평범한 교사였지요.

저로서는 아이들에게 글쓰기 교육만을 강조하던 시절이었는데 학교측에서는 시국이 엄중해서인지 저의 교육활동을 예의주시하기 시작했습니다. 교실 뒤편에 붙어있는 그림을 보고 슬쩍 압력을 가해오기도 했습니다. '달마대사와 밥이 한울이다'의 조합. 보수적인 기독교 재단이 보기에는 일견 이단(불교)같고 일견 좌파(밥의 평등)같은 모양새가 불편했겠지요. 그래도 늘 교양과 철학을 중시하는 분들이라서인지 막무가내로 뭐라 하지는 않았습니다. 대신 주변 분들이 말하기를 교감선생님이나 부장 선생님이 제가 걸어놓은 학생들의 공책을 읽어보거나 제 책상을 간혹 살피고 간다고 하더군요. 혹시 학생들에게 영향을 끼칠 어떤 책들을 보는 것은 아닌가 감시 아닌 감시를 하는 것이지요.

교내 합창대회가 있었습니다. 교생이 와 있던 시기였는데 대부분의 학급들이 모두 음악책에 나온 가곡을 선정했을 때 저희 반은 신형원이 부르는 '터'라는 노래를 선곡, 약간의 편곡을 한 뒤 무대 위에 올리기도 했습니다. 남북의 평화와 통일을 기원하는 이 노래가 학교재단 관계자들에게 어떤 느낌을 주었을지는 쉽게 짐작할 수 있겠지요.

일이 터진 것은 가을이었습니다. 전교조의 바람이 불어오지 않은 무풍지대. 하지만 교육 내용에 대해서 만큼은 긴장의 끈을 놓지 않던 재단 측에서 제가 읽고 활용한 책 한 권을 문제 삼기 시작했습니다.

〈중1교과서지침서〉라는 책인데 전교조와 전국국어교사모임의 핵심적인 교사들이 학생들에게 올바른 역사관과 비판적인 사회 의식을 기르게 하고자 만든 교과서지침서입니다. 당시 국어교과서는 국가주의와 순응주의를 가르치는, 아니 강요하는 책이었기에 교과서를 재구성해서 의식을 변화시키자는 취지가 명료하게 드러난 책이었죠. 제 책꽂이에 그 책이 있는 걸 보고, 자세히 살펴보았는지 제 수업과 그 책의 연관성을 지적하기 시작했습니다. 저는 부정하지 않았고 긴급 부장

회의를 소집한 학교측은 제게 특별회의에 참석할 것을 통보했습니다. 공식적인 징계위원회는 아니었고 저를 겁주기 위해 마련된 자리였다고 생각됩니다. 경위서나 시말서 같은 서류를 요구한 건 아니고 그냥 들어오라고 한 자리였으니까요.

지난 일년 동안의 활동을 생각하면 늦은 자리였는지도 모릅니다. 학교 측에서도 답답함이 있었지만 당시 그분들도 최소한의 교양과 인격을 지닌 분들이라고 저는 지금도 생각합니다.

마치 원로회의 청문회처럼 교장 이하 부장들이 원형으로 둘러앉은 자리에서 저는 추궁을 당했고 저는 당당하게 제 입장을 펴지 못했습니다. 어떤 일을 맞닥뜨리면 소극적이고 내성적인 태도로 회피하는 저의 좋지 않은 모습이 그대로 나타난 셈이지요. 모르겠습니다. 당시 제가 적극적으로 저항을 했다면 안종훈 선생님처럼 일찍 파면을 당하고 학교를 떠났을지, 그 뒤로 동구의 역사는 새롭게 쓰여졌을지 알 수 없는 일이지요.('진달래꽃 처녀'라는 노래를 가르쳤다는 이유로 교사가 학교에서 쫓겨나던 시대이기도 했으니까요.)

교직초년생으로 천방지축 자유를 구가하던 저의 삶은 그 후 나락으로 떨어졌습니다. 아름다운 동구 교정이 지옥처럼 느껴졌습니다. 학교는 이리도 예쁜데 가을은 그리도 슬프더군요. 성북동 산자락에 위치한 동구여중은 작은 오솔길이 뒷산으로 향해 있습니다. 저의 산책로였는데 그 길 중턱에 넓은 바위에 앉으면 서울시가 한눈에 내려다 보입니다. 종종 그 바위에 걸터앉아 자신을 돌아보는 시간은 길어졌고 아이들과 함께 즐겁게 하던 글쓰기 활동은, 기억은 가물하지만 점점 가라앉았겠지요. 단결과 연대 없이 고독과 외로움에 갇혀 살아온 교사의 한계를 그대로 보여주던 시절이 아니었나 싶습니다.

그해 겨울 어느 선배의 소개로 저는 학교를 옮겼습니다. 1989년 일

년을 동구의 전설처럼 뜨겁게 살았지만 저와의 인연은 거기서 끝이라 생각했습니다. 몇 년 뒤 그 학교에 근무하던 동료교사들이 결혼도 하고 전교조 분회 창립도 했다는 소식을 들었습니다. 많은 변화가 있었겠지요. 실제 전교조 전국교사대회나 서울지부 집회 같은 곳에서 간혹 그 학교 선생님들을 만나면 마치 고향 사람을 본 듯한 반가움이 일면서도 나는 혼자서 고향을 등진 도피자라는 부끄러움에 마음이 무거웠습니다. 첫 사랑은 돌아볼 수 있어도 다시 만나면 안 되는 그런 어색한 존재라는 생각으로 말이지요.

25년이란 시간은 제 인생의 반나절입니다. 강산이 두 번 이상 변할 시간. 역사적으로 사회적으로 개벽에 가까운 변화가 있었지요. 전교조 창립이 1989년인데 2014년 다시 '법외노조'로 몰린 오늘, 동구에서 슬픈 사건이 일어났다는 소식을 들었습니다. 참 묘한 시점이지요. 저는 전교조 창립 후에 금방 동구에서 쫓겨나듯이 떠나왔는데, 전교조가 법외노조 통보를 받고 얼마 안돼서 내부 비리를 고발한 선생님께서 학교에서 쫓겨난 일이 과연 역사의 우연일까 싶기도 합니다.

그동안 사학법 개정을 둘러싼 한국사회 내부의 갈등과 싸움이 있었고 적잖은 사학비리 재단이 퇴출되기도 했습니다. 사립 학교의 비리에 대한 이야기가 간간이 나오는 동안 '동구'라는 단어를 만나면 가슴이 철렁하고 답답했습니다. 그래도 저의 첫 학교, 고향같기도 하고 첫 사랑이기도 한 그 학교가 부패와 비리로 얼룩진다면 그 심정이 어떠할지 이해가 되시는지요. 그리고 그 우려가 현실로 다가온 오늘 그 참담함에 견딜 수가 없습니다. 자신의 부정을 돌아보고 개혁에 매진해도 부족한 사람들이 결국 의인을 탄압하여 십자가를 지게하는 이 현실이 가슴 아프기만 합니다.

지금 동구 학원의 모습을 보면 '개화 사상'과 '민족주의'를 표방한 학교 설립 정신은 마치 민족개조론을 설파하다 변절한 친일파 이광수를 연상케합니다. 중국 고전인 〈대학〉에서 따온 '격물치지성심정의 수신제가치국평천하'를 잊지 않게 하는 교훈 '정심(正心)이 지금 도대체 동구학원 어디에 있는지 묻지 않을 수 없습니다. 과연 지금 동구학원은 무엇을 목표로 아이들을 가르치고 학교를 운영하는 것일까요?

기독교를 표방하는 그 학교의 어딘가에는 '진리가 너희를 자유케 하리라'라는 말이 붙어 있겠지요. 하지만 아시는지요? 어느 선생님 말씀에 따르면 '진리는 권력 밖에 있다'고 합니다. 동구의 진리는 지금 어디에 있습니까!

얼마 전 드라마 〈개과천선〉을 보다가 비수처럼 제 가슴을 찌르는 명대사를 만났습니다. 저도 인간인데 크고 작은 잘못을 얼마나 많이 저지르며 살았겠습니까. 그 말을 듣는 순간 진짜 잘못은, 잘못 그 자체가 아니라 잘못을 인지하고도 반성과 개혁 없는 삶, 그 자체라는 것을 새삼 깨달았습니다. 1989년 저를 면접하고 교직의 첫 길을 제대로 걷게 해주신 당시 교장교감이신 조웅 이사장님, 최길자 선생님. 지금이라도 바른 마음을 되찾아서 설립자가 고민하고 선정한 정심의 명예를 더럽히지 말아 주십시오. 정심(正心)의 정신은 동구 교실 액자 안의 낡은 진리가 아니라 이 시대를 살아가는 사람들의 마음에 새겨진 삶 그 자체여야 합니다. 강자들의 편에 서서 약자들을 억누르는 소송을 전담해온 악덕변호사, 기억을 잃었다가 잘못된 과거를 청산하고 새 길을 찾아가는 드라마의 주인공 김명민은 "당신이 법정에 증언을 서서 해야하는 이유는 '작은 지옥을 피하려다가 더 큰 지옥을 만나지 않기 위해서야.'"라고 말합니다.

동구의 이사장님께 촉구합니다.

부디 동구의 이번 작은 그릇된 결정이 더 큰 지옥을 불러오지 않는 어리석음을 반복하지 않기를 바랍니다. 상대방을 포용해서 더 큰 국민적 인기를 얻어가는 독일 총리 메르켈에 대한 이야기까지 길게 하지는 않겠습니다. 국민영화 〈명량〉의 대사를 원용한다면 '지는 자가 진정으로 이기고 이기고자 하는 자는 반드시 지게 되어 있습니다'. 한 의로운 교사의 양심과 진실을 힘겨운 싸움으로 몰아가지 말아 주십시오. 대개의 지옥이 그렇듯 하나의 싸움은 더 큰 싸움을 부르고 결국은 자신도 감당 못할 깊은 나락으로 떨어지게 되지요.

지금이라도 잘못된 결정을 솔직히 인정하고 철회하며 자신을 성찰하는 일. 그것이 이사장님 본인의 명예를 진정으로 회복하는 길이고, 전통적인 사학명문 동구의 설립 정신을 명실상부하게 되살리면서 앞으로 길이 뻗어갈 동구의 미래를 열어가는 현명한 판단이 될 것입니다.

- 동구 학원의 각성과 변화를 촉구하며

무릇 모든 글에는 목적이 있는 법이다. 이 글을 내가 써서 내 개인 문집이나 책상 서랍 안에 넣어두려고 쓴 것은 물론, 아니다. 가장 큰 목적은, 사학비리투쟁의 일선에서 힘겨운 싸움을 하시는 안종훈 선생님과 동료들께 힘을 보태고, 동구의 관계자들에게 전달하여 당신들의 잘못에 맞서는 사람들이 있다는 걸 보여주고자 썼다.

그렇다면 이 글을 누구에게, 어디다 보내야 좋을지 고민하지 않을 수 없다. 가장 먼저 떠오른 곳이 전교조 서울지부 조합원들이 공유하는 카톡방이었다. 내가 글을 쓰고 남들에게 보이기를 두려워하는 사람은 아니지만, 뜬금없이 수백 명이 보는 공간에 글을 마음대로 올릴만큼 간이 큰 사람은 아니다. 그래서 먼저 떠오른 사람이 안종훈 선생님의 부당한 파면 조치에 앞장서서 싸우는 전교조 서울지부 지부장 조남규 선생님이었다. 나는 메일을 보내고 글을 봐달라고 연락을 했다. 함께 공유할만한 가치가 있는지. 얼마 안 있다 카톡방에 지부장님이 직접 글을 올려주셨다. 쑥스럽게도 내가 밤새 고민해서 쓴 글이라고. 난 곧 '밤새워 쓴 글은 아니'라고 토를 달았고, 글은 그렇게 공유되었다.

인터넷 신문 오마이뉴스에 실린 안종훈 선생님 기사가 생각났다. 거기에 보내서 내 글과 함께 연결하면 한두 사람이라도 이 사건에 관심을 가져주지 않을까 하는 생각이 들었다. 접속을 했다. 오래 전에 오마이뉴스에 글을 올린 적이 있었으나 아이디 비번이 잘 생각이 나지 않았는데, 몇 분 낑낑거리다가, '잉걸'이라는 이름의, 신문기자들이 초벌 글을 올리는 곳에 '동구 학원의 각성과 변화를 촉구하며'라는 딱딱한 제목으로 글을 올렸다. 그리고 나서 몇 시간이 지난 뒤에 보니 오마이뉴스 메인에 내 글이 올라가 있었다.(아, 글쓰기의 흥분과 긴장)

촌스럽고 투박하던 제목은 '첫사랑'이라는 낭만적인 단어가 들어 간 상태로 매우 섹시하게 바뀌었다. 이게 편집기자들의 전문성이구 나 싶었다. 조금은 부끄럽고 약간은 뿌듯한 느낌이 들었다. 이 맛 에 사람들은 글을 쓰는구나 싶기도 했다. 기회가 된다면 자주, 이렇 게 공개적인 매체에 글을 쓰는 것도 좋은 경험이고 글쓰기 공부에 자극이 되고 힘이 되지 않나 싶었다.

잠시 제목 이야기를 해보자.

이 섹시한 제목 덕분인지 이 글은 내가 오마이뉴스에 올린 글 가 운데 가장 많은 독자들을 만났다. 알고 보면 제목이야말로 글의 얼 굴인데 이쁘게 화장을 할수록 많은 사람들에게 사랑받는 이치를 생각하면 제목은 곧 글에 얼을 불어넣는 정령이기도 하다.

드라마 〈미생〉에서 장그래와 한팀이 된 한석률이 공동보고서 작 업을 하면서 장그래에게 계속 '섹시한' 주제의 보고서를 작성하라고 주문한다. '섹시'라는 단어를 그저 '천박하고 조잡하게 야한' 정도로 생각하는 장그래는 한석률이 선정적인 주제로 상사들의 호기심을 끌려는 거 아닌가 의심한다. 물론 한석률은 그 정도로 머리가 빈 사람은 아니다. 한석률에게 섹시함이란, '세련된 감각과 시대의 흐 름을 몸에 익힌 첨단의 감각'이다.

고3 학생들에게 '섹시하다'의 의미와 호감도에 대해서 물어보았 더니 절반 이상이 이 단어를 한석률과 비슷하게 긍정적으로 받아 들이거나 사용하고 있었다. 광고문구를 만드는 카피라이터들이 매 우 자극적이고 섹시한 카피로 소비자들의 눈길을 끌려고 지적 고

투를 멈추지 않듯이 글을 쓰는 사람 역시 글의 품격에 맞는 적절한 이름을 지어주는 일은 매우 중요하다.

오마이뉴스 편집부 기자들이야 적절한 제목을 붙여서 자사의 누리집에 글을 올려 더 많은 사람이 뉴스를 보도록 하는 게 삶 자체이므로 이미 오랜 세월 고되고 적절한 훈련을 받았을 터이다. 그 뒤로 몇 편의 글을 올리면서 제목을 적었지만 늘 바뀌는 걸 보고 나름 제목에 대한 고민과 훈련이 필요하다는 걸 느꼈다.

예를 들면 영화 송강호, 유아인 주연 영화 〈사도〉를 보고 역사교과서 국정화에 대한 비판 글을 썼는데 그 제목이 '〈사도(思悼)〉에서 사도(史道)를 읽다'였다. 나름 언어 유희 감각을 활용해서 제목을 붙였는데, 실제 기사로 올라온 글의 제목은 '비극의 역사는 반복될까'였다.

나는 '사도'라는 이름의 중의적 표현, 혹은 한자를 바꿈으로서 새로운 개념을 만들어 뜻을 전달하려 했는데 편집부에서는 내용과 주제에 충실하게 이름을 변경했다. 편집부의 의견을 존중하지만, 내가 붙인 제목이 섹시하지 못하고 촌스럽다고 여기지는 않는다. 지면의 권한을 가진 사람들에게 주도권을 양보했을 뿐이다.

영화나 소설을 말할 것 없고 어느 활동이나 행사에도 이름붙이기는 매우 중요하다. 촌철살인의 만평이나 카피라이터 정철의 〈내 머리 생각법〉처럼 직접적으로 간명한 사고력을 자극하고 키워주는 책들을 많이 읽고, 상상력을 자극하는 영화나 그림을 보면서 이름 붙이는 훈련을 한다.

좋은 제목은 어떤 제목일까?

책 제목과 언어유희나 감각에 대한 이야기가 나온 김에, 내 이름에 얽힌 재미난 에피소드 하나를 말해보고자 한다. 이책의 제목 헤르메스적 글쓰기는 어떠한가?

내가 동구여중 교사를 그만두고 잠실의 영동여고로 옮긴 사연은 앞에서 자세히 풀어낸 바 있다. 그해, 그러니까 1990년 3월 나는 근무 학교를 옮겼는데, 학교에 출근하면서 이상한 팻말을 하나 보았다.

지금 신천역에서 내리면 길을 따라 새마을 시장이 있는데, 26년 전 당시에는 그 길을 따라 포장마차들이 즐비했다. 지금 트리지움이라 불리는 고층아파트들이 들어선 그곳은 잠실3단지라 불리는 5층 아파트단지였다. 그 한가운데 아담하게 학교가 자리했는데, 단지를 둘러싼 울타리 가운데 출입구가 세 군데로 나 있었다. 출근 첫 날, 새마을 시장 방면으로 난 출입구를 통과하려다가 내가 갈 학교 이름을 써놓은 팻말을 하나 보았다. 지금은 영동일고등학교라는 다소 난해한 이름의 학교지만 당시에는 영동여고로 간명했다. 그때 첫 출근 길 아파트단지 앞 팻말에 쓰여진 글을 보는 순간 나는 벼락을 맞은 듯 얼어붙었다. 학교 안내 팻말에는 한글과 영어로 학교 이름이 다음과 쓰여져 있었다,

> 영동여자고등학교(永東女子高等學校)
> youngdong girl's high school

영동여고?

　소 왔(so what)! 뭐가 어때서? 남들이 보면 아무렇지도 않을 평범한 이름이다. 한자로는 영동여고(永東女高), 아무리 봐도 이상한 점이 없다. 그렇다. 세상 누가 봐도 단순하고 평범한 이름이 내게만은 색다른 의미를 갖는다. 바로 내 이름 때문이다. '유동걸'(柳東杰)이라는 내 이름. 이름? 그래도 아마 대부분 독자들은 여전히 소 왔을 외치실 것이다. 어쨌다고!

> 영동여자고등학교(永東女子高等學校)
> young(永) donggirl's high school

　남들 눈에는 평범하게 보일 학교 이름이 내게는 특별한 의미로 다가왔다. 내게는 이렇게 보였으니까!

　바로 영어로 '영동걸스 하이스쿨'이 내게는 '영 동걸스 하이스쿨' 즉 '영원히 동걸의 학교'라는 뜻으로 다가왔기 때문이다. 일종의 주문같고 운명같은 만남이었다. 이러니 내가 어찌 학교에 대해서 주인 정신을 갖지 않으랴! 사람들은 이 이야기만 들으면 다들 참 잘도 갖다 붙인다는 표정으로 깔깔거린다. 과연 그런가?

실은 우리말의 '영동여고' 한자도 내게는 심상치 않았다. 왜냐하면 나는 '동'(東)이라는 글자와 각별한 인연을 쌓아왔기 때문이다. 서울의 동쪽인 남한산성 아래서 자랐는데, 내가 그동안 살아온 행정구역은 성동(城東)구, 강동(東)구, 동(東)대문구 등이었다. 고등학교도 '영동(永東)'고등학교를 나왔고 우연히도 내가 정식교사로 처음 근무한 학교는 '동구'(東丘)여중이었다. 그리고 지금까지 26년을 영동여고(지금은 영동일고)에서 근무 중이다. 이름과 내 인생이 과연 무슨 연관이라도 있는 걸까?

음양오행과 사주팔자를 조금이라도 아는 사람은 동의 의미를 알 것이다. 서울의 4대문이 흥인지문(동대문), 돈의문, 숭례문, 홍지문인데 이 인의예지는 동서남북을 가르킨다는 것을. 그 가운데 동은 봄이요 푸른 색이고 나무에서 막 자라나는 새싹의 기운을 상징한다. 음력 4월의 봄에 태어난 나의 기운이 바로 봄기운이었다. 이름조차 부수가 전부 나무 목(木)이라 이름에도 목의 기운이 가득하다.

서양의 별자리는 2015년 여름 처음 보았다. 은평구에서 청소년들과 온몸으로 부대끼며 살아가는 장보성 선생님을 만나서 별자리에 대한 강의를 처음 들었다. 그 때 나는 음력 4월 18일의 내 별자리가 '쌍둥이자리'임을 알았다. 쌍둥이자리는 전형적인 헤르메스다.

쌍둥이자리는 변화무쌍한 공기(가볍게 떠돌기를 좋아한다)의 자리인데, 융통성 있고 다재 다능하다. 재치가 있고 조리 있게 말한다. 지적이고 설득력이 있다. 발랄하고 생기가 넘친다.

너무 멋지지 않냐고? 천만에! 단점도 그에 못지 않다.

침착하지 못하고 긴장 잘한다. 피상적이고 변덕스럽다. 쓸데없는 정보에 관심 많다. 교묘한 잔꾀를 부린다.

학생들 생활기록부를 보면 안다. 말은 그럴 듯 하지만 알고 보면 실상은 다른 경우가 많다. 별자리나 음양오행의 사주풀이가 그러하다. 이현령비현령으로 해석하기 나름인 경우가 많다. 결국 동전의 양면처럼 장단점을 동시에 안고 있다. 헤르메스가 그렇다. 결국 공기처럼 가벼움은 장점이지만 동시에 한계이기도 하다. 어쩌랴 운명인 걸! 나는 그 헤르메스의 운명을 받아들이기로 했다. 이 책 제목이 헤르메스적 글쓰기가 되는 까닭이다.

또 이야기가 흘러나갔다. 헤르메스에 대한 이야기는 이쯤에서 멈추고 다시 '지면 이야기'로 돌아가보자.

위의 글이 오마이뉴스 대문에 올라오자 팬시리 자신감이 생겨서 대학 시절 동기들이 모인 밴드나 지인들이 모여서 삶을 공유하는 카톡방 몇 군데에도 퍼날랐더니 그 시절의 내 고민을 지지해주는 벗들이 많아서 고맙고 반가웠다. 더욱이 오마이뉴스 하단에 보니 다음과 같은 댓글이 가슴을 찡하게 한다.

그래서 선생님 수업은 밥이야기로 기억하는가 봅니다. 1학년 마치고 사라진 선생님을 기억하는 졸업생입니다. 그때 못들은 이야기를 25년이 지나 오마이에서 듣게 되네요. 어딘가에서 활동하고 계실 거라 생각은 했었는데 글로 뵈니 더 반갑습니다. 비록 동구학원 비리 건으로 재회한 것이 안타깝지만 말입니다. 조○○ 당시 교장선생님과 최○○ 선생님이 이 글을 보시고 정심(正心)의 가치를 다시 떠올리게 되시길 바라봅니다.

글은 골방에 가두고 혼자만 보는 것이 아니라 광장에서 서로 공유될 때 비로소 그 가치를 더한다는 것을 실감한 글쓰기였다.

그동안 내 글이 실린 공간을 보면 통일뉴스, 오마이뉴스, 작은책, 전교조 신문인 교육희망 등 매체들이 다양하다. 한겨레 신문에 시를 보냈더니 실어준 경우도 있었다. 비단 오마이뉴스처럼 널리 알려진 인터넷 언론이 아니라 하더라도 개인 카페나 블로그, 카카오스토리는 이미 수많은 사람들이 공유하는 글쓰기 공간이다. 그러고 보면 어디다 글을 쓰는가는 중요하지 않을지도 모른다. 글을 쓰는 행위 그 자체나, 어떤 글을 써야 하는지에 대한 고민이 더 중요하다. 그럼에도 자기 글쓰기의 영역을 확대하기 위해서는 자기 혼자만의 블로그, 여럿이 활동하는 카페 등에 글쓰기를 두려워마라.

이왕이면 더 많은 사람이 보는 공간에 글을 올려 검증을 받아라. 어느 공간에든지 다른 사람의 좋은 글을 퍼나르기보다 짧으나마 내 글을 자주 써보고 그 글을 널리 알려 공유하는 것이 글쓰기 공부의 지름길이다.

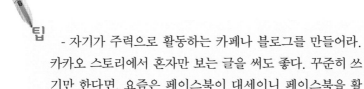

팁 - 자기가 주력으로 활동하는 카페나 블로그를 만들어라. 카카오 스토리에서 혼자만 보는 글을 써도 좋다. 꾸준히 쓰기만 한다면. 요즘은 페이스북이 대세이니 페이스북을 활용해도 좋다.

- 어느 정도 글쓰기에 자신이 붙으면 언론 매체에 기고하라. 독자들과 만나지 못해도 용기를 내는 과정 자체가 글쓰기에 큰 힘이 된다. 거기에 실리기라도 하면 용돈은 금상첨화.

9. 시와 편지. 필력이 두배로 늘어난다!

서로가

소홀했는데

덕분에

소식 듣게 돼

- 애니팡, 하상욱

게임은 중독이고 악이라는 고정 관념을 깨는 신선함이 돋보이는 시다. 애니팡도 이렇게 서로 소통해주는 다리가 되는데 하물며 시야 오죽할까! 세상에 수많은 언어가 존재하지만 시는 그 가운데서도 언어의 절정이다. 놓치지 말자. 앞에서 모처럼 시 창작 이야기가 나왔으니 다음은 시 이야기를 해보자. (이렇게 해서 꼬리에 꼬

리물기식 글쓰기는 계속 된다^^)

나는 이분법을 싫어한다. 뜬금없는 이야기인데, 동양과 서양, 물질과 영혼, 주관과 객관 등을 나누는 이분법적 사고나 철학, 의식 등을 경계하고 싫어하는 편이다. 그럼에도 불구하고 인생을 살아가면서 사람을 둘로 나눈다면 시를 알고 좋아하는 사람과 그렇지 못한 사람으로 나눈다. 물론 여기 시의 자리에 산이나 음악, 그림 등 자연이나 예술을 넣을 수도 있다. 문학이나 시를 좋아하지 않는 사람들한테는 약간 질투심이 느껴질지 모르지만 적어도 독서를 좋아하고 글을 쓰고자 하는 사람이라면 어느 정도 동의하리라 믿는다. 말했듯이 인생이 시를 모른다고 불행하거나 열등하다는 말은 절대 아니다. 다만 글의 세계에서는 글의 고갱이, 언어의 절정이라 할 시를 제끼고서는 글공부가 조금 부족하다는 말이고, 또 활용가치 높은 시를 버려두고 글을 쓰는 건 못내 아깝다는 말이다. 뒤집어 말해 시적 감각과 표현 등을 많이 익혀두거나 시를 인용할 능력이 되면 글쓰기 내공을 배가할 수 있다는 뜻이다.

내가 사람들과 함께 여러 번 읽은 책 박웅현 〈여덟 단어〉 가운데 가장 인상적인 대목이 '견(見), 이 단어의 대단함에 대하여'인데, 작가는 그 꼭지의 앞 부분에 관찰과 발견의 힘을 예로 들면서 안도현의 시 '스며드는 것'을 인용해 놓았다.

꽃게가 간장 속에

반쯤 몸을 담그고 엎드려 있다

등판에 간장이 울컥울컥 쏟아질 때

꽃게는 뱃속의 알을 껴안으려고

꿈틀거리다가 더 낮게

더 바닥 쪽으로 웅크렸으리라

버둥거렸으리라 버둥거리다가

어찌할 수 없어서

살 속에 스며드는 것을

한 때의 어스름을

꽃게는 천천히 받아들였으리라

껍질이 먹먹해지기 전에

가만히 알들에게 말했으리라

저녁이야

불 끄고 잘 시간이야

- 스며드는 것, 안도현

이 시를 읽고 감탄하지 않을 사람이 있을까? 이 책을 읽고 세 번, 각기 다른 사람들과 독서토론 공부를 했는데, 이 대목, 이 시에 대한 깊은 인상을 빠뜨린 사람이 없다. 그 만큼 이 시의 정서가 강렬하고, 이 시를 관찰과 견문의 힘의 예시로 쓴 박웅현의 안목은 높다. 물론 이 시가 아니더라도 관찰력이나 견문의 예로 들 작품이 적지 않다. 이렇게 시를 적절하게 필요할 때 활용하면 글의 맛이 풍요롭다. 능력이 허락하는 범위 내에서 자작시를 써서 활용한다면 금상첨화지만 우리같이 평범함 사람들에게 매번 그러기가 어디 쉬운가! 그러므로 한국의 명시나 좋은 시를 모아놓은 시집이라도 틈틈이 읽어두거나, 인상 깊은 구절을 적어두면 글쓰기 공부에 큰 힘이 된다. 박웅현의 안내대로 시는 그 자체로 자세히, 깊게 들여다보는 훈련에도 큰 도움이 되기 때문이다. 그래서 우리가 다 아는 애송시 나태주의 풀꽃은 거의 국민시 대접을 받을 정도로 유명해지지 않았을까?

자세히 보아야 예쁘다
오래 보아야 사랑스럽다
너도 그렇다
- 풀꽃, 나태주

시는 사물과 자연, 인간을 자세히, 오래보는 마음 속에서 싹튼다. 좋은 글도 그렇다. 나도 글쓰기에서는 여러 곳에서 시 인용하기를 좋아한다. 나의 첫 책 〈토론의 전사〉는 토론 전문 서적임에도 불구하고 다섯 편의 시를 인용했다. 침묵과 경청의 중요성을 말하는 부분에서는 기형도의 '소리의 뼈', 1편의 마지막 토론은 인생의 변화와 성장을 말하는 부분에서는 안현미의 시 '합체'를 인용했다

합체

- 우주 체험을 한 뒤에 전과 똑같은 인간일 수는 없다. - 슈와이
카트(우주비행사)

하루 종일 분홍눈이 내렸다
세로도 가로도 없는 그 공간을 '방'이라고 부를 수는 없었기에
우리는 '우주'라는 말을 발견했다

그 후 우리는 '하나는 많고 둘은 부족한' 별에 착륙했고
중력은 희박했고 궤도를 이탈한 계절은 랜덤으로 찾아왔다
어제는 겨울 오늘은 여름 낮에는 가을 밤에는 봄

우리는 당황했지만 즐거웠고 우리는 은밀했다
이상했지만 세계는 완벽했고 중력은 충분히 희박했다
검색창 밖으론 하루 종일 푹푹 분홍눈이 내렸고

하루 종일 우주선처럼 둥둥 떠다녔다
사랑과 합체한 사랑은, 그리고 또 우리는
그 후 '하나는 많고 둘은 부족한' 별의 거북무덤엔 이렇게 기록되
었다

사랑을 체험한 뒤엔 전과 똑같은 인간일 수는 없다!
- 안현미, 합체

독서와 토론 공부가 배움과 성숙을 목표로 하는 거라는 걸 말하기 위해 여러 이야기를 풀어내고 그걸 결정적으로 드러낼 시 한 편을 소개했다. 우주체험이나 사랑과 마찬가지로 토론도 변화와 성숙을 위한 과정이라는 걸 시를 통해 더 설득력 있게 감성적으로 표현한 셈이다.

시를 읽는 좋은 방법이 있을까? 초보라면 역시 기대기 전법을 사용하는 것이 낫다.

우리 어린 시절에는 한국의 명시라는 시화집이 유독 많았다. 윤동주 '서시', 김소월 '진달래꽃', 한용운 '님의 침묵', 유치환이 '행복'이나 '바위', 김춘수의 '꽃' 등. 이런 시들은 지금도 사람들 입에 오르내리는 대중시니 언제 읽어도 좋지만 현대의 감각에 안 맞아 시대에 뒤떨어진다는 소리를 들을 수 있다.

서정성을 좋아한다면 김용택, 안도현. 도종환, 나희덕, 정호승 등 일단 대중의 사랑을 받는 시인들의 명시들을 골라 읽어도 좋다. 조금 더 깊게 나아간다면 한 개인 시집을 통째로 읽는다. '창작과 비평'이나 '문학과 지성사', '문학동네', '민음사' 등에서 나온 시집을 골라 읽는데 이 가운데는 일반인들은 읽기 어려운 시들이 적지 않으므로 아무 시집이나 도전하다가는 낭패를 당한다. 시는 머리로 이해하는 장르가 아니라 마음으로, 몸으로 느끼는 예술이라고들 하지만 그 경지에 이르기가 쉽지 않다. 이성적 기능을 하는 좌뇌의 활동에 워낙 많이 길들여진 탓이다.

세계에서 우리나라 사람들만큼 시를 즐겨 읽는 나라가 없다고는 하지만, 그래도 우리나라 사람들 가운데 시를 즐겨 읽는 사람은 많지 않다. 그러기에 더더욱 시의 가치는 빛난다. 시를 좀 안다고 허영을 떨어도 안되지만, 시는 그 고유의 가치로 인해 시적 정신이나 표현에 있어서 인문의 힘을 강하게 발휘하기 때문이다.

심지어 드라마 〈미생〉에서도 계약직 사원 장그래의 감정을 드러낼 때, 작가가 보들레르의 시를 인용하는 대목이 있다. 원작에서도 인용된 바 있는 〈취하라〉라는 시이다. 장그래가 속한 영업 3팀은 요르단 중고차 사업에 대한 막중한 피티(발표) 과제를 성공시키고 주변의 축하를 받은 뒤 얼마 지나지 않아서 크리스마스를 맞는다. 상사맨들이니까 거래처 사람들에게 성탄 카드로 연말 인사를 보내는데, 장그래를 잘 이끌어주는 멘토 오차장이 장그래에게 크리스마스 첫 카드를 준다. 가슴 설레는 마음으로 옥상에 오르는 장그래. 카드를 열어보고는 미소를 짓는다. 카드에는 다음과 같이 쓰여져 있었다.

더할 나위 없었다, 예스!(그래)

그리고 부드럽게 흘러나오는 음악과 함께 장그래의 독백이 이어진다. 보들레르의 시다. 취하라는.

취하라.

항상 취해 있어야 한다.

모든 게 거기에 있다.

그것이 유일한 문제다.

당신의 어깨를 무너지게 하는

가증스러운 '시간'의 무게를 느끼지 않기 위해서

당신은 쉴 새 없이 취해 있어야 한다.

그러나 무엇에 취한다?

술이든,

시이든,

덕이든,

그 어느 것이든 당신 마음대로다.

그러나 어쨌든 취해라.

그리고 때때로 궁궐의 계단 위에서,

도랑가의 초록색 풀 위에서,

혹은 당신의 방의 음울한 고독 가운데서

당신이 깨어나게 되고

취기가 감소하거나

사라져 버리거든

물어 보아라

바람이든,

물결이든,

별이든,

새든,

시계든,

지나가는 모든 것,

슬퍼하는 모든 것,

달려가는 모든 것,

노래하는 모든 것,

말하는 모든 것에게

지금 몇 시인가를,

그러면 바람도, 물결도, 별도, 새도, 시계도

당신에게 대답할 것이다.

이제 취할 시간이다.

'시간'에 학대받는 노예가 되지 않기 위해서는 끊임없이 취해라.

술이든, 시이든, 덕이든, 당신 마음대로

〈취해라, 샤를 피에로 보들레르〉

글쓰기에 취하려면 먼저 시에 취하라고 말하고 싶다. 좋은 글을 쓰기 위해 풍부한 경험과 고통의 친구인 술에도 취하고, 인간적으로 살아가기 위한 치열한 몸부림의 덕도 다 좋다. 그래도 먼저, 꼭 한 가지 취할 것이 있다면 시다. 시는 글의 심연이고 햇살이다.

참고로 시와 더불어 글쓰기 공부의 힘이 되는 요소 가운데 하나가 편지쓰기다. 지금은 손편지가 거의 사라지고 이메일이 보편화된 시대지만 한때, 사람들이 자기 마음을 전달하는 도구로 사용하던 편지는 요즘 말로 심장을 쿵하게 만드는 묘한 힘이 있다. 글쓰기의 힘을 키우기 위한 편지를 시활용의 연속 선상에서 말하고자 한다.

편지를 써라, 회신을 기다리지 말고

울지 마라
외로우니까 사람이다
살아간다는 것은 외로움을 견디는 일이다
공연히 오지 않는 전화를 기다리지 마라
- 정호승, 수선화에게

글쓰기의 삼다로 다독, 다작, 다상량을 꼽는데, 그 가운데서도 글을 수시로, 자주 쓰는 것만큼 좋은 글쓰기 공부는 없다. 그럼 언제 글을 쓰는가? 글을 쓰기 위해서는 시간, 주제, 대상이 필요하다. 일단 바쁘다고 일상에 끌려다니면 글쓰기 능력을 향상시키기 어렵다. 날마다 일기를 쓰는 수준은 아니더라도 틈나는대로 써야 한다. 하루에 A4 두세 장의 글을 꾸준히 쓴다면 최상이지만 꼭 그러지 못한다고 필력이 후퇴하는 건 아니다. 적어도 시간이 허락하는 한, 어디서나 언제나 수시로 글을 쓰겠다는 마음가짐을 지니고 있으면 족하다.

시간보다 어려운 게 주제다. 중고등학교 시절 백일장에서 느껴보았지만, 쓸 마음이 없는데 글을 써내라는 강요와 폭력에 마음이 답답해본 경험이 누구나 있다. 쓸 마음이 없는데, 도대체 무엇이든간에 무조건 글을 쓰라는 게 말이 되는가! 학생들은 대부분 시간을 아껴 빨리 써내기 위해 갑자기 시인이 된다. 그나마 어린 시절의 추억이 담긴 수필 한 편 쓰기도 귀찮으니까. 결국 대부분의 글쓰기는 할 말이 없다는 좌절감에서 무력화된다. 요는 쓸 내용이 있는 삶이 필요하다는 뜻이다. 그런데 생각해보면 정말 쓸 내용이 없는가?

시시콜콜한 일상사에서부터 자기가 고민하고 살아가는 무거운 삶은 누구에게나 있다. 남들과 다름 없는 천편일률의 무개성적인 삶이라 할지라도 삶은 삶이다. 살아있는 한 인간은 다르게 살아 있다. 드러낼 용기가 없고 드러낼 이유와 방법이 어려울 뿐.

쓸 시간은 많고 쓸 내용은 없을 때, 대상을 먼저 정해보는 건 어떨까? 누군가를 향해서 구체적인 목적이 있는 편지쓰기 말이다. 일할 시간도 없이 바빠 죽겠는데 무슨 귀신 씨나락 까먹는 소리냐고

타박할지 모르지만, 글이란 원래 그런 것이다. 그렇게 한가하게, 일상의 시간을 잠시 멈추고 새로운 차원의 삶을 살아가는 무모한 도전, 거기에서 글쓰기는 시작된다. 글을 써야 할 필요 없이 외롭지 않게 잘 산다면, 당신은 사실 잘 사는 것이다.

글이란, 도스토예프스키처럼 도박빚 갚는 일이 절실해야 목숨을 걸고 쓸 정도로, 그 절실함에서 좋은 글이 나온다. 날마다 여기저기 사람 만나고, 놀라 다니느라 바쁘고 즐겁다면 사실, 구태여 글쓰기를 고민할 이유도 없다. 그렇게 살면 되니까. 그러지 못하면서 글도 써야하는 안타까운 처지라면 말이 다르다. 어쨌든 써야 한다면 써보라는 뜻이다.

갑자기 '편지'라는 의외의 요소를 가져온 데는 사연이 있다. 돌아보니 나는 수시로 메일을 보내고 받는 사람이다. 하루에 몇 편? 야시런 스팸 메일 빼고 각종 카페나 단체 혹은 개인으로부터 받는 메일은 하루 평균 십여통이다. 물론 보내는 것도 그에 못지 않다. 하지만 그래도 하루 두세 통은 꼭 보내야하며 '토론의 전사' 같은 토론 공부 연수라도 본격적으로 할라치면 그 메일 내용의 강도는 문학적인 수준으로 높아진다.

그러고 보니, 내가 최초로 낯설고 깊은 '글의 감각'을 느낀 것은 누군가의 편지를 통해서였다. 나를 움직인 최초의 두 편지. 그 누군가의 그 편지에는 여지 없이 앞에 시가 등장한다는 사실도 흥미롭다. 물론 그 당시 나는 그 시의 의미를 읽을만큼 성숙하지 못했고, 어렴풋한 상황과 맥락만 이해하고 있을 따름이지만 편지는 그렇게 평생의 글쓰기를 추억하는 힘이 된다. 그 두 편의 편지를 소개하고 싶지만 삼십년이 넘은 지금 당연히 사라지고 없고 거기에 실렸던 시와 사연만을 소개한다.

1980년 나는 고등학교 1학년 학생이었다. 전해 겨울 박정희가 암살당할 무렵 서울 강동구의 천호동에 있는 중학교를 다녔고(학교내 조폭이 설치던 시절이지만, 말죽거리만큼 잔혹한 역사는 없었다!) 전두환이 12.12 사태로 권력을 찬탈하고 계엄을 선포한 뒤, 다음 해 공식 대통령의 자리에 오르던 그 해 강남의 한 고등학교에 배정을 받아 학교를 다녔다. 그 해 11월, 작은 누나 소개로 천호동에 있는 교회를 다녔다. 작은 개척교회였는데 학생은 스무 명 남짓. 그 가운데 일반 중고등학교에 다니는 학생은 나를 포함해서 셋. 다른 친구들은 모두 교회 근처의 야간의 고등공민학교를 다녔다. 낮에는 직장을 다닌다는 뜻이다. 대개 시골서 올라온 집의 자녀들로 서울 변두리 아니 아주 촌구석은 아니었고 서울의 준 부도심 정도되는 곳에서 주경야독하면서 자수성가를 꿈꾸는 친구들이었다. 초등학교 시절 여름성경학교라고 교회 문턱을 밟아본 적은 있지만 나는 예수가 누구인지, 하나님이 여자인지 남자인지도 모르는 사람이었다. 그런데 교회에 가면 융숭한 대접을 받아서인지 교회생활에 폭 빠져버렸다. 목사님 어머님이자 권사의 직책을 맡은 분께서 수줍음이 많은 나를 '색시'라 부를 만큼 나는 내성적인 성격이었는데, 어쨌든 신입교인이라고 잘 대해주어 기분이 좋았다. 그해 겨울부터 곧바로 내 삶은 온통 교회를 중심으로 이루어졌다. 81년, 고2 동급생이 교회에 없었던 탓에 나는 바로 중고등부 회장이 되었다. 기도를 배우고 찬송을 따라하면서 열심이었다. 맘에 드는 여학생이 있어 설레던 기억도 새삼스럽다. 그러고 보니 그때 혹시 연애편지를 주고받았는지 기억을 떠올려보았으나 생각나지 않는다. 내가 받은 최초의 편지는 고3이 되고 나서였다. 그해 가을, 교회마다 열리는 중고등부 최고 행사로 '문학의 밤'이 있었는데 그 무렵 키도 크고 깡마르고 목소리도 나긋나긋한 전도사님이 새로 오셨다. 그 전에 계시던 전도사님은 키는 작았지만 매우 씩씩하셔서 내 인생, 내 성격에 최초로 영향을 준 타자였는데 두 번째 전도사님은 반대 성향의 여리고 고운 남자 전도사님이셨다. 설교 시간도 그랬지만, 개인적으로 이야기를 할 때도 소곤소곤 조근조근 차분하기 이를 데 없는 분이셨다. 고3이 얼마 남지 않아서일까. 교회에서 버스로 삼십 분 이상 떨어진 곳에 살았어도 새벽기도도 자주 나가고 간혹 철야기도도 마다하지 않던 나는 추수감사절 문학의 밤을 준비하던 무렵, 교회로부터 조금씩 멀어지기 시작했다. 출석일이 뜸해지자 그 새로 오신 전도사님이 편지를 보내셨다. 시 한 편 외에 다른 글이 있었는지도 기억이 나지 않는다. 있었어도 기억을 못하니 의미 없고, 다만 그 시만 소개한다. 김광균의 〈설야(雪夜)〉였다.

어느 머언 곳의 그리운 소식이기에
이 한밤 소리 없이 흩날리느뇨

처마끝 호롱불에 여위어가며
서글픈 옛 자췬양 흰눈이 나려

하이얀 입김 절로 가슴에 메여
마음 허공에 등불을 켜고
내 홀로 밤 깊어 뜰에나리면

머언 곳에 여인의 옷 벗는 소리

희미한 눈발
이는 어느 잃어진 추억의 조각이기에
싸늘한 추회 이리 기쁘게 설레이느뇨

한줄기 빛도 향기도 없이
호올로 차단한 의상을 하고
흰 눈은 내려 내려서 쌓여
내 슬픔 그 위에 고이 서리다
- 설야 전문, 김광균

　내가 비록 나중에 어찌하다 보니 국문과를 가지기는 했지만, 학
창시절 '님의 침묵'과 '진달래꽃'의 의미도 잘 모르던 학생이었다.
시는 참고서 문제집에서만 분석해야 하는 대상인 줄 알았는데, 편

지 속의 이 시는 '머언 곳 여인의 옷 벗는 소리'처럼 낯설기 그지없었다. 왜 이런 시를 보냈는지조차 이해도 못하면서 거의 반평생을 살았다. '아 그립구나, 보고 싶다' 이런 뜻인 줄을 대학 졸업하고 교사가 되어 시를 가르치다보니 그제서야 알았다는 말이다.

그래도 내게, 최초의 편지를 전해준 그 분의 간절한 마음과 안타까운 심정, 나에 대한 그리움은 이 시로 인해 잊혀지지 않는다.

두 번째 편지는 대학시절 흔히 말하는 첫사랑으로부터 받은 편지다. 나이 들어가면서 사랑에 대한 정의가 달라져서 그 당시 풋사랑도 사랑이라 할 수 있을지 모르지만 통속적인 수준에서 말하는 첫사랑이라고 인정해주자. 그 시절 이야기와 에피소드로 가면 한없이 길어지고 주제에서 어긋나는 이야기가 되니, 그녀에게 받은 시를 학생에게 소개한 글로 싣는 걸로 하자. 이 글도 길이가 짧지 않다. 지금도 학기 초 수업 첫 시간 학생들에게 들려주고 싶은 글이기도 하다.

'애린' 선생님의 고3 수업을 여는 글

벚꽃 지는 걸 보니
푸른 솔이 좋아
푸른 솔 좋아하다보니
벚꽃마저 좋아
(새 봄 / 김지하)

아직 차가운 겨울의 기운이 완전히 가시지 않았지만 석촌 호수가에 부는 봄바람의 기운이 설레는 3월입니다. 여러분과 함께 1년 동안 화법을 맡아 공부할 '유 동걸'이라고 해요. 일주일에 한 시간이니 잊을 만하면 얼굴을 보게 되겠지만, 한 번 수업하면 일주일 동안 가슴이 먹먹하고 잊지 못할 그런 수업을 하고 싶네요. 아, 그런데 왜 이름이 '애린'이냐고요? 그런 나중에 애린에 대한 사연이 담긴 글을 천천히 나누어줄게요. 여러분들이 애린에 대한 진정한 관심이 생긴다면 말이죠. 우선은 여러분에게 중학교 입학하고 첫 국어시간에 배운 김지하 시인의 '새 봄'이라는 시로 인사하고 싶어요. 기억나죠? ^^ 아주 짧고 쉬운 시인데……. 다 잊었겠지만, 조그맣게 소리를 내서 한 번 읽어보세요. '벚꽃과 푸른 솔'에서 다가오는 봄의 향기가 느껴지지 않나요?

안 그래도 요즘 죽음의 트라이앵글이다, 일제고사다, 또 어느 대학은 '수시'로, 아니면 '수시로' 입시부정이다 난리를 치는 판에, 살맛 안나는 고3 인생이 무슨 새 봄이냐고요? ㅋㅋ 그래서 저는 이 새 봄이 더 소중하게 느껴져요. 고3이 돼서 느껴보는 중1의 풋풋함이 새롭기도 하고요, 고3이기 때문에 인생의 마지막이 아니라, 정말 자기 인생을 재설계 하면서 '새 봄'을 꿈꾸는 청춘으로 살아갔으면 하는 마음이기도 하고요. 원래 연꽃이 더러운 진흙에서 피어나듯이 인생의 새 봄은 가장 지옥같은 여러분의 고3 속에서 언뜻, 아니 어느 날 갑자기 '와락' 나도 모르게 다가올 수 있어요. 무언가 숨겨진 작은 연못 속에서 여러분들도 자기만의 빛깔과 향기를 지닌 소중한 꽃 한송이를 가슴 깊숙한 곳에 키우고 있으니까요.

그러고 보니, 최근에 읽은 시 가운데 '숨은 연못'이라는 멋진 시도 있어요 들려주고 싶네요.

길고 오래된 호흡 한 줄기가 너를 길들였던 게 분명해, 수중에서 잠이 든 붕어는 돌멩이가 날아와도 꿈을 버릴 마음이 없어, 떨어지는 돌멩이를 유연하게 휘어주는 물의 마음을 믿기 때문이지, 당연히 그 연못을 만날 수 있어, 환상을 버리지 못한 노란 은행잎들이 후드득, 몸을 던져도 졸음에 겨운 붕어는 좀체 눈을 뜨지 않아, 은행잎들의 좌절을 부드럽게 돌려보내는 물의 사랑, 용서의 힘을 믿기 때문이지, 울지 말고 다시 연못의 맑은 얼굴을 들여다 봐, 아무에게나 쉽게 문을 열어주진 않지만 언제나 투명하게 네 무늬를 비춰주고 있지 않니, 네가 바로 그 연못이야 (박주하, 숨은 연못)

'졸음에 겨운 붕어'라고 스스로를 생각할지 모르는 여러분들에게 숨은 연못의 비밀을 알려주고 싶었죠. '여러분들 마음 속의 비밀 연못을 다 찾아내 보라고요.'라고 말하지만 사실은 앞으로 제 수업 시간에 붕어처럼 졸지 말라는 뜻이기도 해요.^^

아, 그리고 내가 오늘 여러분에게 새 봄으로 첫 인사를 나누고 싶은 것은 요즘 내 인생에 새 봄이 왔기 때문이기도 해요. 이제 마흔 중반에 접어들면서 조용히 떠나갈 때를 준비해야 할 사람이 무슨 '새 봄'? 얼핏 보기에는 '봄날은 간다'나 흥얼거리면서 흘러간 옛 레코드판이나 돌릴 사람 같은데 무슨?

ㅎㅎ 좀 주책스러울지 몰라도 제 인생에 새로운 봄이 왔거든요 ^^ 그게 뭐냐고요? 그건 비밀인데, 살짝 공개하자면, 음, 요즘 뒤늦게 철이 들었는지 사는 게 행복해졌어요. 이제 죽어도 여한이 없다 싶을만큼……. 이 지옥같은 세상이, 그리고 외로운 사람들이 아름답고 멋져 보이는 거죠. 아마 도저히 이해가 안 갈거에요. 저 선생이 왜 이런 고상한 고3 수업 시간에, 시간 아깝게 첫날부터 저런 말을 하는지, 이런 글을 써서 마음을 설레게 하는지……. 하긴 저도 정확히는 잘 몰라요. 아마 그걸 다 말하라면 밤을 새워야 할지도 모르죠. 그리고 일년 동안 천천히 알아가고 느껴갈 거에요. 그리고 그걸 마음으로 깨달을 때쯤이면 이별이겠죠? '굳빠이' 하고…….

한 가지 더 말해 두자면, '새 봄'이라는 말이 '봄날을 새롭게 맞는다'는 의미도 되지만, '세상을 새롭게 바라봄'이라는 뜻도 있지요. 그런 의미에서라면 '문학과 역사와 철학, 삶과 죽음의 의미를 새롭게 바라보는 제2의 사춘기'(절대 갱년기가 아니고^^)가 왔기 때문이 아닌가 싶어요. 그리고 그건 무엇보다도 '어린 아이의 눈'으로 바라봄이기도 해요. 다시 세상에 눈을 뜨는 거죠. 아마 그건 되돌아봄이기도 할 거에요. 되돌아봄.

여러분들 '성찰(省察)'하다는 말 알죠? 아, 한자를 사용해서 미안 ^^ 세계화 시대니까^^

'성찰'(省察)하다 할 때의 '분명히, 살펴, 깨달을 성'(省)자를 보면

'어릴 소'(少)자에 '눈 목'(目)자가 붙었잖아요. 마치 이 글처럼, 좀 유치하지만 어린 아이 눈으로 다시 주변을 잘 살펴보는 거죠. 화법을 매개로 여러분과 만났지만, 그 의미를 아이의 눈으로 다시 살펴보는 거에요. 그게 새 봄이죠.

화법(話法)도 그래요. 교과서를 바라보면 그저 한 권의 책이고 입시 과목일 뿐이잖아요. 사실 '화법'(話法)이란 말하는 법인데, 말이라는 게 참 요상하잖아요. 안 할 수도 없고, 잘 하기는 어렵고, 친구처럼 편한 대상에게는 한 없이 편하면서도, 선생처럼 어려운 사람에게는 한 없이 불편한 거, 그런 거잖아요. '졸라, 씨발'이라는 말, 똑같은 욕설인데, 누구에게는 저질이 되고 누구에게는 풍자나 시가 되는 그런 세계, 그런 게 말의 세상이잖아요. 세상을 깜짝 놀라게 한 어느 싸이코패스처럼 '당신을 사랑해' 하면 그게 '널 욕망해, 아니 날 욕망해' 하면서 결국 타인을 죽이는 관계가 되는가 하면, 혹은 김수환 추기경처럼 '내가 죽어줄게' 하면서 정말 자기를 죽이고 상대방을 살리는, 새 봄이게 하는 그런 세상의 이치를 알아가는 게 화법을 배우는 거 아닌가요? 그런 의미에서 화법을 제대로 배운다는 것은 '말의 이치'를 배우는 것이기도 하고 '말이 만드는 삶의 무늬', '세상의 이치', 무엇보다도 '말 하는 상대방의 속마음'을, '말을 할 때의 내 속마음'을 다시 돌아보고 깨달음이기도 하지요. (사실 저도 말을 잘 못해 이렇게 글을 써요. 전, 사실 말보다는 글이 편해요.) 앞으로 화법 시간에는 그런 말의 이치와 말이 빚어내는 삶의 이야기들을 같이 나누고 싶어요. (교과서 진도는 번개처럼 휘리릭

하고ㅆ)

마지막 하나 더! 저는 2007년 1년 동안 학교를 휴직하고 전교조에서 발행하는 주간교육신문 '교육희망'이라는 곳에서 1년간 기자활동을 하다가 작년에 복직했죠. 글쎄 그해 5월 지식채널 피디를 취재하러 양재동을 가다가 87년 나에게 첫 사랑의 상처를 준 친구를 길에서 20년만에 만났지 뭐에요. 그 뒤로 두어 번 만나 밥 먹고 차 마시고, 서로 뒤돌아 서서 각자 자기 인생을 이드거니 걸어가고 있지만, 시가 무엇인지 이해도 못하고 느끼지도 못하던 대학시절, 그 친구가 내게 처음이자 마지막으로 주었던 시 한 편은 아직도 잊지 못하고 있어요. 저도 여러분들에게 그 시를 드리고 싶어요. 실은 별 거 아니에요. 문제집에도 자주 나오는 아주 유명한 시죠. 알 듯 모를 듯한 시. 같이 한 번 읽어 봐요~*

우리가 물이 되어 만난다면
가문 어느 집에선들 좋아하지 않으랴.
우리가 키큰 나무와 함께 서서
우르르 우르르 비오는 소리로 흐른다면.
흐르고 흘러서 저물녘엔
저 혼자 깊어지는 강물에 누워
죽은 나무뿌리를 적시기도 한다면.
아아, 아직 처녀(處女)인
부끄러운 바다에 닿는다면.

그러나 지금 우리는

불로 만나려 한다.

벌써 숯이 된 뼈 하나가

세상의 불타는 것들을 쓰다듬고 있나니.

만리(萬里) 밖에서 기다리는 그대여

저 불 지난 뒤에

흐르는 물로 만나자.

푸시시 푸시시 불꺼지는 소리로 말하면서

올 때는 인적(人跡) 그친

넓고 깨끗한 하늘로 오라.

(강은교, 우리가 물이 되어)

지금도 귓가에 들리는 우르르 우르르 비오는 소리, 혼자서 깊어
지는 강물, 처녀(處女)라는 말에 대한 뜻 모를 설렘, 불과 물과 하늘
(아 이건 내 둘째 아들 이름이닷!), 숯이 된 뼈와 흐르는 물····.
아직도 그 의미를 다 읽어내기 어렵지만, 원래 뭐 시가 그런 거니
까 그렇다 치고 그냥, 언젠가 여러분들하고 물이 되어 만났으면 좋
겠어요. 애 좀 그만 태우고^^

이제 고3을 맞는 여러분의 닫힌 몸과 더 닫힌 마음. 무거운 어깨
가 지친 발걸음이 안쓰럽기도 하지만, 학교라는 공간, 학생이라는
신분을 잠시 벗어나면 여러분들도 뜨거운 불의 고통에서 잠시 벗
어나, 푸시시 푸시시 힘을 빼고 맑은 물처럼 흘러 누군가의 품으로,

가문 누군가의 집으로, 거친 세상으로 흘러가겠지요.

그러고보니 만나자마자 이별의 인사를 하는 셈이군요. 하긴 우리 일 년을 만나도 어쩌면 한 번도 안 만난 것과 같으니, 오늘 이별을 하지만, 내일 어디서 다시 만날지 모르는 그게, 어쩌면 인생의 신비인지도 모르겠네요. 새 봄 첫 시간 여러분에게 이렇게 인사를 나누고 싶어요. 여러분 스스로 그려낼 여러 분의 새 봄을 더불어 상상하면서 오늘 수업은 여기서 끝!

두 번째 편지의 시는 위 글의 마지막에 소개한 강은교의 〈우리가 물이 되어〉다. 다음 글 속에 적절히 배치되어 있다. 속칭 첫사랑의 편지인데 그 시를 보낸 앞뒤의 사연과 맥락은 나도 기억이 가물하니 굳이 소환하지 않고 그 시와 그 시를 글쓰기에 활용한 상황만 전하기로 하자. 한편의 시, 한 순간의 편지는 이렇게 평생을 움직이는 글쓰기 동력이다.

사족으로 나는 손 편지를 수백 통 이상 썼다. 한 사람에게 가슴 찡한 사연의 사랑 편지를 쓴 건 아니고 내게 편지를 보내온 수십 명의 학생들에게 답장을 쓰느라 그랬다. 여중과 여고에서 교직 초창기 15년을 보냈다. 1980년대 후반과 90년대 초반은 굳이 총각 선생이 아니어도 여학생들이 남자라면 물불 안 가리고 사모의 정을 표현하던 시절이었다. 편지를 오죽 많이 받았으랴! 비록 정우성, 김수현 같은 얼굴은 아니지만 인기는 그 이상을 구가하던 시절이었다. 그러니 편지를 좀 많이 받았겠는가. 당시 모든 학생들에게 답

장을 보낸 것은 아니지만 나름 열심히 손편지를 썼다. (물론 지금
은 일 년에 한통도 받을까 말까다, 쩝)

손편지를 부지런히 쓰던 당시 내가 즐겨 사용한 편지지는 하얀
종이에 줄이 처진 일반 편지지였다. 그리고 펜은 반드시 파란색 플
러스펜. 지금도 그 편지를 가지고 있는 제자가 몇이나 있는지 모르
지만 나도 그 시절 그 편지를 다시 보고 싶다.

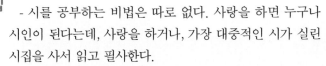

- 시를 공부하는 비법은 따로 없다. 사랑을 하면 누구나
시인이 된다는데, 사랑을 하거나, 가장 대중적인 시가 실린
시집을 사서 읽고 필사한다.
- 주변 사람들에게 편지를 쓴다. 가족, 친구 혹은 고양이
나 낯선 사물 누구든지 상관 없다. 대상을 바라보는 눈길,
그 깊고 그윽한 눈길이 자기에게 있음을 깨닫는 시간이 온
다.

10. 독서, 함께 읽기는 힘이 세다

빗방울 뚝뚝 떨어지는 새벽 두시의 밤. 작업실 구석에서는 오래된 엘피판이 돌아간다. 작은 방 안에는 라흐마니노프나 말러의 교향곡이 낮은 음으로 흘러다니고, 책상 위에서 고급스런 만년필로 원고지에 글을 쓰는 사람이 있다. 가끔, 향이 좋은 진한 원두 커피 한 잔을 홀짝거리면서 창작에 매진하는 이런 작가의 모습을 상상한다. 이런 분위기에서 글을 쓰면 새벽 무렵 대중들의 심금을 울리는 위대한 작품이 탄생할까? 아마 그럴 수도 있겠지.

글은 어떤 동기로 쓰는가? 누군가의 청탁을 받아쓰는 전문 작가들도 있겠지만 대부분은 자기 필요에 의해서 쓴다. 자기 필요라 하는 것도 제각각이어서 나이, 성별, 직종에 따라 다를 터라 그 가운데 자발성과 의무감이 반쯤 겹치는 것이 독서 토론 발제문이 아닐까 싶다. 그걸 쓰지 않는다고 세상 망하지 않으므로 반드시 꼭 써야 하는 것은 아니지만, 그래도 자발적으로 공부한다고 나섰는데 안 쓰기는 조금 쪽팔리고 민망한, 그런 글쓰기가 독서토론 모임의 발제문을 쓰는 일이다. 기껏해야 책읽고 토론 발제문을 쓰면서 앞에서 언급한 상황과 비슷한 분위기 속에서 명작을 탄생시키겠다는 뜻을 품는 사람은 없다. 그만큼 부담없이 글을 쓸 좋은 기회라는 뜻이다.

온전히 내 이야기도 아니면서 적절히 요약도 하고 그러면서 자기의 감정과 판단을 적절히 쓰고 다른 사람들에게 도움을 주면서 부담없이 피드백을 받는 글, 그게 독서 토론 발제문이니까. 이번 꼭지에서는 독서토론 모임에 참여하라는, 아니 가능하면 스스로 꾸려서 운영해보라는 제언을 하고 싶다. 독자들도 느끼는대로, 독서는 글쓰기의 어머니이고 친구이며 글쓰기 자체가 바로 독서의 과정이기도 하니까.

굵고 짧게 살까, 아니면 가늘고 길게 살까. 한 우물을 팔까 아니면 사방팔방 가지를 치며 살까, 사람마다 성격과 인생관에 따라 다르겠지만 글쓰기와 독서에 관한 한 나는 후자에 가까운 삶을 살아왔다. 사람들을 만나 책을 읽고 토론하는 독서토론 모임의 역사가 이를 잘 증명한다.

내가 만든 최초의 독서토론 모임은 1991년. 내가 근무하는 고등학교에서 만든 '노자반'이라는 비공식 소모임이다. 어지간한 친구들이라면 대학 신입생시절부터 선배들과 어울려서나 혹은 자생적인 독서 동아리 활동도 해보았을 텐데 나는 그러지 못했다. 최루탄 난무하던 1983년 겨울 무렵 내 인생의 좌표를 바꿔놓은 선배 둘을 만나 시작한 책읽는 모임이 나와 책의 본격적 만남의 시발점이기는 하다. '생명(生命)'이라는 거창한 이름의 모임이었는데(이 모임에는 훗날 우리나라 유명 시인이 된 나희덕도 있었다!) 선배 중 한 분이 내가 다니던 대학과 가까운 곳에 집이 있어서 아지트가 되면서 나는 종종 그 집 서재의 신세를 졌다. 방안에 책이 수백 권이 될 수도 있다는 사실을 그때 처음 알았다. 전공에 걸맞게 시와 소설, 평론집 등의 문학 서적은 물론 당시 유행하던 사회과학 서적을 비롯해 심리, 철학, 역사 등등의 전 분야가 망라되어 있어 그 집 책장은, 거길 드나들던 동아리 친구들의 작은 도서관 역할을 했다.

그 시절 읽은 책의 목록과 내용에 대한 기억이 별로 없다. 국문과 필독서였던 아놀드 하우저의 〈문학과 예술의 사회사〉가 있었던가? 백낙청, 김치수 등의 평론가도 어렴풋이 떠오르고 시집도 적잖이 있었던 걸로 기억에 남는다. 배경지식이 부족하던 당시에는 어떤 책을 읽어도 그 깊이와 의미를 소화하기 힘든 시절이었고, 발제를 하거나 토론을 하면서 지금처럼 기록으로 남겨두지 못했다. 독서를 하면서 발제문을 쓰고 그 내용에 대해서 같이 의견을 나누는가 아닌가는 그렇게 중요하다. 그래도 누군가와 함께 읽고 생활하는 즐거움의 원형을 나는 행복하게 가지고 있다. 비록 책 자체에 대한 기억은 많지 않지만 ~~ 나누던 고민의 시간들이 오롯이 남아 있기 때문이다.

고등학교 교사 초임 시절 내가 만든 비공식 독서동아리 '노자반' 이야기로 돌아가보자. 내가 처음 근무했던 동구여중에서 옮겨간 학교는 지금도 근무하는 영동일고 아니 당시 이름을 정확히 밝히자면 영동여고였다. 동구여중을 떠난 사연은 '아 슬픈 동구학원'에서 언급하였으므로 그 뒷이야기를 이어가보자.

1989년 가을, 어디서 어떻게 알았는지 한 선배가 연락을 했다. 본인이 근무하는 고등학교에 자리가 하나 있는데 오지 않겠냐는 제안이었다. 지금 정규직으로 학교 선생이 되기가 얼마나 힘든가를 생각하면 지인의 소개로 교사가 되던 그 시절은 천국이다. 동구에서 교장실에 한 번 불려간 뒤로 학교 뒷산에 혼자 올라 서울 시내를 바라보는 시간이 길어지던 나날이었다. 첫 학교인만큼 내 인생의 모두를 걸고 청춘을 불사르던 학교라서 떠나가기가 쉽지 않았다. 하지만 소심한 성격에 내적인 상처도 컸다. 스스로 감당하기에는 버거웠던 나는 학교를 옮기기로 했다. 떠날 때는 차갑게 말없이, 어느 것에도 미련을 두지 않는다. 그 뒤로 나는 누구를 만나고 헤어지면서 이 원칙을 지키고자 했다.

1990년대 영동여고의 교직 생활은 황홀했다. 학교에 출근하면 일주일에 한 번씩, 아니 한주에 두세 번씩 꽃병이 바뀌던 시절이었으니, 굳이 총각 선생이 아니어도 남자라는 이유만으로 여학생들에게 사랑받던 시절이었다. 고등학교 근무 3년째 되던 해에 결혼을 했고 93년에는 첫 아들도 낳았다. 1993년 그해가 독서와 관계된 새로운 이력이 탄생한 해다. 시작의 동기는 뚜렷하지 않다. 당시 영동여고는 '무감독고사'와 '동아리 활동'이 유명했다. 2004년 남녀공학으로 전환되면서 무감독 고사 전통은 사라졌고 동아리 활동도 예전의 명성을 잃었지만 당시에는 학교 밖에서도 알아줄만한 전통이었다. 그 무렵 나는 주로 국어과 선생님들이 주로 맡았던 문예반과 신문반 지도교사로 활동했다. 신문반 활동을 하면서 남산의 김소월 시비나 도봉산 입구의 김수영 시비 등을 탐방하고, '시인을 찾아서'라는 난을 신설하여 유명한 시인들을 찾아가 뵈었다. 아내와 같은 신씨이면서 고향도 같은 〈농무〉의 저자 신경림 선생님이나 20세기 현대시의 산 증인이라 할 미당 서정주 댁을 방문하여 인터뷰한 경험도 오래 기억에 남는다.

그 무렵 '노자반'이라는 독서 동아리를 만든 건 우연이었다. 이유는 없었다. 몇몇 눈에 띄는 학생들이 있었는데, 그냥 슬며시 다가가 '독서모임 한 번 해보지 않을래'라고 말을 건네면 약속이나 한 듯이 기다려온 학생들처럼 '예', 하고는 독서 모임에 참여했다. 이름을 노자반이라 지은 것은 '상선약수'(上善若水)나 '도가도비상도'의 노자를 존경해서는 아니고 실은 '놀자반'인데 인문계 고등학교에서 그걸 그대로 드러내기 거시기해서 지어본 이름이다. 그렇게 해서 다섯 명의 친구들이 모였다.

무슨 책들을 읽었을까? 책 이야기보다는 학교 부근의 석촌호수가에서 무슨 '죽은 시인의 사회'에 나오는 비밀스런 동아리라도 되는 양 밤 늦게 이야기를 나누던 기억만 가물가물하다. 기억나는 책 가운데 진중권의 〈미학 오디세이〉가 있다. 아마도 초판이 1992년 무렵 나왔을 텐데 당시 나는 민예총에서 운영하는 시창작 강의에 나가고 있었다. 신경림, 도종환 두 시인이 번갈아가면서 창작 강의를 하는 공부자리였는데, 10강 동안 결국 시 한 편도 써가지 못하고 애만 태웠던 기억이 생생하다. 어느 날 강의를 마치고 뒤풀이를 하는 자리였는데 수강생 중의 하나가 '새길'이란 출판사에 근무하고 있었다. '새길이라면, 진중권이 쓴 〈미학 오디세이〉가 나온 출판사인데' 하는 생각에 혹시 그의 연락처를 알 수 있냐고 했더니, 마침 그가 독일에서 공부하다가 국내 들어와 있는 중이라 하면서 연락처를 알려주었다. 나는 전화를 걸어 진중권을 집으로 초대했다. '학생들과 함께 그 책을 읽고 공부를 하기로 했는데 참석해줄 수 있냐'고 했다. 그는 흔쾌히 응했다. 〈미학 오디세이〉는 진중권의 이름을 우리 사회에 알린 신호탄같은 책이지만, 당시에는 지금처럼 유명하지는 않았다. 어쨌든 그가 왔고 밥을 같이 먹은 뒤에 아이들과 함께 책 이야기를 나누었다. 입시에 갇혀 있던 고1의 학생들이라 책의 내용을 깊이 이해하고 토론하지는 못했지만, 아마도 학생들도 나처럼 책을 읽어서 교양이 풍부해지고 삶이 미학적으로 아름다워졌다기보다는 책의 저자를 직접 만났다는 추억으로 그 시간을 더욱 소중히 간직할지도 모르겠다. 노자반 모임이 언제까지 이어졌는지는 정확하지 않다. 그 당시에는 기록 자체를 하지 않고 살던 시절이라서 그랬다. 아마 고3이 되면서 자연스럽게 독서모임은 흐지

부지 되지 않았나 싶다. 독서는 사방팔방으로 열심히 하던 시절이었지만 달리 토론이라는 걸 알지 못했고 글쓰기도 내 삶의 일부로 실천하고 살아가던 시절은 아니었다.

지금도 그 무렵 친구들이 내 인생에서 가장 정이 가는 제자들이다. 비록 노자반은 아니었지만 신문반, 교지 편집반, 문예반 등에서 활동하면서 개인적으로 자기 글을 보여주거나 활동을 같이 했던 친구들도 있었고, 노자반에서 공부하다 지금은 작은 출판사 사장이 된 친구나 영어교사, 국어교사, 식품영양연구소 연구원 등 다양한 일을 하면서 사는 친구들을 가끔 만나거나 연락을 주고받는다. 그 친구들도 이제 마흔 중반의 나이가 되었으니 각자 자기의 자리에서 한몫들을 하면서 살아가고 있다.

내 인생의 두 번째 독서토론 모임은 영동여고 젊은 선생님들과 이루어졌다. 당시에는 나도 젊었지만 나보다 더 어리고 젊은 선생님들과 함께 책 읽는 모임을 만들었다. 나를 제외한 다섯 명 가운데 네 명이 강사였다. (당시에는 비정규직, 기간제 등의 개념이 없었다.) 과학 분야 선생님은 없었지만 사회, 철학, 역사, 국어 등 전공도 제 각각이어서 한 권의 책을 읽고 다양한 시각에서 바라볼 수 있는 좋은 계기였다.

함께 읽은 책 가운데는 이윤기의 〈나비 넥타이〉가 가장 기억에 남고, 앤서니 기든스의 〈성, 사랑, 이데올로기〉를 읽고 자기 인생의 성의 역사를 나눈 것도 기억에 남는다. 당시 나는 김별아의 〈내 인생의 포르노그라피〉라는 소설을 읽고 그걸 흉내내서 내 인생의 작고 혼란스런 포르노그라피를 썼다. 아마도 내가 책을 읽고 내 방식의 글을 쓰기 시작한 건 이때가 처음이 아니었나 싶다.

〈나비 넥타이〉도 두고두고 기억에 남는다. 수줍음을 지나치게 많이 타는 주인공 박노수 일가에 대한 이야기인데 '나비 넥타이'가 갖는 숨은 의미도 재미나지만, 외부 상황에 변화하는 두 인물, 박노수의 할머니와 동생 박노민의 뚜렷한 대비가 보여주는 양상이 너무 달랐기 때문이다. 하나는 기신주의(忌新主義), 하나는 숭신주의(崇新主義)다. 기신주의는 새로움을 꺼린다는 뜻으로 할머니가 속도 빠른 시대의 변화에 부담감을 느끼고 거부감을 표출함으로 자기를 지키는 방식이고, 숭신주의는 노민이가 변화를 의식없이 무조건 수용함으로써 자기 몸까지 쉽게 팔아버리는 인물로 형상화되면서 새것이라면 무조건 숭상하는 성향을 말한다. 물론 두 사람이 그렇게 살아가는 데는 이유와 사연이 있다. 이 이야기를 기억하는 이유는 역시 간단한 독후감을 썼기 때문이고, 재미와 교훈 덕분에 학생들과 같이 수업을 해보았기 때문이다.

영동여고 선생님들과 함께 한 독서 모임도 얼마나 오래 지속되었는지 기억에 없다. 아마도 각자가 다른 학교의 정교사로 임용되어 가면서 더 이상 독서모임이 지속되지 못하고 뿔뿔이 흩어지고 영동일고 교내 독서토론 모임은 여기서 막을 내린다. 그 때가 90년대 중반이었고, 그 뒤로 10년 정도의 공백기를 거쳐 2006년 드디어 그 뒤로 지속적인 독서토론 활동을 하는 계기가 마련된다.

2007년을 나는 논술의 해로 기억한다. 열풍을 넘어 광풍이라 할

만큼 논술의 열기는 뜨거웠다. 2000년부터 토론 교육에 몰두했던 나는 2003년부터 2005년까지 통일교육과 통일운동에 심취했다. 6.15정상회담 이래 부산아시안게임을 필두로 대구 유니버시아드 대회 등 남북관계가 호전되어 많은 민간인들이 남북교류협력법에 따라 남북을 오고가던 시절이었다. 그러던 어느 날 서울시교육연수원에서 논술 교육에 따른 부수적인 교육 활동으로 토론 강의 요청이 왔고 그때부터 본격적인 토론 공부를 다시 시작했다.

그 이듬해 연수원에서 교사 독서연수를 지원하는 프로그램이 기획되었다. 서울의 10개 권역에 교사 한 사람과 독서토론모임을 할 사람 10여 명을 선정해서 프로그램 운영비와 강사초청비를 지원하고 독서교육 활성화를 위한 내실 있는 공부를 해보라는 프로슈머 연수였다. 당시 나는 경기고등학교에서 한 반을 맡아 두 해 정도 독서모임을 이끌었다. 교사들끼리 책을 선정해 읽고 토론을 한 적도 있었고, 〈88만원 세대〉의 작가 우석훈, 〈논어, 사람의 길을 열다〉의 배병삼 교수님, 〈호모 코레아니쿠스〉의 진중권 등을 초청해서 이야기를 나누기도 했다.

8회 정도의 교육을 마치고 나서 그냥 헤어지기 아쉬운 사람들이 모여 독서모임을 만들었다. 이름은 '용솟음'. 장충고등학교 조성혁 선생님이 이 이름을 제안하였다. 용기와 지혜가 샘솟는 모임으로, 책을 읽고 만들어가자는 취지의 이름이었다. 장소가 없어 대학로 민들레영토 등을 활용하고 연수시절에 만든 다음 카페 방을 이용하여 책을 정하고 글을 올리고 대화를 나누며 소통을 했다. 내게는 더 없이 크고 귀한 경험이었고 지금도 평생 기억에 지울 수 없는 소중한 벗들로 남아있다. 그 가운데 내게 큰 영감을 준 책, 〈신화, 전사를 만들다〉의 저자이신 성공회대 김용호 교수님을 모시고 한 독서 모임과 영화로도 유명한 더 리더, 〈책 읽어주는 남자〉 등을 읽고 한 토론과 시낭송이 기억에 남는다. 김영민의 〈동무와 연인〉, 김연수의 〈밤은 노래한다〉는 특히 서로가 감명과 영감을 많이 주고 받은 책이다. 이 책들로 우리는 급속히 가까워졌고 마음으로는 평생을 같이 하고 싶은 지기가 되었다. 하지만, 물론 이 모임도 삼년 여를 이어오다가 구심점이 사라진 지금은 더 이상 운영되지 않는다. 내가 구심점이었는데 그 모임 외에도 내게는 가야할 길이 많았기 때문이다.

다음 해에도 연수원에서 같은 연수가 진행되어 그 연수의 후속 독서모임은 '사람 사이'가 되었다. 나로서는 독서 모임이 하나 더 늘어난 셈이다. 이 모임에서 읽은 책은 정여울의 〈시네필 다이어리〉가 기억에 남는다. 어쨌든 이런 끝없는 독서모임의 시작이었고, 그 모임은 지금도 다양하게 변주 중이다. '용솟음'이나 '사람사이' 같은 좋은 독서모임이 중간에 끊어진 사연은 간단하다. 이는 독서토론 모임을 어떻게 지속적으로 꾸준히 이어갈 수 있는가 하는 고민과 닿아 있는데, 여기서는 그 부분을 다루지는 않겠다. 다만 나의 방식은 늘 새로운 모임을 만들어야 했기 때문에 아무리 사람과 책과 모임을 좋아해도 여러 개의 모임을 지속적으로 동시에 운영하기는 어려웠다는 점을 밝힌다.

앞의 두 모임은 책과 사람이 즐겁고 행복하게 만나는 좋은 원형을 제공해주었다는 데 의미가 크다. 이 모임을 대신해서 내가 한 다른 독서 모임은 토론 쪽에서 왔다. 그 무렵 나는 본격적인 토론 공부에 매진하기 시작했는데, 초기 토론 공부 동기생이었던 사람들과 〈화술의 달인 예수〉같은 책으로 간단한 독서모임을 시작했다. 게다가 2009년 전국국어교사모임에서 '토론의 전사' 연수와 함께 그 후속 모임을 만들면서 다시 다른 형태의 독서모임을 꾸리다 보니 그 이상의 모임을 만들어갈 여력이 없었다. 그 후 26기까지 지속된 토론의 전사 연수도 간혹 후속 모임에 대한 이야기가 나오면서 앞서 만든 소모임과의 연계 등이 논의되다가 모임으로 만들어지기도 하고 논의만 이루어지고 모임으로까지 가지 못하고 마친 적도 있다.

아마 내가 오지랖이 넓지 않고 한 모임에만 애정을 두고 지속적으로 독서토론 모임을 해왔다면 지금까지 십년 가까이 책과 우정을 함께 해왔을지도 모르겠다. 영동일고에서도 크고 작은 독서모임에 대한 시도가 있었으나 이런저런 사정으로 수명을 길게 끌고가지 못했다. 최근 이년은 오히려 교육청이나 지자체 등 외부에서 재정 지원을 해가면서 독서모임을 권장하는 상황이라 마음만 먹는다면 얼마든지 더불어 좋은 책을 읽을 수 있는 시대다.

'용솟음'이 만들어지던 시기에 책따세 출신의 임영환 선생님이 만드신 '배사모'(배움을 사랑하는 사람들이기도 하고 배병삼을 사랑하는 사람들 모임이기도 하다. 사연은 생략.)는 지금까지 9년여 세월을 독서모임으로 이어오고 있다. 2014년에는 시간이 나는 대로 이 모임에 참여하기도 했는데 이 모임은 임영환 선생님이 구심점이 되어서 한결같이 길을 가기 때문에 지속적인 모임이 가능했다. 물론 사람들은 해마다 두서너 명씩 바뀌기도 하지만 내용은 책도 읽고 여행도 가고 서로 정도 나누면서 삶을 같이 일구어가는 일관성 있는 흐름이 지속되고 있다.

최근에는 이야기 공부하는 사람들과 독서 모임을 시작했다. 책만 읽는 모임은 아니고 드라마나 영화를 보고 책을 읽기도 하고, 이야기카드를 활용하여 각자 자기만의 고유한 스토리를 만들어보거나 도구 활용 경험을 나누는 모임이다. 나는 아무래도 한 곳에 오랫동안 정을 붙이기보다는 다방면으로 새로운 사람들과 어울리며 새로운 일을 벌이기를 좋아하는 헤르메스의 운명을 벗어나지 못하는 모양이다. 아마도 〈나비 넥타이〉에 나오는 할머니보다는 노민이 쪽에 가까운 사람인데, 궁극적으로는 박노수처럼 변신을 하면서도 더욱 성숙해지고 자기 자신을 제대로 찾아가는 그런 인물이었으면 좋겠다.

사람들과 어울리기를 싫어하고 함께 책읽기를 즐기지 않는다면 굳이 독서토론 모임을 권장하거나 강요하고 싶은 마음은 없다. 다만 두 가지 측면에서, 즉 책읽기와 발제문 쓰기 공부에 독서토론 모임은 글쓰기 공부의 좋은 마당이 되고 나아가 이웃과 소통하고 생각과 경험의 폭을 넓힐 수 있다는 점에서도 매우 유용한 글쓰기 스승이 된다.

참고로 내가 쓴 글은 지속적으로 소개를 하고 있으므로 여기서는 다양한 발제문을 볼 수 있는 좋은 독서토론 카페를 하나 소개하고자 한다. 독서모임의 대가인 송승훈 선생님이 카페지기로 운영하는 곳인데 포털싸이트 다음의 경기도중등독서토론교육연구회(http://cafe.daum.net/book-read)에 가면 경기 지역 곳곳의 독서 공부 활동 사례들을 공유할 수 있다. 이곳에서 주로 사용하는 발제문의 기본틀을 소개하는 걸로 이 글을 마친다. 그 가운데 구리 남양주 독서모임의 신미화 선생님께서 쓰신 좋은 발제문을 예로 들겠다. 이밖에도 얼마든지 다양한 양식이 있으나 이 정도면 매우 그럴듯한 예시가 될 듯하다. 위에 소개한 카페에 가보면 모임마다 이 양식으로 예시를 제공하고 있다. 독자 여러분들도 부디 한두 개 정도의 다양한 독서모임을 꾸려 같이 읽고 생각하고 글을 써보는 경험을 하시기를!

예시)

⟨발제문⟩

왜 울기엔 좀 애매한 것일까 : 쓰신 글의 제목, 책제목 아님

 - 최규석, ⟨울기엔 좀 애매한⟩, 사계절, 2010

신미화 / ○○고등학교

1. ⟨울기엔 좀 애매한⟩의 내용

우선 만화책이라서 읽기가 편했다. 그림도 특징을 정확히 잡아서 잘 표현된 것 같다. 특히 수채화 같은 그림이 보기에 편안하다. 그런데 내용은.... 가슴이 아픈 것이었다. 미대에 진학하려는 학생들이 미술학원에 모여 생활하는 모습을 그린 내용인데, 가정형편이 어려운 아이들이 자신의 진로를 찾아가는 과정의 어려움을 표현하고 있다.

주인공 원빈은 이혼하고 분식집을 하며 아이를 키우는 어머니와 같이 생활하고 있다. 분식집의 점원은 동남아인이다. 형편이 어려운 어머니가 아들의 꿈을 위하여 큰맘 먹고 미술학원에 보내준다. 동경하던 미술학원에 다니면 원하는 진로를 찾아갈 수 있다고 믿었었는데, 막상 미술학원에 다니는 사람들의 현실을 보니 그것도 아니다. 가난한 사람이 미대에 진학한다는 것은 그림만 열심히 그리면 되는 것이 아니었다. 결국 어려움 끝에 대학에 입학하나 입학금이 없어서 '울기엔 좀 애매한' 상황이 되어 버렸다.

2. 몇몇 인간상에 대한 생각

2-1. 경제적으로 무능한 부모들

자식을 사랑하는 마음을 표현하기에는 너무도 가난한 부모들이 나온다. 아들이 힘들게 모은 알바비를 생활비로 빼 쓸 수밖에 없는 어머니, 아들의 미술학원을 보내기 위하여 큰 결심이 필요한 어머니, 돈이 없어 입학금을 모른 채 하는 아버지...

2-2. 학원 원장

원장이 교육자일까 사업가일까를 생각해보면 그는 분명 자영업자다. 우리나라 교육의 일부를 담당하는 사교육이 이렇다면 우리 아이들이 이곳에서 배우는 것은 무엇일까?

3. 이 책을 학생들과 같이 읽는 방법

3-1. 무엇이 문제인가 찾아보기 - 모둠별 토의

3-2. 내가 주인공이라면 어떤 방법을 찾아볼 수 있을까?

3-3. 가장 마음이 가는 인물을 분석하고 해결책 찾아보기

4. 생각 나누기

4-1. 가난한 사람이 가난을 극복할 수 있는 방법들에 대하여 생각해 보았으면 좋겠다.

4-2. 우리가 지도하는 학생들은 얼마나 다양한 삶속에 있는 것인가? 우리 교사들은 학교에서 그들과 어떻게 교감을 나누고 또한 어떤 대안을 함께 할 수 있는가?

〈토론기록문〉

나는 '좋은' 선생님일까? ; 쓰신 기록문의 제목

- 〈나는 선생님이 좋아요〉를 읽고 나눈 이야기

김○○ / ○○고등학교

1. 토론 일자 / 사회자 및 발제자

도서 : 나는 선생님이 좋아요

일시 : 2014.10.13

장소 : 화정고등학교 영어전용교실

사회자 : 이○○ 선생님

발제자 : 이○○ 선생님, 나○○ 선생님, 오○○ 선생님, 김○○ 선생님

기록자 : 김○○ 선생님

2. 토론 주제

2-1. 책에 대한 소감 및 비평

2-2. 학생 개개인의 개성을 이끌어 내는 방법은 무엇일까?

2-3. 나는 어떤 장점을 가진 선생님인가?

3. 논의 과정

3-1. 책에 대한 소감 및 비평

- 김○○ : 나는 과연 고다미 선생님같은 사람이 될 수 있을까?

학교에서 볼 수 있는 선배 교사들의 모습들도 떠올리며 현재 나의 모습을 반성하고 미래의 나를 그려보는 시간이 되었다.

- 나○○ : 특수한 상황에 놓인 아이들로 인해 교사의 관심으로부터 소외된 아이들은 어떻게 해야 할 지에 대해서 생각해 보게 한다. 더불어 책을 읽으며 나 자신을 다시 한 번 반성하게 되었다. (이하 생략)

3-2. 학생 개개인의 개성을 이끌어 내는 방법은 무엇일까?

- 오○○ : 10명 중 1명이라도 기다려주면 결국 변화가 찾아오더라. 기다림의 미학이랄까. 상담을 많이 하려고 노력했던 점은 앞서 말씀하신 나○○ 선생님과 마찬가지다. 점심시간을 이용한 20분 내외의 밀크 상담, 8교시를 이용한 상담 등을 시도해 보았는데 효과를 수치화할 수는 없지만 의미 있는 시간이었다고 생각한다. 더불어 중학생들은 고등학생보다 교사의 영향을 더 많이 받고, 그 만큼 변화할 가능성도 크다고 생각한다.

- 이○○ : 여러 상담 노하우를 습득하기 위해 노력하였다. 특히 상위권은 성적 및 구체적인 진로 상담 위주의 것이 유효했다. 그러나 상담은 소질 및 적성을 온전히 발견해 내는 것에는 한계가 있다고 생각한다. 교과 이외의 사적인 활동 즉, 수련회나 기타 방과 후의 활동을 통해 기본적 정보 이외의 개성들을 발견하는 것이 필요하다. (이하 생략)

기타 〈공부 소감〉 등

11. 퇴고, 마지막 밑땅을 위한 조언

한거레 문화센터에서 하는 '1인 출판 학교' 수강을 한 적이 있다.

1인 출판을 시작하는 사람들을 위한 강좌였는데, 출판사 〈철수와 영희〉 박정훈 대표님이 운영하는 5강 짜리 강좌였다. 강의는 매우 유익했고, 매 시간마다 1인 출판을 시작한 대표님들이 오셔서 들려준 경험담은 살아있는 교과서라 해도 좋을 만큼 생생했다.

뒷풀이 자리에서 편집에 대한 이야기가 나왔다.

"글을 덧붙여 양을 늘리는 게 가장 쉽고, 그 다음이 고치기, 마지막으로 가장 힘든 게 덜어내기에요."

출판사 편집 밥만 십년 이상 먹은 한 사람이 말했다. 다들 고개를 끄떡인다. 난 사실 속이 뜨끔했다. 이 책을 쓰면서 두어 차례 피드백을 받았는데, 내 개인 이야기와 인용이 많다는 지적이 겹쳤다. 당연히 과감하게 무 자르듯이 잘라서 덜어내야 하는데 그게 잘 안 된다. 아까워서, 미련이 남는 까닭이다.

모자라는 분량이야 여기저기서 긁어다 채우면 된다. 고치는 것도 문제가 발견되면 얼마든지 고칠 수 있다. 그런데 덜어내기란. 마치 살점이 떨어져나가는 것처럼 아프다. 아깝다. 어떻게 쓴 글인데. 거기가 고비다. 좋은 글과 나쁜 글, 좋은 문장과 나쁜 문장의 차이는 종이 한 장 차이인데 결론은 비워서 말끔한가, 붙잡아서 지저분한가 차이다.

이는 퇴고의 고치기와는 차원이 다른 문제다. '승퇴월하문(僧推月下門)'이냐, '승고월하문(僧敲月下門)'이냐는 퇴(推)와 고(敲)라는 한 글자 고치면 그만이다. 시인 가도는 그마저도 엄청 고민을 해서 '퇴고(推敲)'라는 고사를 남겼다. 하지만 한 문장, 한 단락, 나아가 하나의 이야기 전체를 덜어내는 일은 살점이 찢기듯 맘이 에리다.

그래도 하고 싶은 말은 과감하게 잘라내지 않으면 썩는다는 점이다. 살 속에 고름이 생기듯 글에도 고름이 낀다. (살찐 분들에게 죄송하지만) 글도 비만에 걸리면 길을 헤매기 십상이다. 과감하게 가지를 쳐 내라, 살을 내어주고 뼈를 취하는 글쓰기를 할 수 있을 때 진정한 글쓰기의 고수다. 나 자신이 나 자신에게 건네는 무수한 말들을 버리고 타인과 소통하고 독자가 인정할만한 글들로 내 글의 앞날을 열어가야 한다.

그럼에도 버리기 어렵고 고치기 힘든 것이 글이다. 다 내 자식 같은 글, 누구인들 잘라내기가 쉽겠는가. 덜어내기의 어려움은 이 정도로 하고 이 장에서는 퇴고를 말해보자.

드디어, 퇴고에 대해서 말할 차례가 되었다. 가장 어려운 단계다.

내가 거의 반평생을 근무해온 영동일고에 영어 선생님이 한 분 계신다. 작가는 아니지만 번역 일을 하는데 주로 기독교 서적을 번역한다. 간혹 국어교사인 내게 번역 문구의 정확성을 묻고는 하시는데 번역이란 게 묘해서 표현 그대로 직역하기도, 그렇다고 번역자 주관대로 의역하기도 애매한 경우가 종종 등장한다. 그래서 '번역은 반역'이라는 말이 나왔는지 모르지만 이 선생님의 경우에도 글고치기는 만만하지 않은 작업처럼 보인다. 하기야 눈감고도 술술 써지는 천재가 아니고서야 누구인들 글 고치기가 그리 쉬우랴.

며칠 전 같이 밥을 먹다가, 이 분이 책을 들고 흥분해서 출판사를 찾아간 사연을 들었다. 내용인즉 이랬다. 어느 날 책을 사서 보았다. 기자들 여러 명이 자기 삶의 경험담을 담은 수필집인데 책 안에 오탈자가 너무 많다는 것이다. 보통 책 한 권에 한두 글자의 맞춤법 오류는 나올 수 있지만 이 책은 매 페이지마다 여러 개가 눈에 뜨일 정도로, 오탈자가 많아도 너~무 많았다. 본인도 번역 작업을 하는 데다, 성격상 이건 책을 만들어 파는 사람들의 양심에 비추어 있을 수 없는 일이다 싶어 그냥 넘어가지 못하고 출판사에 전화를 걸어 편집자와 통화를 요청했다. 편집자도 이미 알고 있었는지, 출판사로 한 번 방문해주십사 해서 찾아가 그 연유를 따져 물었다. 대답이 가관이다.

'기자들이 자기 글에 대한 자부심이 많아서 절대 자기가 쓴 글을 고치지 못하게 한다'는 말이다. 아니 자부심은 자부심이고 맞춤법은 맞춤법이지! 글도 제대로 못 쓰는 인간들이 무슨 자부심이냐고 열을 올렸지만 편집자도 안쓰러운 표정을 지으며 어쩔 수 없다는 말만 되풀이 하더란다. 급기야 사장과도 대화를 나누었지만 그도 역시 같은 대답만 늘어놓으며 자기들 사정도 봐달라는 것이 아닌가! 날카로운 충고와 지적을 해준 대가로 약간의 사례비와 그 출판사에서 출간한 다른 책 몇 권을 선물로 받아오면서 사건은 무마되었지만, 글 쓰는 사람들의 똥고집이 그 정도인 걸 새삼 깨달았다며 혀를 차신다.

이 선생님이 들려주신 다른 이야기 하나는, 우리가 이름만 대면 누구나 알만한 유명한 소설가 이야기다. 어느 날 책을 읽다 보니 그 책에 그리스도교와 크리스트교와 기독교가 이리저리 뒤죽박죽 섞여서 사용되는데 왜 용어를 통일하지 않고 그렇게 달리해서 쓰는지, 지금은 거의 사용하지 않는 크리스트교를 고집하는지 잘 모르겠다며 출판사에 문의를 했더니 이 소설가 역시 자기 글에 대해서는 절대 손을 대지 말아달라는 부탁, 아니 명령을 했단다. 나도 글을 쓰면서 일부 편집자를 만나보긴 했는데 이 분들이 필자들에 대해 갖고 있는 관념 중의 하나가 글쟁이들은 자기 글을 끔찍하게 아끼고 자기 글 고치기를, 특히 남이 고치는 것을 무지 싫어한다는 사실이었다. 물론 자기 글에 대한 자부심도 좋지만 남에게 글을 보여주고 같이 고치기를 좋아하는 나로서는 '이런 습관들이 지나치게 편벽되지 않나' 씁쓸하게 생각한다.

이제 글쓰기의 마무리 단계로 사람들이 말하는 글고치기, 흔히 퇴고(推敲)라 부르는 그 단계에 대한 경험을 이야기해보자.

우선 글 고치기에 관한 두 가지 장면이 떠오른다. 하나는 유명한 영화 〈흐르는 강물처럼〉에서 아버지가 두 아들에게 글 고치기를 시키는 장면이고 다른 하나는 〈미생〉에서 철강팀 강대리가 신입 장백기에게 글 줄이기를 시키는 장면이다. 둘 다 글을 압축 요약하는 훈련이다. 먼저 미생 이야기부터 간단히.

간결한 글쓰기에 대해서

동서고금 많은 사람들이 간결한 글쓰기를 강조하고 추천한다. 동감한다. 하지만 간결하다고 해서 항상 좋은 글이 아니며 세상 모든 글들이 다 간결해야만 하는 것은 아니다. 쉬운 글도 마찬가지다. 쉽고 마음에 와 닿는 글들이 좋은 글임을 인정하지만 세상 모든 글들이 쉽고 재미있어야 한다는데 동의하지 않는다.

물론 나는 쉬운 글을 신봉하고 지나치게 어려운 글에 대해서는 일종의 저항감도 있지만, 글은 짧고 쉽고 간결해야 한다는 것도 일종의 편견이라는 점을 강조하고 싶다. 그건 길게 늘어지는 만연체로 글을 공부한 나의 독특한 경험 때문이지만, 여러 권의 책을 낸 지금까지도 난 그 관념을 쉽게 고치거나 버리지 못한다. 여전히 그럴만한 이유가 있다는 말이다.

그럼에도 내가 쉽고 간결한 글쓰기를 배우고 지향하는 이유는 현대인의 소통 구조에 한 걸음 더 다가가기 위해서다. 이른 바 글의 경제성과 효율성을 강조하는 추세이고, 또 핵심만 간결하게 찌르는 글과 말이 갖는 힘 때문이다.

드라마 〈미생〉의 11화에 나오는 글 고치기를 보자. 장그래의 입사 동기, 신입 사원 장백기는 성격이 급하다. 하루라도 빨리 실적을 내서 자기 이름을 알리고 싶어하고 회사에도 기여하고자 한다. 그러나 무슨 까닭인지 직속 선임 강효준 대리는 장백기에게 일감을 주지 않는다. 장백기가 아직 기본기도 제대로 갖추지 못했다는 이유에서다. 속상하고 안달이 난 장백기는 회사를 옮길 생각까지 하면서 일을 받을 고민을 하는데 마침 보고서를 직접 작성하는 사건이 생긴다. 이 일을 계기로 장백기도 본격적인 작업 기회가 생겼다. 그 사건 이후 강대리는 장백기를 대상으로 한 가지씩 교육을 시작하는데 그 가운데 하나가 글을 간결하게 고쳐 다듬는 작업이다. (만화 〈미생〉에는 장그래가 김대리의 지도 아래 교육을 받는 걸로 나온다.)

구체적인 배경은 이렇다. 강대리가 외부 출장을 나간 사이에 재무부에 보고서를 올려야 하는 상황이 발생한다. 일은 급하고 자원팀 유대리의 요청도 있어 장백기에게 일을 맡겼는데 장백기가 올린 보고서는 재무부장으로부터 아무런 코멘트도 없이 반송당한다. 이유는 둘 중의 하나다. 기본이 안되었거나 혹은 전반적으로 잘 했는데, 중요한 무언가를 빠뜨렸다는 뜻. 고민하는 장백기, 오차장의 도움을 받아 겨우 해결방책을 찾아내는데 다시 보고서를 올리려면 자존심 상하지만 강대리의 지도를 받아야 한다. 본인은 어느 정도 일을 다 배워 자신이 있었지만 결국 부족함을 인정해야 하는 상황. 하지만 그 일을 겪고도 반성없는 장백기에게 강대리는 글고치기 과제를 내준다.

장 : 재무 팀에서 결재 완료된 보고서를 왜 다시 보고 계시나요?

강 : 좀 장황하네요. 더 깔끔하게 써야 합니다.

장 : (또 내게 시비를 거는 건가?) 장황하다고요?

강 : 그래요

장 : 어떤 점이 그렇습니까?

강 : 비전문적인 용어들이 꽤 많기도 하고, 무엇보다 이걸 장백기씨가 진행하는 사업이라고 생각했다면 훨씬 더 주체적으로 이해했을 겁니다. 그래야, 문장을 리드할 수 있어요. 그렇지 않으면 이렇게 장황해지는 거죠.

장 : (떨떠름한 표정을 짓고, 억지로) 예, 잘 알겠습니다.

강 : (당신 속 마음을 다 안다는 듯이) 잘 모르겠죠?

장 : 네?

강 : (서류 철에서 종이를 꺼내 내밀며) 한 번 줄여봐요.

장 : (기분 나쁜 표정을 지으며 걸어간다) 도대체 뭐가 장황하다는 거야. 내가 보기엔 그게 그건데. 어디가 비전문적인 용어라는 건지 참. 나도 그 정도는 트레이닝 되어 있다고.

일도 그렇고 글쓰기도 그렇고 마음의 자세가 되어 있지 않으면 좋은 결실을 맺기 어려운 법이다. 자기 능력에 대해 대단한 자부심을 가진 장백기가 그랬다. 자부심은 지나치면 교만이고 허영이다. 하지만 선임의 명령 내지 교육은 교육. 거부할 수 없기에 펜을 꺼내서 문장 다듬기를 시작한다.

고쳐보라는 글의 내용은 이렇다.

〈중동 항로와 관련된 특이사항〉
이슬람 최대 명절 중 하나인 라마단이 지난 8월 18일에 끝났습니다. 따라서 중동항로의 거래량과 실재 적재비율이 다시 늘어날 것으로 보입니다. (라마단 직권의 실재 적재비율은 95%에 육박했습니다.) 또한 중동 항로 선사협의체에서는 2012년 7월중 컨테이너당 300달러의 성수기 할증료를 부과할 예정이었으나 이를 유예하였습니다.

보고서 작성을 위한 글로 전형적인 실용문이다. 한국 사회에 논술 열풍이 불면서 파워라이팅이 한 때 유행했다. '힘글쓰기'로 번역

된 글쓰기 방식으로 〈한국의 이공계는 글쓰기가 두렵다〉는 책을 통해 널리 알려졌다. 이 책에서 주장하는 힘글쓰기가 위와 같은 글들을 정리하는 힘과 관계가 깊다.

단순, 명료, 간결, 명확이 생명이기 때문이다.

장백기는 이렇게도 줄여보고 저렇게도 고쳐보면서 낑낑거린다.

최종적으로 글은 이렇게 다듬어졌다.

라마단(2012.7.20.~2012.8.18) 종료에 따라 중동항로 물동량 및 소석율 회복이 예상됨
IRA가 7월 중 적용할 예정이던 PSS(USD300/TEU)를 유예함

비록 '할'이 불필요한 중복 글자로 지적을 당하기는 했지만 무역 전문 분야의 일꾼답게 깔끔하게 줄였다. 글 고치기를 마치고 난 뒤 개운한 표정을 짓는 장백기의 모습이 인상적이다. 아마 한 뼘 정도 더 자란 기분일 게다.

이러한 글 고치기는 비단 업무 문서나 보고서에만 해당되지 않는다. 동서고금의 내로라 하는 문인들도 글을 고치기 위해서 얼마나 애를 썼는가는 그들이 남긴 육필수고나 초고들을 보면 안다.

다음은 글고치기의 한 예로 유명한 영화 〈흐르는 강물처럼〉을 보자.

〈흐르는 강물처럼〉은 글 고치기에 대해서 자세한 과정과 방법이 나오지는 않지만 영화를 본 사람들은 잊을 수 없는 명장면이라 할 만한 글고치기 장면이 나온다. 영화의 서술자이자 글고치기의 당사자인 주인공의 형은 아버지에 대해서 이렇게 말한다.

"읽기와 쓰기만 가르쳐주셨고 스코틀랜드인으로서 작문의 기술은 간결함이라고 믿으셨다."

〈흐르는 강물처럼〉 영화 속 글고치기 내용은 이렇다. 목사인 아버지가 아들에게 글을 써오라고 한다. 책 요약이 과제인데 아들은 숙제를 통과해야만 나가 놀 수 있기 때문에 부지런히 해서 아버지에게 갖다 준다. 아버지는 아들의 글을 꼼꼼히 읽으면서 여기 저기 고쳐야 할 부분에 표시를 한다. 그리고는 종이를 건네면서 하는 한 마디는, '지금 쓴 글을 반으로 줄여오라'이다. 기껏 써온 글을 반으로 줄이라는 말에 아들은 약간 짜증이 나지만 아버지의 가르침에 반항하지 않는다. 아버지의 속뜻을 알지 못한 채 아들은 다시 '글고치기-글줄이기'를 시도한다. 이리저리 고심하며 열심히 글을 고쳐 간 아들에게 아버지는 '또 다시 반으로 줄여오라'고 말한다. 이유 없는 주문에 아들도 이유 없는 순종을 한다. 이유를 말하지 않으니 아들도 묻지 않고 묵묵히 아버지가 내준 과제를 수행할 뿐이다.

글고치기의 한 방법으로 시행해 볼 좋은 방법이다. 대개 글을 쓰다보면 장황하고 늘어지며 불필요한 대목이 종종 들어가는 경우가 많은데 〈흐르는 강물처럼〉에서 아버지가 아들에게 글쓰기를 가르치면서 요약, 또 요약 훈련을 하는 과정은 자신의 글을 다듬고자 하는 사람들에게 좋은 글고치기 훈련 방법이다.

흥미로운 점은 다시 고쳐 온 글을 보고 잘 했다고 칭찬을 한 아버지가 이제 글을 버리라고 하는 대목이다.

"굿, 이제 버려"

그 말을 들은 주인공은 종이를 버리고 동생과 함께 플라잉 낚시를 하러 밖으로 뛰어나간다. 얼마나 가슴 속이 후련할까. 여기서, 아버지가 아들이 써온 글을 버리라고 한 이유는 무엇일까?

바로 '버리는 연습'을 시키기 위해서다. 글이란 삶의 기록물일 뿐 그 자체가 삶은 아니다. 아버지는 글고치기를 통해서 체득된 지식과 경험은 삶 속에 남아 있으므로 그 글에 대해서는 집착할 필요가 없다는 삶의 자세까지도 가르쳤다.

글을 고치고 다듬어야 할 이유는 많다. 방법도 적지 않다. 그렇다. 글은 늘 새롭게 쓰여지고 고쳐져야 한다. 그럼에도 글 고치기가 한계에 부딪치고 벽을 만나는 이유, 글은 글로써만 고쳐지지 않는다. 삶을 고쳐야 한다는 말이다. 왜? 글은 곧 삶이니까. 삶에서 글이 나오니까. 그러니까 글 고치기는 곧 삶 고치기다. 삶은 고치지 못한 채 글만 고친다는 것은 어불성설(語不成說)이고 연목구어(緣木求魚)다.

그렇다. 버려야 한다. 내가 가진 잘못된 습관, 고정관념, 편견들과 싸우면서 과거의 나를 버리자. 글을 잘 쓰고 또 더 잘 쓰기 위해 노력하고 싶은가? 그렇다면 잘못된 과거를 버리고 삶을 바꿔라. 글에 대한 나의 철학, 관점, 습관, 행동, 인식, 노력이 변하면 글은 달라진다. 글고치기는 불필요한 과거를 버리고 결국 삶을 다듬어 한 걸음 더 나아가는 과정이다.

팁 - 자기가 쓴 글의 문체를 돌아보고 간결하게 만드는 훈련을 한다. 반으로 줄이지는 못해도 버려야 할 부분은 과감하게 잘라낸다.(나도 그러지 못했다. 독자들도 느끼다시피, 그 느낌이다.)
- 자기 주변 사람에게 무조건 자주 보여라. 열 명이 보면 열 배까진 아니더라도 두 배 이상 좋아진다.

12. 거인의 어깨에 올라타라

글쓰기의 시대 정신이란 게 있을까요

2015년 초 글쓰기에 대한 책을 쓰는 와중에 다른 더 중요한 주제들이 생겨 일 년을 미루어두었다. 서울시교육청의 화두이자 내 오랜 고민이었던 〈질문이 있는 교실〉을 가을에 완성하고, 글쓰기보다 더 전에 미루어두었던 〈토론의 전사3〉도 마무리하였다. 내친 김에 〈질문이 있는 교실, 실천편〉을 기획, 공저자의 글들에 약간의 가필과 수정을 하는 과정에서 인연이 된 선생님으로부터 최초의 글쓰기 강의를 부탁받았다.

함께 강의를 듣고 싶은 몇 분의 글을 먼저 받았다. 학생 논술 원고나 자기소개서 수정은 좀 해보았으나 선생님들의 초고를 직접 받아 피드백을 해보기는 처음이라 내심 긴장되었다. 피할 수 없다면 즐겨라! 부족하면 부족한대로 최대한의 글쓰기 안목을 발휘하여

고치고 조언을 덧붙였다.

고치면서 어떤 점들이 부족한가, 내가 감히 남의 글에 손을 댄다면 그 기준은 도대체 뭘까를 되돌아보았다. 몇 가지로 모아지긴 했지만 뚜렷하지 않다. 예를 들면 안정효의 글쓰기 만보에 나오는 '~수 있는 것'에서 말하듯이, '~수, ~것'이라는 말을 자주 사용하는지는(나는 이 글에서 아직 한 번도 ~수나, ~것이라는 표현을 사용하지 않았다!) 기본이었고, 문장간의 호응, 불필요한 접속사(접속사는 글을 쓴 다음 퇴고 과정에서 차례대로 지워보라. '그래도' 대부분의 문장이 부드럽게 이어지는데 무리가 없다. 바로 앞의 문장에서 '그래도'를 지워보면 안다.)

문장 내 단어들 간의 호응은 워낙 기본이라 금새 어색함이 드러난다. 다시 몇 번 읽어보면 금방 수정이 가능하다. 물론 자기가 자기 글을 보는 행위는 생각보다 쉽지 않아서 잘못은 눈에 잘 띄지 않는다. 예수의 말대로 '남의 눈의 티는 잘 보여도 자기 눈의 들보는 잘 안보이는 법'이니까.

그보다 조금 더 큰 문제는 문장간 호응이었다. 앞의 문장과 뒤의 문장은 강조나 인과나 보충 등 자연스러워야 하는데 앞 문장에 한 말과 뒷 문장에서 이어지는 말이 생뚱맞게 서로 튀는 경우가 적지 않았다. 이 부분에서는 일종의 훈련이 필요하다는 생각이 들었다. 토론에서 주제가 하나라도 논점이 다양하면 하고 싶은 말이 많아지면서 오락가락 하듯이 글쓰기에서도 단일화의 규칙을 지키지 않으면 하고 싶은 말들이 하나의 단락 속에 나열식으로 나타나서 문장과 문장의 호응이 자연스럽지 않다.

글의 구성, 즉 제목부터 마무리까지 글 전체의 구조를 어떻게 설정할까도 중요한 문제다. 일단 쓰고 보자는 심정으로 글을 써내려가다가 중간에 길을 잃고 헤매는 경우도 종종 눈에 띄었다. 소설이나 시나리오처럼 정교한 플롯은 아니라 하더라도 최소한의 기승전결이나 도입과 마무리의 강조점, 인상적인 글 제목 등에 대한 고민은 필요하다. 흔히 초보들은 나무만 보고 숲을 못 보는 까닭에 글 전체의 얼개를 생각지 못하고 하고 싶은 말을 차례대로 늘어놓는 경우가 많다. 그 밖에도 딱히 정리는 잘 못했지만 이런저런 문제들을 정리하던 차에 글쓰기에 관한 좋은 글을 만났다.

〈나의 문화유산답사기〉로 알려진 유홍준의 글쓰기 원칙이다. 몇 년 전에 유홍준이 글쓰기에 대한 강의 내용이 간단하게 요약된 글이다. 유홍준은 입담 좋기로도 유명하지만 글쓰기에 대해서도 일가견을 인정받은 베스트셀러 작가다. 작가마다 자기 글쓰기의 원칙이 있을 텐데, 그 원칙을 잘 드러내는 사람은 없다. 유홍준은 글쓰기이 원칙을 알짬만 아주 잘 정리해놓았다. 역시 고수의 안목은 다르다는 탄식이 절로 난다. 한 편의 글을 쓴 다음에 그가 제시한 15가지 기준을 바탕으로 자기 글을 성찰하고 퇴고하면 글맵시가 훨씬 좋아지지 않을까?

일단 그의 글을 소개하고 거기에 내 생각을 몇 가지 덧붙여보고자 한다.

1. 주제를 장악하라. 제목만으로 그 내용을 전달할 수 있을 때 좋은 글이 된다.

2. 내용은 충실하고 정보는 정확해야 한다. 글의 생명은 담긴 내용에 있다.

3. 기승전결이 있어야 한다. 들어가는 말과 나오는 말이 문장에 생명을 불어넣는다.

4. 글 길이에 따라 호흡이 달라야 한다. 문장이 짧으면 튀고, 길면 쓰기 힘들다..

5. 잠정적 독자를 상정하고 써라. 내 글을 읽을 독자는 누구일까, 머리에 떠올리고 써야 한다.

6. 본격적인 글쓰기와 매수를 맞춰라. 미리 말로 리허설을 해 보고, 쓰기 시작하면 한 호흡으로 앉은 자리서 끝내라.

7. 문법에 따르되 구어체도 놓치지 마라. 당대의 입말을 구사해 글맛을 살리면서 품위를 잃지 않는다.

8. 행간을 읽게 하는 묘미를 잊지 마라. 문장 속에 은유와 상징이 함축될 때 독자들이 사색하며 읽게 된다.

9. 독자의 생리를 좇아야 하니, 가르치려 들지 말고 호소하라. 독자 앞에서 겸손해야 한다.

10. 글쓰기 훈련에 독서 이상의 방법이 없다. 좋은 글, 배우고 싶은 글을 만나면 옮겨 써 보라.

11. 절대 피해야 할 금기사항. 멋 부리고 치장한 글, 상투적인 말투, 접속사.

12. 완성된 원고는 독자 입장에서 읽으면서 윤문하라. 리듬을 타면서 마지막 손질을 한다.

13. 자기 글을 남에게 읽혀라. 객관적 검증과 비판 뒤 다시 읽고 새로 쓰는 것이 낫다.

14. 대중성과 전문성을 조화시켜라. 전문성이 떨어지면 내용이 가벼워지고 대중성만을 따지면 글의 격이 낮아진다.

15. 연령의 리듬과 문장이란 게 있다. 필자의 나이는 문장에 묻어 나오니 맑고 신선한 젊은이의 글, 치밀하고 분석적인 중년의 글을 즐기자.

(정리 정재숙 중앙일보 논설위원 겸 문화전문기자, 유홍준교수의 대중적 글쓰기 15가지)

이 글을 다시 분류해보면 이렇다.

첫째 내용. 제목을 통한 주제 장악과 새롭고 충실한 정보는 필수, 대중성과 전문성을 겸비한 실력이 우선이다.

둘째 독자. 잠정적 독자 상정을 잘 하라, 아무리 좋은 내용이라도 가르치려 들지말고 호소하라.

셋째 구조. 기승전결이나 사건-진실-응답 등 자기가 써내려가는 글의 전체 얼개를 머리 속에 먼저 그려라.

넷째 문체와 표현. 개성을 발휘하라. 은유와 상징을 통해서 글맛을 살리되 상투적인 치장과 불필요한 말투 및 접속사를 버려라.

다섯째 호흡. 글 길이에 따른 호흡 감각을 유지하라. 지나치게 길거나 짧지 않은 중용의 미덕을 살려야 한다. 나이에 따른 감각 유지도 중요하다.

여섯째 퇴고. 남들에게 읽혀 자신의 부족함를 인정하고 과감하게 고쳐라. 독자 입장에서 윤문하고 입말의 리듬을 타라.

일곱째 훈련. 끝없는 독서와 필사, 다독, 다상량에 따른 다작의 노력이 좋은 글을 만든다.

앞서 이 책에서 고민한 문제의식이 고스란히 담겨 있다. 글쓰기에 시대 정신이 있다면 바로 이거다 싶을만큼 적확한 지적들. 그렇다, 글쓰기의 시대정신은 시대를 초월해 전수된다! 인간에게 새로운 언어와 문명이 탄생하기 전까지는 이러한 정신은 쉬이 변하지 않으리라 확신한다.

글을 쓰기 전에, 나는 특정의 누군가에게 꼭 하고 싶은 중요한, 나만이 알고 있고, 내가 꼭 말해야 하는 중요한 내용이 있는가? 물어야 한다. 삶의 경험이든 전문적인 지식이든 혹은 둘이 같이 결합된 내용이든.

글쓰기를 시작한다면 전체 구성과 제목을 정하고(물론 제목은 마지막에 다시 고쳐도 좋다!) 한 호흡으로 글을 써나간다. (지금 나는 여기까지 한 번도 쉬지 않고 계속 써내려오는 중이다~^^) 필요하다면 문체상 자기 개성을 최대한 살려보고, 군이 톡특한 표현이 필요하지 않다면 진정성 넘치는 글로도 충분하다. 글은 머리로도 읽지만 마음으로 읽는 글도 있는 법이다.

목적에 맞는 글을 완성했다면 주변 사람을 통해 앞서 말한 기준으로 피드백을 받고 어색하거나 부족한 부분을 보강, 수정한다.

최근에 페이스북을 하다보면 글쓰기에 관심 있는 페친들이 종종 '프로작가들의 글쓰기 비법 12가지', '최강의 논문 작성법' 등 글쓰기에 관한 좋은 글들이 올라온 기사나 블로그를 링크해놓는 경우가 있다. 그런 글들을 잘 갈무리했다가 자기 글쓰기의 전범으로 삼아도 좋다. 유홍준의 문장강화로도 충분하지만 '프로작가들이 공통적으로 밝히는 글쓰기 비법 12가지. 글쓰기를 준비할 때 이 방법들만이라도 기억하고 연습해 볼 것!'이라는 글도 추가로 소개한다. 글쓰기의 대가들이 주장하는 내용은 얼마나 비슷한지도 비교가 가능하다.

1. 항상 'Research Mode'를 유지할 것
2. 당신만의 개성있는 스타일을 확립할 것
3. 한 번에 한 가지에 대해서만 이야기할 것
4. 깊이 있는 내용을 쓰고 싶다면 길이를 늘릴 것
5. 독창적인 앵글을 찾을 것
6. 제목을 중요하게 여길 것
7. 첫 번째 문장 또한 중요하게 여길 것

8. 거부할 수 없는 첫 문단을 작성할 것

9. 허풍은 금물, 독자에게 속았다는 느낌을 주지 말 것

10. 시작만큼 마무리도 중요하다는 사실을 잊지 말 것

11. 편한 글이 좋은 글이라는 것을 인지할 것

12. 퇴고하고, 또 퇴고하고, 그리고 다시 한 번 퇴고할 것

각 주장에 대한 구체적인 보충 내용은 생략한다. 앞서 유홍준의 글쓰기 원칙과 대동소이하다. 그만큼 글쓰기의 왕도는 없다는 말이며, 뒤집어 말하면 유홍준의 글쓰기 강의야말로 굳이 이름붙여 글쓰기의 시대정신이라 불러 손색이 없다 할만하다.

유홍준이 제시한 항목마다 예시를 적절하게 덧붙인다면 그도 아주 좋은 글쓰기 교본의 한 장을 기록할 수 있으리라.(여기서 처음으로 ~수라는 표현을 사용했다.) 글쓰기 동학들의 건필을 기원한다.

13. 베껴라, 훔쳐라! 아무도 모르게!

모방과 풍자의 글쓰기

One of the surest tests 'of the superiority or inferiority of a poet' is the way in which a poet borrows. Immature poets imitate; mature poets steal;

한 시인이 열등한가 뛰어난가를 판별하는 가장 확실한 검증 중의 하나는 시인을 빌려오는 방법에 달려 있다. 초짜 시인은 모방을 하고 성숙한 시인은 훔쳐온다.

시인 엘리어트가 필립 메신저(Philip Massinger)라는 사람에 대해서 쓴 글이라고 한다. 이 말이 돌고 돌아 이렇게 변했다. 스티브 잡스가 평소 즐겨 말했다고 한다.

피카소가 말하기를

"Good artists copy, great artists steal"

(좋은 예술가는 모방하고 위대한 예술가는 훔친다)

스티브 잡스는 피카소의 말을 빌려 창의성의 기원에 모방과 도둑질이 있음을 강조했다. 현실이 가상을 복제하고 가상이 다시 현실을 반복하는, 아니 가상이 현실을 복제하고 현실이 가상을 복제하면서 서로 뒤엉켜가는 무한복제의 시대다. 상호 짝퉁이 난무하여 원본과 복제품이 서로를 닮아가는 하이퍼 리얼리티 시대가 되면서 글쓰기의 모방과 표절에 대한 기사도 적지 않다. 글쓰기에서 남의 글은 어떻게 빌려오고 활용하고 드러내야 하는가.

해 아래 새 것이 없고, 세상에 내 것은 없다. 말 한 마리 빌리면서 소유에 대한 새로운 인식을 보여준, 이규보의 차마설(借馬說)을 빌리지 않더라도, 세상 모든 만물은 다 내가 빌려 쓰다가 죽을 때 돌려주고 빈 손으로 돌아간다. 몸도 맘도 영혼도 관계도 다 그렇다. (물론 추억과 여운은 남긴다.)

그렇다면 다른 사람의 경험과 인식과 아이디어를 빌려오는 일도 글쓰기의 초보 단계에서 충분히 해 볼만한 일이다.

공자의 술이부작(述而不作)과는 다른 맥락에서의 글쓰기 훈련. 창조보다는 해석과 전달을 좋아하는 전령의 신 헤르메스라면 더욱 그렇다. 세상에는 인고의 세월을 보내면서 자기 글쓰기의 길을 걸어 대가가 된 작가(作家)들도 많다. 존경스런 사람이다. 공자도 못한 '작'(作)의 길을 걸어 일정 정도 경지에 도달해 '일가'(一家)를 이루었으니 어이 아니 그러랴!

하지만 공자가 고백했듯 헤르메스는 새로운 걸 일구어 만들어내기보다는 해석해 전달하는 일에 더 능하다. 이도 하나의 능력(能力)이고 역능(力能)이라면 역능이다.

'한 우물을 파라'는 말이 있다. 동의하시는지? 요즘 같은 다양성 시대에 한 우물판 파다가는 굶어죽기 십상이라고? 그래서 계란을 한 바구니에 담지 말고 나눠 담으라는 증권가 격언도 있기는 하다. 약간 다른 맥락이지만, 나는 한 우물을 파기보다 '여러 우물을 파라'고 권한다. 대신에 중요한 것은 꾸준히 판다는 점. 이 우물 저 우물을 파다보면 우물파기를 통해 일관성의 구도(求道)를 이룰 수 있다. 남이 파놓은 우물을 따라서 파다 보면 나만의 고유한 우물을 발견하지 못할지도 모른다. 거기서 그친다면 어쩔 수 없다. 운명이다. 하지만 헤르메스에게 생기는 건 나만의 우물이 아니라 우물을 파는 능력이다. 세상 어디를 가서도 우물을 팔 수 있다면, 그 능력이야 말로 하나의 새로운 우물이다. 그게 끝없이 여기서 배우고 저기로 전달하는 헤르메스의 운명이다. 여기서 나는 '해 아래 새 것이 없다'는 말을 좋아하고 '한 우물을 파라'는 말을 능가하고자 한다.

글쓰기 공부를 처음 시작하던 무렵, 학생들과 생활글쓰기와 모방시 쓰기로 세월을 보냈다고 했다. 엄혹한 군사 독재정권 시절 민주화에 대한 열망 속에서 권력을 비판하고 풍자하는 시들이 많이 나오던 시기였다.

글쓰기 지도를 위한 현역교사들의 모임인 '한국 글쓰기 교육연구회' 교사들은 중·고등학생들이 직접 쓴 글들을 모아 엮은 『밥 먹으며 시계보고 시계 보며 또 먹고』라는 책을 펴냈다. 일상에 지쳐 힘들게 살아가는 아이들의 마음이 생생하게 담긴 책이다. 제목만 봐도 그 의미가 다가온다. 지각하지 않으려 밥을 먹으면서 시계를 바라보는 학생의 모습이 생생하지 않은가! 이 책에는 학생들이 쓴 시·산문과 함께 글쓰기지도 사례도 실려 있다.

'불량제품들이 부르는 희망 노래'는 말 그대로 노래로도 불려졌다.

무조건 외워 열나게 외워 머리가 깨져라 외워도
시험은 캄캄한 벼랑 끝이야
성적도 불량 복장도 불량 그나마 얼굴마저 불량
우리는 어쩔 수 없는 불량품
함께 소리쳐 보자 여윈 가슴 보듬고
우리 사는 이 땅 어디에 꿈이 있을까
학교에 가도 집으로 가도 거리를 헤매고 다녀도
우리의 우리의 세상은 어디
기계가 아냐 인형이 아냐 교실의 들러리도 아냐

우리의 인생은 불량 아니야

눈물도 있어 우정도 있어 타오르는 젊음도 있어

우리가 바라는 내일이 있어

함께 노래 부르자

더운 가슴 활짝 열고서

바람 부는 언덕 저편에 맑은 햇살이

기죽지 않아 멈추지 않아 굳게 잡은 손이 있잖아

우리가 만드는 세상이 있어

우리가 만드는 세상이 있어

우리가 만드는 세상

우리가 만드는 세상

우리세상

전문 작가들이 쓴 세련된 시와는 격이 다르지만 이 안에서도 진실을 살아 숨을 쉰다. 삶이 담겨 있으니까. 나의 교직 생활 초기 80년대 말에서 90년대 초는 이런 시들을 학생들에게 복사해 나누어주고 자기 삶을 시로 써보자고 가르치던 시절이었다.

고등학교에서 학생들과 가전체 소설을 배우고 나면 자기 삶의 주변 물건 하나를 의인화해서 글을 쓰게 했다. 시험 문제를 의인화한 가전체 소설 쓰기로 냈다. 당시 제자들을 만나면 지금도 당시의 황당한 시험 문제를 기억한다. 무슨 용기고 배짱이었을까. 그때부터 이미 나는 빌리고 훔쳐와 다르게 고쳐쓰기에 익숙했는지도 모르겠다.

모방은 창조의 어머니다.

2016년 나라를 뒤흔든 국기문란 사건이 터졌을 때 세상을 떠돈 하나의 이야기가 있다. 이른바 공주전이다. 연세대학교의 문학회 활동을 하는 한 학생이 페이스북에 올린 글로 화제가 되었다. 일부만 옮겨보자.

〈공주전〉

옛날 헬 - 조선에 닭씨 성을 가진 공주가 살았는데 닭과 비슷한 지력을 가졌다. 그 자태가 매우 고결하여 저잣거리에 흔히 파는 어묵을 먹는 방법을 몰라 먹지 못했고, 자신보다 낮은 신분의 백성들이 악수를 청하면 겸허히 물러서서 손을 뒤로 빼는 등 공주로서의 위용을 잃지 않았다. 공주가 처신을 잘못할 때면 공주를 숭배하는 자들이 변호하기를, "공주가 일찍이 어머니를 여의었고 아버지는 독재에 여념이 없어, 공주가 가정교육을 제대로 받지 못하였다."라고 했다. 이에 모든 사람들이 슬퍼하면서 애정을 담아 공주에게 '그네경듀'라는 별명을 붙여주었다.

모친을 잃은 공주가 스물셋이 되던 해 신분 세탁의 기회를 엿보던 무당 최씨가 공주를 뵙기를 청했다.

무당이 말하기를,

"소인이 돌아가신 중전마마에 빙의하는 미천한 재주를 보여드릴 수 있나이다."

공주가 한참 생각하다가 말하기를,

"그러니까 그렇게 해서 그…, 그… '빙위'라는 것이 나로 하여금 정신을 좀 차리게 만들고 또 그와 함께 이런 어떤 슬픈 마음 같은 것들을 굉장히 잘 가라앉히게 해가지고 그래서 그렇게 다시금 마음을 굳게 먹을 수 있게 된다면 그것은 참 좋지 않을 수 없지 않을까, 이렇게 생각한다."

번역기를 돌린 후에야 공주가 승낙했다는 것을 가까스로 이해한 무당은 만면에 미소를 머금고,

'닭은 인제 미끼를 물어버린 것이여.'

하고 생각하였다.

무당이 공주의 모친 육씨의 성대모사를 하는 등 각종 재주를 시전하자 이에 홀닭

(중략)

한편 무녀에게는 딸이 하나 있었으니 정이라고 했고 공주라 불리기를 좋아하여 스스로 정감록을 실현코자 하였다. 정은 말 타는 기수가 되고자 했으나 실력은 영 좋지 못하였다. 백날 닭을 잡고 굿을 해보아도 진척이 없자, 무녀는 고심 끝에 정에게 학사경고를

선사한 지도교수를 친히 찾아가 건물이 떠나가라 크게 호령하였다.

"교수 같지도 않은 게."

무녀가 전 지도교수를 쫓아내고 새로 앉힌 교수는 먼저 정의 안부를 묻고 시중을 들 학생을 몸소 구해주는 등 큰 활약을 펼쳤다. 또한 정이 비속어와 색다른 철자법이 난무하는 과제의 특이점을 인정받아 놀라운 학점을 받자 많은 학생들의 원한이 사무쳤다. 무녀와 그 딸은 세간의 눈총을 피해 덕국으로 잠적하였으나 곰탕과 김, 가루커피를 챙기는 대신 공주를 위해 작성한 수천 건의 문서를 흘리는 어리석음을 범하였다. 손(孫)씨 성을 가진 의로운 선비와 그를 따르는 선비들이 이를 알고 크게 놀라 특종으로 내보냈다. 세간 사람들이 공주와 최씨 일가의 농간에 대해 알고 경악하는 한편 의로운 선비들 및 사상 최초로 민심을 하나로 모은 공주의 깊은 뜻을 찬탄해 마지않았다. 이에 크게 느낀 바가 있어 병신년(丙申年) 모월 모일 모시에 이 글을 기록하였다.

- 페이스북에서

당시의 현실을 아는 사람이라면 배꼽을 잡지 않을 수 없게 잘 썼다. 직설적으로 당사자를 욕하고 윽박질러댔다면 그렇게 많은 사람들로부터 인정받기 어려운 글이 되었을 것이다. 필자는 춘향전, 심청전, 허생전과 같은 고대소설의 형식을 빌려서 당대의 현실을 풍자했는데 소위 '말빨'이 장난 아니다. 촌철살인의 풍자 감각이 얼마나 돋보이는가. 다양한 형식의 글쓰기가 가능하겠지만 위의 글을 쓴 학생은 고대소설의 형식을 빌렸다. 기승전결이나 발단 전개, 혹은 서론, 본론, 결론의 글쓰기 형식을 놓고 글을 어떻게 써야할지 모르겠다는 사람이 많다. 공감한다. 막막한 원고지 한두 칸이 칠판보다 더 넓게 느껴지다는 게 보통 사람들의 심정이다. 그럴 때는 자기가 좋아하는 작가, 장르의 글을 베껴 써 보자. 부끄러운 일이 아니다. 아니 아주 좋은 글쓰기 공부 방법이다.

대한민국 최고는 아니지만 손꼽히는 베스트셀러 작가들도 습작기가 있었고 심지어 대가라 하는 사람들도 표절 시비가 난무한다. 하물며 우리 같은 범인에랴. (조세희의 소설을 베껴쓰면서 글공부를 했다는 신경숙이 표절시비의 주인공이 된 아이러니한 상황도 있다. 그러니 베껴쓰기의 버릇이 자기 창작으로 갈 때는 베껴 쓴 상대의 잔영을 완전히 지우거나 당당히 드러내거나. 아니면 아무도 모르게 심지어는 자신도 눈치 채지 못할 정도로 완벽하게 훔쳐야 한다.)

1994년 한때, 시집임에도 50만부나 팔린 책이 있다. 영혼과 의식이 강하고 맑은 시인 최영미의 〈서른 잔치는 끝났다〉이다. 최영미는 대단한 이력의 시인이다. 80년대 대학을 다닌 사람이라면 대개 이 시집에 대해서는 한두 번 들어보았을 텐데 그의 대표작 '서른 잔치는 끝났다'는 이렇게 마친다.

물론 나는 알고 있다

내가 운동보다도 운동가를

술보다도 술 마시는 분위기를 더 좋아했다는 걸

그리고 외로울 땐 동지여!로 시작하는 투쟁가가 아니라

낮은 목소리로 사랑노래를 즐겼다는 걸(최영미, 서른 잔치는 끝났다 중에서)

2004년 통일운동과 민족의 아픔에 눈을 뜬 나는 3.1절만 되면 시청 앞에 모여 태극기와 그보다 몇 배 더 큰 성조기를 흔드는 사람을 보면서 답답했다. 분단의 아픔은 아랑곳없이 강대국의 힘을 빌려 무력통일을 외치는 사람들을 보면, 마음으로 이해는 해도 동의하기는 어려웠다. 게다가 깊은 생각에 따스함 마음, 자발적인 참여가 아니라 마치 누군가의 명령에 동원된 듯 모인 사람들을 보면 가슴이 아팠다. 실제로 조금 친한 지인 중에 그런 경험이 있는 사람도 있다. 미국과 이스라엘이 중동의 작은 나라들을 침공하던 어느 시절, 시청 앞 거리에 모인 사람들을 보고 시 한 편을 썼다. 아마추어의 시덥지 않은, 시답지 않은 시다.

2004년 10월 4일
이스라엘이 팔레스타인을 대량 학살하던 그 날.
파란 하늘 아래
햇빛 부끄러운 줄 모르는 노구들이 시청앞 광장에 섰다.

식민의 세월일랑 아랑곳 않고

양 손에 가득 성조기를 움켜쥔 친일파의 후예들이

나라를 팔아먹는 하나님 아버지의 고성에 몸을 떤다

사립학교법과 국가보안법이

백성을 속이고 국민을 협박해온

최대의 무기였기에

이제 그 마지막 무장해제 앞에서 두려워진

자신들의 공포를 속이고자

마지막 남은 힘으로

힘없이 성조기와 태극기를 쳐든다

00조선을 한 권이라도 더 팔아먹기 위해

다시 무기를 들자는 조00의 선정적인 선동과

북한인권과 자유를 위장해온 황00의 선전지가

쓰레기 되어 날리는 21세기의 거리에서

보안법과 사학법이 뭔지도 모르면서

목사님의 눈도장을 찍으러온

신도들이 서둘러 자리를 빠져나가고

점점 어두워지는 시청 앞 하수구 아래로

색깔의 거품은 서서히 힘을 잃는다

보안법의 마지막을 선연히 보여주는

수구의 잔치판이여

그대들의 기도가 하늘에 오르는 동안

겨레와 민족을 위해 피흘려온 우리의 영령들이

참된 조국의 미래와 진실을 알려주리니

그래, 물론 우리도 알고 있다.

수구들이 국가보다도 기득권을

자유보다도 돈에 눈 먼 자본주의를 더 좋아한다는 걸

그리고 진짜 열받을 땐, 멋있는!으로 시작하는 군가가 아니라

고래고래 소리 지르며 각목과 총칼을 휘둘러왔다는 걸……

보안법 56년

수구, 잔치는 끝났다.

시라고 하기에는 부끄러울 정도로 아주 거칠고 직설적인 글이다. 중요한 건 마음이다. 옳건 그르건 진심을 담아 쓰고, 솔직한 내 자신을 드러냈으면 되었다. 평가는 읽는 이들의 몫이다. 최영미의 시 마지막 구절을 흉내 낸 모방시에 불과하지만, 나름 보람은 느낀다. 이 글이 아주 못난 글은 아니었는지, 한겨레 신문에 기고했을 때 실어줄만큼 독자성은 인정 받았기에^^

하나만 더 예를 들어보자.

2015년 겨울, 한국사 국정교과서 문제로 세상이 떠들썩했다.

옆에 앉은 아내에게 물었다.

"당신, 국민교육헌장 외울 줄 알아요?" 뜬금없는 질문에, 잠시 멈칫하더니 자연스럽게 술술 흘러나온다.

"우리는 민족 중흥의 역사적 사명을 띠고 이땅에 태어났다. 조상의 ……"로 시작하는 말은 그칠 줄을 몰랐다. 그랬다. 초등학교(당시 국민학교)를 다니면서 강제로라도 외지 못하면 매타작과 벌 청소를 이길 수 없던 당시의 학생들은 누구나 국민교육헌장 암기라는 혹독한 국민의례를 통과해야만 했다. 1970년대는 모든 학생들이 이렇게 강제로 맹목적인 국가주의에 길들여지는 암흑의 시간이었다.

1968년, 장기 독재집권을 획책한 박정희가 친일 어용학자 안호상, 박종홍 등을 시켜 만들고 1994년 문민정부를 표방한 김영삼이 폐지할 때까지 전 국민의 사상과 의식을 사로잡은 국민교육헌장. 일본이 조선 민족을 황국신민화하기 위해 만든 조선칙어를 닮았다는 국민교육헌장은 자율성과 다양성을 인정하지 않으려는 오늘날 국정 국사교과서의 정신적 뿌리이다. 뒤집어 말하면, 모든 교과서의 앞머리에 실어 전 국민을 하나의 가치관과 이데올로기에 종속시키려던 국민교육헌장의 아바타가 바로 지금의 국정교과서다.

흔히 국민교육헌장은 박정희가 '황국신민주의 · 군국주의 교육을 받은 일제 식민지 경험에서 파시즘적 지배질서의 메커니즘을, 남로당에서 활동한 해방 후 경험에서 대중동원에 대한 감각을' 익힌 바탕에서 만든 것으로 평가한다. 아버지의 피와 권력의 자리를 이어받은 박근혜 대통령은 아버지와 무엇이 다를까? 둘이 추구하는 역사의식과 정치력에서 차이가 없다는 점에서 극우 인사 고영주의 말을 패러디하면 박근혜는 변형된 박정희다. 그래서인지 국정국사 교과서는 어린 시절 온 국민을 매타작과 벌 청소의 공포로 몰아넣은 국민교육헌장의 21세기 버전으로 읽힌다. 70년대와 마찬가지로 국민들의 자유로운 상상력과 창의성을 억압하고 획일적인 국가주의 이념으로 국민들을 세뇌하려는 우민화의 표상이다. 국정교과서는 왜 우민화의 성전이 되는가를 국민교육헌장의 패러디로 다시금 돌아본다.

박정희가 태어난 날 100년에 보내는
우민 교육 헌장(愚民 狡育 憲章)

나는 아버지 찬양·미화의 역사적 사명을 띠고 이 땅에 태어났다. 아비(아베)의 험한 꼴을 오늘에 되살려, 안으로 전제국가의 자세를 확립하고, 밖으로 일제 침략 미화에 이바지할 때다. 이에, 우민이 나아갈 바를 밝혀 국정 교과서의 지표로 삼는다. 성질내는 마음과 유체이탈 몸으로, 극우적인 사관만 배우고 익히며, 타고난 저마다의 소질을 무시하고, 분단의 처지를 우민화의 발판으로 삼아, 위선의 힘과 복종의 정신을 기른다.

다양성과 공정성을 무시하며 획일과 갑질을 숭상하고, 경멸과 자학에 뿌리박은 뉴라이트의 전통을 이어받아, 싸늘하고 광기어린 분열 정책을 강요한다. 우둔한 일베와 매카시즘을 바탕으로 나라가 발전하며, 백주 테러가 극우 융성의 책략임을 깨달아, 자유와 권리를 국가에 헌납하는 책임과 의무를 다하며, 스스로 대중 동원에 참여하고 종속되는 노예 정신을 드높인다.

반공 친일 정신에 투철한 독재 파시즘만이 우리의 삶의 길이며, 차기 정권 창출의 이상을 실현하는 기반이다. 투기꾼과 재벌에게만 물려줄 허황된 통일 대박의 앞날을 내다보며, 신념과 긍지를 잃은 우매한 국민으로서, 우익의 광기를 모아 줄기찬 노력으로 새누리를 창조 경제하자.

2015.10월 변형된 박정희

이게 국정교과서를 밀어붙이려는 대통령의 의지가 아닐까? '역사를 잃어버린 민족에게 미래는 없다'고 했다. 장기독재정권의 상징인 시월 유신에 4년 앞서 발표된 국민교육헌장. 우민화를 밀어붙이는 국사 교과서 국정화는 과연 대한민국 역사에 어떤 미래를 불러올 것인가!

다소 격하지만, 시대성을 담았다고 생각했다.

모방 글쓰기는 거인의 어깨에 올라타기와 비슷하지만 보다 본격적으로 올라타기다. 내용은 내가 주체적으로 채우되, 형식을 빌려와 배우는 과정이다. 글쓰기가 어렵다면 좋은 글을 빌려와서 옷을 입혀라. 형식이 중요하지 않은 건 아니지만 일차적으로 나의 삶, 나의 마음과 생각이다. 쓸 맘이 생기면 어디에 어떻게 입힐까를 다음으로 고민하고 내가 좋아하고 멋지다고 생각하는 글의 형식을 빌려와라.

팁 - 좋은 시를 필사하고 맘에 드는 구절, 유명한 구절들을 메모해두면 좋다. 시뿐만 아니라 문장도 마찬가지다.
- 노가바(노래가사 바꿔부르기) 하듯 기존의 글들을 내 나름대로 고쳐본다. 주제를 바꾸어가면서 표현을 달리해본다.
- 삶이 몸이라면 글은 옷이다. 옷을 자주 갈아입듯이 같은 내용의 글을 다른 형식으로 정리해본다.
- 잘 훔치려면 배짱도 필요하다. 좀스럽게 훔치면 오히려 지질하고 티가 난다. 스티브 잡스처럼 통 크고 당당하게 훔치는 행위의 가치를 인정한다.

14. 한 권의 책을 쓰는 비법

이제 마지막으로, '한 권의 책을 어떻게 만들까?'에 대한 이야기로 내 글쓰기의 막을 내리려 한다.

글쓰기를 언제부터 처음 좋아하고 이렇게 열심히 썼는지, 그 기원은 가물가물하다. 성인이 된 뒤 최초의 글은 1989년 이오덕 선생님께 삶을 가꾸는 글쓰기 교육을 받은 뒤 첫 교단 생활. 동구여자중학교 1학년 담임을 하면서 내 삶의 팔 할 아니 십 할을 아이들을 위해 살았다. 학교를 집처럼 여기며 아이들과 같이 울고 웃고 놀고 먹고 공부하던 시절이었다.

수업 시간에 어떤 내용을 가르치고 어떻게 가르쳤는지 기억에 없지만, 〈밥 먹으며 시계보고 시계보며 또 먹고〉나, 〈불량제품들이 부르는 희망 노래〉처럼 당시의 군대같은 학교 생활을 풍자하는 생활시들이 많이 나와서 그런 시들을 따라서 써보는 모방시 수업을 한 기억과 학급 내에서나 수업 들어가는 반 아이들과 모둠 일기를 쓰던 기억만큼은 지금도 생생하다. 5~6명 내외로 한 모둠을 구성해서 아이들이 일기를 쓰면 거기에 답 글을 달아주느라 시간가는 줄 모르던 시기였다. 그 해 말 학급 문집을 내고, 가을에 있었던 사건, 최초로 매를 든 사건의 심경을 솔직담백하게 쓴 글이 내 글쓰기 인생의 시작이었다.

어쩌면 지금 글쓰기 책을 쓰는 힘도 이때부터 길러졌는지도 모르겠다. 배운 게 도둑질이라고 글쓰기 말고는 할 줄 아는 것도 없었고 줄창 아이들과 글쓰기 공부만 하던 시절이었다. 어느덧 7권의 책을 쓰고 지금도 계속 눈만 뜨면 읽고 먹고 놀고 쓰는 일에 몰두한다.

전업 작가는 아니지만 글쓰는 삶이 일상이 되었다. 그렇다고 고정욱 작가처럼 일생 500권을 쓰겠다는 원대한 목표를 가져본 적은 없다. 다산 정약용 선생처럼 그 이상의 글을 쓸 마음도 없고 깜냥도 없다. 그래도 내가 쓴 내 책 한 권, 나만의 책을 써보는 경험은 소중하다.

출판계 사람들이나 작가들과 어울리는 과정에서 이상한 현상 하나를 발견했다.

켄텐츠는 있는데 책을 어떻게 써야 할지 모르는 저자들을 위한 안내글쓰기 강좌가 적지 않다는 점이다. 일인 일책을 주장하는 출판 컨설턴트 김준호 작가도 만나보았다. 페이스북을 들어가보면 간간이 책쓰기 광고가 뜬다. 글쓰기 책을 마무리하는 시점에서 발견한 글쓰기 강좌. 가서 한 번 듣는 게 도움이 될까? '글쓰기 강좌와 글쓰기'라는 한 꼭지를 써보려고 신청을 했다가 다른 일정이 생겨서 취소했다.

정성일 작가가 〈토니 에드만〉이라는 영화에 대해서 해설한다는 소식을 접했다. 당대 최고의 영화평론가. 영화를 보고 현장에서 바로 해설을 해준다니. 그것도 칸과 세계가 인정한 독일의 마렌 아데 감독이 만들었고, 정성일 작가도 걸작이라 칭한 〈토니 에드만〉이다. 발길은 당연히 정성일에게 향했고 결과는 끔직할만큼 감동 그 자체였다. 162분 영화 상영과 110분 영화해설. 어느 쪽이 더 뛰어난지 말할 수 없지만, 생애 손꼽히는 경험이라는 데 이의를 달지 못하겠다. 내 특유의 버릇대로 들으면서 받아적기. 그 영화에 대한 이야기는 다른 책에 쓰여진다. 여기서는 그날 가지 못했던 자리. 신청만 하고 가지 못한 어느 돌팔이 책쓰기 장사꾼의 이야기를 나누고자 한다. 우연은 우연을 부르는지, 내가 신청을 고민했던 글쓰기 강좌에 나랑 친한 지인 한 분이 다녀왔다고 하는 말을 들었다. (나도 갔으면 거기서 만났을 테고 서로 얼마나 웃었을지.)

500만원짜리 책쓰기 강좌 선전을 들으러 3만원이나 내고 시간을 버렸다면서 투덜투덜. 내심 안 가기를 잘했다 싶었다. 물론 그 사람들이 대놓고 사기를 치는 건 아니다. 자리가 어디인데 3만원을 받고 현장에서 헛소리를 하겠는가. 다만 정말 필요한 글쓰기 공부 과정을 가르치는지, 아니면 자기들이 책을 기획하고 팔아먹기 위한 노하우를 상술 차원에서 홍보하는 자리인지는 참가자들이 판단할 문제다.

안 그래도 〈철수와 영희〉 출판사 대표님께 그런 말을 들은 적이 있다.

책 한 권 쓰는 거 도와주고 500만원을 받아서 이 출판사 저 출판사에 연결시켜주는 직업 책 기획자가 있다고. 무언가 쓰고 싶은 내용은 있고, 잘 써서 책 한 권을 내고 싶은 마음은 절실한데 그럴 능력은 부족한 사람들. 그런 사람들을 상대로 책쓰기의 과정을 알려주고 도와주고 책을 내도록 연결해주는 기획사였다. 세 사람 길 가는데 모두가 다 나의 스승이니 그런 자리라고 왜 공부가 아니랴! 물론 나라면 당대의 문장가들 유홍준, 정민, 정희진, 김연수, 고미숙 등 인문적 깊이를 지녔으면서 글도 쓰고 자기 분야에서 일가를 만들어가는 이들의 글쓰기 강좌가 훨씬 끌리고 매력적이다. 정성일도 그런 분 중의 하나이니 나의 선택은 어쩌면 당연한 것.

그럼 지금부터는 내가 경험한 나의 책쓰기, 술이부작의 헤르메스는 어떻게 책을 쓰는지 소개한다. 일단 자기만의 내용, 남과 다른 고유성, 남들 앞에 자신 있게 내놓을 브랜드가 필요하다. 일기나 수필 감상문을 책으로 낼 생각이 아니라면 자기만의 특기가 있어야 한다. 나는 토론이 강점이다. 15년 정도 꾸준히 토론의 길을 걸어오면서 많은 사람들을 만나고, 배우고, 가르치고, 자료를 얻고, 만들고 나누어 왔으므로.

헤르메스의 단점은 호기심이 너무 많다는 점이다. 기존의 자료

를 정리하기도 전에 새로운 현상에 관심이 가고 거기에 몰입하다
보면 어느새 지난 시절의 기억은 휘발되고 망각의 늪으로 빠져든
다. 이때 도움이 되는 사람이 정리를 강제하는 사람이다. 물론 무
력으로는 아니고 동기와 계기가 필요하다. 나는 온라인 연수 강의
기회를 통해서 기존의 생각과 자료를 정리했다.

첫 책은 2012년 5월 출간된 〈토론의 전사 1, 2〉.

일단 제목은 2009년부터 전국국어교사모임에서 운영해온 토론
강좌의 이름을 빌려왔다.

제목만으로도 사람들을 살벌한 토론의 현장을 떠올리지만 그건
완전 오해다. 여기서 사용된 전사(戰士)의 의미를 모르는 까닭이다.

토론을 뜻하는 영어 디베이트(debate)에는 분명히 싸움의 뜻이
들어있다. 어원상 베이트가 배틀(battle)에서 비롯되었으니까. 토론
(討論)의 토(討)자도 싸움을 의미한다. 말을 마디마디 끊어서 상대
방을 친다는 '칠 토'자다. 그렇다고 전사가 단순히 싸움꾼만을 의미
하는가? 전사 서문에서도 썼다.

"전사에 대한 다른 오해는 전사를 극렬한 싸움꾼, 즉 투사로만
인식하는 관점이 아닐까 싶습니다. 전사의 사는 단지 무사의 사
(士)만을 의미하지 않습니다. 무지함을 밥으로 삼는 스승 사(師),
미로를 찾아가는 테세우스를 살리는 실 사(絲), 하염없이 흔들리는
마음의 밭을 이르는 생각 사(思), 알면서도 활을 당기지 않는 경지
를 이르는 쏠 사(射) 등등 그 의미는 무궁하답니다."

이런 말을 하는 이유가 있다. 토론의 전사를 기획하던 그 무렵 한겨레 신문에서 두 권의 책 광고를 보았다. 평소 존경하던 성공회대 김용호 교수님이 쓰신 〈신화 이야기를 창조하다〉, 〈신화 전사를 만들다〉이다. 동서고금의 신화를 영적으로 깊이 있게 풀어쓴 내공에 반해 두 권 다 감명 깊게 읽었지만, 특히 '신화와 전사'를 연결한 해석은 탁월하고 아름다웠다. 원효나 바리데기, 프쉬케와 헤라클라스, 욱면, 오딘 등등 신화 속의 주인공들을 지혜의 전사, 버림의 전사, 자비의 전사로 명명한 데에서는 고개가 숙여졌다. 아! 진정한 전사는 싸워서 이기기보다 버리면서 지혜와 자비를 온몸으로 체현하는 존재들이구나. 그렇다면 당연히 토론은 전사와 어울려야 했다. 그리하여 토론의 전사는 토론의 '전사(戰士)'일뿐만 아니라 전도사이자 무수히 많은 은유의 전(轉, 典, 專, 前, 田, 展, 全)사로서의 전사라고 생각했다.

글쓰기에서 언어감각은 매우 중요하다. 언어유희는 물론이고 비유, 상징, 전의(轉意) 등 글쓰기의 달인들은 언어의 달인이어야 하니까.

첫 책 제목 이야기로 말이 좀 길었는데, 글에서나 책에서 제목을 붙이는 능력도 매우 중요하다. 한겨레 기자 최재봉의 책제목에 얽힌 이야기 책도 매우 재미나다. 제목이야말로 글의 얼굴이고 간판이며 정수를 담은 고갱이니까. 참고로 내가 쓴 책들은 〈토론의 전사〉 외에도 '〈강자들은 토론하지 않는다〉, 〈질문이 있는 교실〉, 〈공부를 사랑하라〉'이다. 공부를 사랑하라는 니체의 '아모르 파티(amore fati)',

즉 '운명을 사랑하라'를 모방한 제목이다. 글의 제목 붙이기는 따로 설명하지 않았지만, 언어 감각과 현실 감각이 만나는 자리에서 이루어진다는 정도만 덧붙이기로 하자.

본문으로 돌아와 첫 책을 쓴 동기는 교원캠퍼스에서 온라인 강좌를 개설하자고 제안을 했고, 거기에 응해서 30차시 분량의 원고를 정리하다 보니 자연스럽게 책의 목차가 만들어졌다. 30차시면 꽤 긴 분량이라 1권은 토론의 철학과 중요 요소, 2권은 토론의 방법으로 자연스럽게 분류되고, 평소 내가 중요하게 여기던 내용들을 배치했다.

1권에서는 소통, 공부, 경청, 질문 등의 키워드를 활용해 15차시를 정리하고 2권에서는 가볍고 쉬운 토의법부터 디베이트와 원탁, 협상, 연극으로 그 범주를 넓혀갔다. 결국 글쓰기는 배치와 편집술이다. 물론 거기에 스토리와 문체를 얼마나 잘 버무리는가는 또 다른 문제이다. 나는 문체에 관해서는 약간의 컴플렉스를 가지고 있(었)다. 지금은 과감히 고쳐서 짧고 간결함을 지향하지만 앞서 말했듯이 10년 전만 해도 판소리에서 기인한 만연체를 좋아했고 길들여진 면이 있었다.

지금은 고맙게도 대부분의 독자들이, '글이 재미있고 한 호흡에 읽기 편해서 좋다'고들 한다. 한 호흡에 읽기 좋은 글, 나의 글쓰기 리듬이 독자들과 서로 잘 어울린다는 뜻이다. (물론 언제나 그러면 얼마나 좋으랴!) 지금 이 글을 읽는 리듬을 느껴보시면 잘 안다.

스토리 활용도 또 다른 능력인데 눈 밝은 독자라면 아시겠지만 나는 글을 쓰는데 다른 이의 책이나 영화나 드라마를 자주 활용하는 편이다. 토론의 전사 첫머리도 미칠이가 나오는 〈칠공주〉 드라마로 시작했고, 이 글에서 소개된 글들도 마찬가지다. 〈미생〉을 비롯해 〈흐르는 강물처럼〉, 〈파인딩 포레스터〉 등 연결된 장면들이 있다면 여지없이 끌어온다. 결국 내 글은 다른 사람이 쓴 글들과 영화, 드라마의 이야기와 내 경험과 고민의 어디쯤에서 만나 어우러진 직조물이다. 〈질문이 있는 교실〉에서는 영화 이야기가 무려 19편, 드라마가 5편이나 등장한다.(물론 장르에 따라 단점이 될 수도 있다!) 독자들에게도 영상물을 활용한 글쓰기를 적극 권장한다. 인상적인 장면과 대사들을 내가 말하는 내용과 연결시키는 힘을 기르면 재미나고 좋은 글을 쓰는데 큰 도움이 된다. 헤르메스는 기질적으로 그런 점이 탁월하다.

결국 한 권의 책을 쓰기 위해서는 좋은 기획안을 짜는 일이 급선무다. 종종 다른 사람의 강의를 듣는다고 했다. 2015년 전국국어교사모임의 매체분과에서 영상, 광고, 웹툰을 소재로 수업한 사례를 재미나게 들었다. 2017년 1월 다시 한층 심화된 강의를 들었는데 그 가운데 웹툰에 대한 책을 쓰고 싶어하는 선생님이 계셔서 소통을 하면서 책쓰기 과정 안내를 해주었다.

앞서 말했듯이 쓸 내용은 너무 좋고 할 말도 많으실텐데 첫 경험이라 막막하기만 하다는 느낌을 받아서다. 일단 다른 출판사에서 만든 기획안을 보내주었다. 기획에 반드시 들어가야 할 목록들이 빼곡히 들어있기 때문에 참고가 될 터이니.

일반적으로 책의 기획안에 반드시 들어가야 할 목록들은 다음과 같다.

" 출간 기획서 "

◎ 책 제목과 부제 및 카피
◎ 분야
◎ 타깃 독자
◎ 단 한 명의 독자로 축약
◎ 저자 소개
◎ 감수
◎ 집필 동기
◎ 경쟁도서
◎ 컨셉 (차별화 포인트)
◎ 홍보 및 마케팅 아이디어
◎ 분량
◎ 목차
- [프롤로그]

1부, 2부, 3부 등

각부마다 1장, 2장 3장 등 다양하게

- [에필로그]

◎ 연락처

이런 틀을 선생님께 제시하고 웹툰을 주제로 해서 선생님의 생각을 정리해보라고 하였다. 다음과 같이 답장이 왔다.

"웹툰으로 국어 수업하기" 출간 기획서

◎ 책 제목과 부제

- 제목 : 웹툰으로 국어 수업하기 (가제)

- 부제 : 웹툰을 활용하여 재미와 감동이 있는 국어 수업하기

- 카피 : 웹툰과 함께 하는 더 재미난 국어 수업!

◎ 분야

- 교육

◎ 타깃 독자

 - 다양한 매체를 활용하여 더욱 재미있는 국어 수업을 구상하는 국어 교사

 - 교육적 가치와 학생의 흥미 모두를 고려한 수업을 계획하는 자유학기제 교사

◎ 단 한 명의 독자로 축약

- 새로운 매체를 활용하여 재미있는 수업을 꾸리고 싶은 국어 교사

◎ 저자 소개

- 최00 : 전국국어교사모임 매체연구회 소속, 현 고양대화중학교 국어 교사

◎ 감수

- 유동걸 : ?(내가 기획에 도움을 주었기 때문에 감수라는 이름으로 적어놓았다. 실질 감수자는 아니다. 물론 주변에 감수해줄 전문가가 있으면 좋다)

◎ 집필 동기 : 웹툰은 누구나 가볍게 즐길 수 있는 재미있는 매체 중 하나이다. 평소 취미로 여러 웹툰을 즐겨보다가 그 가벼움 속에서 진한 감동과 교육적 가치를 발견하였다. 그래서 그 진지함을 함께 나누고 싶었다. 늘 모든 학생이 함께 즐기며 감동하는 수업을 하고 싶었고, 웹툰을 통해 실제로 그 바람을 이루었다.

◎ 경쟁도서 : 다양한 매체 관련 수업 사례 책

◎ 컨셉 (차별화 포인트)

- 국어 교사, 자유학기제 교사에게 실질적으로 도움이 되는 수업

사례를 구체적으로 제시함.

- 매체와 관련된 책은 이미 많지만, 웹툰을 활용한 수업 사례를 정리한 책은 아직 많지 않음.

- 저자가 겪은 생생한 학교 현장의 모습을 책 곳곳에 감성적으로 담아내어 독자의 공감대를 형성할 수 있음.

◎ 홍보 및 마케팅 아이디어 : 전국국어교사모임 누리집 홍보 등

◎ 분량 : ?(아직 본인의 자료와 글의 분량을 가늠하기 어려우므로 ? 처리)

◎ 목차
- [프롤로그] 선생님, 웹툰 좋아하세요?

- [1장] 말하고 듣기 : 좋아하는 웹툰 소개하기 / 웹툰 캐릭터로 자기 소개하기 / '지금 이 순간 마법처럼' 성우 놀이 / '금수저' 두마음 토론하기 / '외모지상주의' 토론하기

[학교 이야기 1] 웃음이 나오는 교실

- [2장] 읽고 쓰기 : 웹툰 줄거리 요약하기 / '마음의 소리' 일상툰 만들기 / '아만자' 내가 만약 암 환자라면 / '나는 귀머거리다' 입장

바꿔 생각하기 / 웹툰 작가 선정하여 인터뷰하기

  [학교 이야기 2] 중2병? 정신연령 15살
  - [3장] 운문과 산문 : '시 읽어주는 누나, 시(詩)누이'처럼 시 소개
하기 / 소설 읽고 '하루 세 컷' 만들기 / '소녀의 세계' 고백하는 글쓰
기 / '의외의 사실 - 세계문학읽기' 문학 감상하기

  [학교 이야기 3] 눈물 나는 학부모 상담
  - [4장] 한글과 문법 : 문법 학습(훈민정음 창제, 음운, 품사 등)
웹툰 만들기 / 웹툰 속 맞춤법 오류 수정하기 / '조선왕조실록'에서
세종 만나기

  [학교 이야기 4] 피할 수 없는 도난 사건
  - [5장] 함께 놀기 : '스피릿 핑거스' 멤버처럼 / '유미와 세포들' 연
극하기 / '내 멋대로 고민 상담' 익명 상담하기 / '신과 함께' 신
(新)저승도 제작하기 / 웹툰 선정하여 영화로 제작하기

학교 이야기 5] 따뜻한 선배 교사들

- [에필로그] 지금까지 재미, 없었나요?
◎ 연락처 : 최00 / 010-2473-0000 / wonderok52@naver.com

원더풀!

나는 속으로 만세를 불렀다. 이렇게 훌륭할 수가! 선생님의 메일 주소도 원더(wonder)가 들어갔는데 정말 놀라운 역량을 지녔다. 아! 사람들은 누구나 저자가 될 수 있구나. 자기가 좋아하고 사랑하는 분야에 대한 애정과 경험, 자료만 있다면 세상을 책을 못 쓸 이유가 어디 있겠는가.

나는 다음과 같이 답장을 보냈다. 나의 조언이다.

훌륭해요 샘, 목차만 봐도 막 당기는 걸요~. 내용은 샘이 전문가시니 구성 방법이나 문체 등은 다음 고민으로. 샘이 생각하시는 서술방식이나 다른 책보시고 롤 모델 삼고 싶은 유형이 있으면 정해보세요. 보통 교과서보면 단원의 길잡이, 학습목표, 본문, 활동, 등이 들어가듯이. 물론 단행본이니 그런 방식은 아니겠지만요.

〈토론의 전사 1, 2〉권은 대화가 앞에 들어가고 그 다음에 서술을 했지요. 웹툰이니, 장마다 웹툰 장면이 여는 컷으로 들어가고 샘의 이야기가 펼쳐지면서 수업사례, 더 찾아보기 등 이런 방식을 고민해주시면 좋겠습니다.

프롤로그나 그 다음에 웹툰의 세계에 대한 안내나 샘이 웹툰을 만난 계기, 다음과 네이버 웹툰 등의 차이점과 장단점 등이 들어가면 좋을 것 같고요.

좀 더 세부적인 내용 채워보시고요 폴더 하나 만들어서 자료들을 목차에 맞게 분류해보세요. 저도 더 세밀히 살펴볼게요. 폴더에 맞게 자료가 채워지면 제게도 보내주시고 처음 한 꼭지를 어떤 형식으로 구성할지 고민한 다음에 가장 자신 있는 분야부터 쓰기를 시작해보세요. 글을 쓰는 것은 강의하실 때 사람이 앞에 앉아 있고 그 사람에게 설명한다는 느낌으로 말하듯이 적으시면 좋아요~!

그래요 일차 자료정리하면 보내주세요 제가 미리 좀 살펴보면서 도움 드릴게요. 네이버와 다음 차이 같은 것은 마지막 꼭지에 넣어도 좋을 듯 하고요. 내일부터 본격 수업이네요, 힘내시고요!

사실 자료만 있다면 이 정도면 거의 절반은 쓴 셈이다. 시작이 반이라 하지 않았나. 학생들을 열정적으로 가르치시느라 시간이 부족해서 그렇지 나머지는 정말 자신이 강의하고 설명하듯이, 말하듯이 쓰면 된다. 자기만의 문체 만들기나 글을 다듬는 과정은 이 책을 통해서 내내 설명하지 않았나. 문제는 실행력, 실천력이다. 의지와 자신감만 충천하다면 두려울 바가 없다.

앞의 기획안에서 부족한 것을 조금 언급했다. 세상에 완벽한 기획안이 어디 있겠나. 부끄럽지만 나는 기획안의 기자도 모른 채, 기획안을 알지도 못한 채 여섯 권의 책을 썼다. 이 책도 마찬가지다. 왜 나는 헤르메스니까!

쓰면서 기획안을 만들고 전후좌우 앞뒤로 목차와 글을 쓰면서 만들어가는 사람이니까 나처럼 무식하게 쓰지 않고 처음부터 계단을 밟아간다면 훨씬 더 좋은 책을 누구나 쓸 수 있다고 확신한다!

그 다음은 자료를 분류하는 단계다. 목차의 설정 자체가 어느 정도 분류를 마쳤다는 뜻이다. 설계도를 그리고 터를 닦고 기둥을 세우는 작업을 마쳤으면 다음에는 실제 어디에 어떻게 무엇을 배치할지 고민하는 단계다.

다시 드라마 〈미생〉을 빌려오자.

장그래의 입사 초기. 26년 바둑 밖에 모르고 살아온 장그래를 신입으로 받은 오과장은 너무 실망한 나머지 장그래를 무시하는 마음으로 자기 회사의 자료를 폴더별로 정리하라는 과제를 내준다. 장그래가 바둑의 길을 외골수로 걸어왔지만 바둑에는 바둑만 있는 것은 아니다. 치열한 승부사의 기질과 호흡이 있고, 상대의 수를 읽어나가는 냉철한 전략과 논리가 있다. 일본이나 중국, 한국의 과거로부터 이어온 바둑사의 쟁쟁한 인물들이 있는가하면 그들의 기풍에 따른 계보가 존재한다. 바둑에서의 포석, 행마, 사활, 끝내기 등 바둑을 중심으로 한 폴더를 만들고 정리하자면 그것도 며칠은 걸릴 일이다. 장그래는 신문의 바둑을 오리고 붙이면서 바둑 공부를 해왔고, 세상 일의 차이와 분류법을 바둑을 통해서 배웠다. 한 우물을 파다 보면 다른 우물과 만나는 법이고 끝없이 다른 우물을 파다 보면 '우물 파기', 그 노력 자체가 한 우물이 되는 법이다.

15. 멘토 - 이오덕과 〈파인딩포레스터〉

그것은 5000 단어로 시작되었다. 아무나 5000 단어짜리 글을 쓰지는 못하지만 포레스터는 알아보았다. 자기를 찾아온 흑인 청년 아니, 흑인 학생이 글을 쓸 능력이 충분한 재주꾼임을.

우정과 글쓰기에 관한 따뜻하고 감동적인 영화 〈파인딩 포레스터〉의 글쓰기는 그렇게 시작된다. '5000 단어로 네가 내 주변을 어슬렁거리지 말아야 할 이유를 적어오라'는 명령으로! 앞서 자말이 돌려받은 가방 속에 있는 일기장에는 빨간줄 첨삭이 가득하다.

'꽉 막힌 생각(콘스트릭티드), 읽을 가치도 없음, 내용은 재치 있지만 단어 선택이 빈약함' 등등.

첨삭의 내용은 꼭 악평만 가득하지 않았다.

'특이함, 하지만 이 단락은 멋짐(판타스틱)'처럼 격려의 의미가 담긴 내용도 적지 않다. 특이한 것은 글에 대한 평가나 의견 뿐만 아니라 필자의 생각을 반영한 듯한 난해한 질문도 간간이 섞여있다는 점이다. '이 작가를 지지하고 싶다. 브롱스에서 벗어날 수 있을까?', '나를 어디로 데려가나?' 등등. 이건 글을 고치는 사람의 마음인지 글을 쓴 사람의 마음이 그렇다는 것인지 판단하기 어려울 만큼 복잡한 심경이다. 그 심경만큼 복잡하면서도 섬세하게 두 사람의 우정과 글쓰기가 이어진다.

16살 흑인 소년 자말은 모처럼 만난 글쓰기의 스승을 그냥 둘 수 없다는 심정으로 은둔작가 윌리엄 포레스터의 집을 방문한다. 처음에 몰래 침입했다가 글이 가득한 일기장이 든 가방을 두고 온 그 집이다. 친구들과 은둔자 집을 몰래 들어가기로 약속을 한 자말은 몰래 포레스터의 집을 방문했다 호통 소리를 듣고는 줄행랑을 쳤다. 자말이 놓고 도망간 가방 속에는 그가 즐겨 쓴 글들이 담긴 노트가 몇 권 있었다.

"제가 쓴 글들을 봐주실 수 있나 해서요. 아님 글을 좀 더 써올게요."
"내 집에 접근 말아야 하는 이유를 5천 단어로 쓰는 게 어때?"

이렇게 시작된 인연은 같이 글을 쓰는 단계로 발전한다. 이른 바

교학상장(教學相長)의 시작인데 단순히 글을 쓰는 능력만 자라나지 않고, 더불어 같이 마음을 여는 우정이 싹트기 시작한다. 포레스터는 자말이 '학교를 옮기고 싶어하는지 어떻게 알았냐'는 질문에 답한다.

"네가 쓴 글에 있는 질문을 보고 알았지. 네가 살면서 뭘 하고 싶은지를 다니는 학교에선 답해줄 수 없는 질문이지"

"글 쓰는 걸 계속 도와주실 수 있나요?"
"가족이나 책을 한 권만 쓴 이유에 대해서 묻지 않는다면."

둘의 우정은 이렇게 싹터간다. 글을 쓸 때 자기 글을 비평해줄 멘토를 만난다는 것은 일종의 행운이다. 작가들은 자기만의 고유한 경험과 문체를 바탕으로 좋은 글을 쓰는데, 그 바탕에는 직간접적으로 글쓰기에 도움을 준 멘토가 있다. 마치 자말이 포레스터를 만나서 훌륭한 작가로 성장하듯.

자기가 쓴 글들을 과감히 보여주며 한 수 지도를 바라는 것은 아무나 할 수 있는 마음의 경지는 아니다. 물론 상대가 진정한 고수라면 기꺼이 자기 발전을 위해 부족하나마 자신의 글을 보여줄 수 있지만, 실은 자기가 쓴 글들을 남에게 보이는 일도 그리 쉽지 않다. 왜냐하면 글은 곧 자신의 생각이고 생각의 근원인 삶이자, 그 사람 자신이기 때문이다. 그럼에도 자말이 자기의 내밀한 고민과 갈등을 포레스터에게 보인 행위는 글을 통해 훈련된 따스한 심성과 상대에 대한 믿음 때문이다.

글쓰기에 관한 드물게 뛰어난 이 영화에는 글쓰기에 대한 주옥같은 멘트들이 속출한다. 세계적인 시인 파블로 네루다가 〈일 포스티노〉에서 자전거 타는 집배원 마리오에게 가르친 은유적, 시적 글쓰기와는 다른 차원의 보편적, 서사적 글쓰기 원리다. 아버지가 집을 나가고 엄마 혼자서 두 아들을 키우는 집안의 작은 아들로 자라난 자말. 집이 좁고 환경이 좋지 않아 주변 이웃집 아줌마의 숨 넘어가는 정사(情事) 소리 가운데서 늘 글을 써야한다.

"한 마디 표현이 천 마디의 가치가 있다. 네 경우에는 두 마디의 가치지만."
"초고는 마음으로 쓰고 재고는 머리로 쓴다."
"형편 없는 선생은 도움이 아주 많이 되든지, 아니면 아주 위험할 수 있다는 걸 명심해라."

이런 멋진 조언으로 제자를 감화시키는 포레스터의 글쓰기 비법 전수는 무조건 쓰는 데서부터 시작한다.

"시작해!"

"뭘요?"

"글을 쓰라고." 그러면서 포레스터는 무아지경에 이른 타자수처럼 타자기를 앞에 두고 글을 쓰기 시작한다.

"뭐하세요"

"글을 쓰는 거야. 키를 두드리기만 하면 되는 거야."

"음 생각 좀 하려고요."

"아니, 생각 하지마."

"생각은 나중에 해."

"우선 가슴으로 초안을 쓰고 나서 머리로 다시 쓰는 거야. 작문의 첫 번째 열쇠는 그냥 쓰는 거야. 생각하지 말고."

무조건 쓰라는 명령을 내리고 글쓰기 훈련에 돌입한 스승과 제자는 이렇게 발전하고, 자말의 눈부신 성장을 바라보는 포레스터의 마음은 흐뭇하기 그지없다.

"신념이 성숙하는 계절. 가끔은 타이프의 단조로운 리듬이 페이지를 넘어가게 해주지. 그러다가 자신만의 단어를 느끼기 시작하면 쓰기 시작하는 거야."

"세 번째 문장이 접속사 '그리고'로 시작하는군."

"문장은 접속사로 시작하지 않아."

"가능해요."

"안돼, 규칙이야."

"아니에요. 예전에 그랬어요. 접속사를 문장의 시작 부분에 쓰면 주의를 집중시킬 수 있죠. 작가도 그걸 노리는 거고요."

"안 좋은 점은?"

"너무 자주 쓰면요. 산만해요. 행이 바뀌지 않는 느낌도 들고요. 그리고, 하지만이 앞에 나오는 건 생소하죠. 몇몇 훌륭한 작가들은 그렇게 하죠."

"니가 내 방식을 차용해서 너의 것으로 만들었구나 훌륭한 성과다."

이 영화가 아름다운 건 이 둘이 글쓰기만으로 교감하고 성장하지 않는다는 점이다. 이 영화의 감독 구스 반 산트의 전작 〈굿 윌 헌팅〉이 그랬듯이 이 영화에도 아픔의 이면에 흑인으로서 받는 차별과 아픔과 사랑의 코드가 있고 스승인 포레스터에게도 남모를 사연과 고통이 있다. 한 권의 작품만으로도 대작가의 반열에 오른 그는 과거의 상처 때문에 더 이상 글을 쓰지 못하고 남들 앞에 나서기를 꺼리는 은둔자 생활을 한다.

자말은 말한다.

"다른 사람들 앞에서 글을 읽어야 해요."

남들 앞에 나서길 꺼려하는 포레스터가 반론한다.

"작가는 쓰는 사람이고 읽는 건 독자 몫이야"

"다른 사람 앞에서 읽어본 적 있으세요?"

"사람들 앞에서? 아니 혼자서도 거의 안 읽는다."

철저하게 은둔자 생활을 하는 포레스터에게 소통은 낯설고 심지어 두렵기까지 하다. 그는 늘 커튼이 드리워진 어두운 방에서 망원경으로 밖의 세계를 엿볼 뿐 거리로 나아가 사람들과 소통하지 못한다. 그런 그를 자말이 밖으로 이끌어낸다. 포레스터가 글쓰기를 통해 자말을 성장시키듯 자말은 삶과 마음으로 자기 글쓰기의 멘토를 대하며 그를 무장해제시킨다.

자말이 간 학교에는 자말에 호의를 가진 여학생 친구가 있다. 하지만 자말은 자기가 흑인이라는 자의식 때문에 마음을 쉽게 열지 못하는데 어수룩한 자말에게 여학생과 친해지는 법까지 멘토하는 포레스터가 말한다.

"여자의 마음을 사고 싶으면 생각지 못한 시간에 생각지 못한 선물을 하라고."

하지만 이 말은 포레스터 자신을 향해 열린다. 밖으로 나가기를 힘들어하는 포레스터에게 자말은 하루만의 외출을 권유하고 인도한다. 연감을 통해 본 포레스터의 생일을 알아내고는 그에게 놀랄만한 선물을 한다. 생각지 못한 시간에 생각지도 못한 선물을.

자말의 형은 야구장에서 검표 아르바이트를 하는데 마침 휴일이어서 그 야구장을 포레스터가 밟게 해준다. 비록 짧은 시간이지만. 포레스터가 어린 시절 추억으로 간직한 야구장. 관중석에서만 야구를 관람하던 포레스터는 자기 평생 마운드를 밟아볼 줄은 꿈도 꾸지 못했는데 자말이 형의 도움을 받아 꿈을 이루어준다. 거대한 선물 앞에서 포레스터는 감동한다. 비록 가슴 떨리는 힘겨운 외출이었지만 그 이상의 보람이 있다.

"글을 쓸 때, 최고의 순간이 언제인지 아니? 초고를 마치고 그걸 혼자 읽어볼 때지."

이 말은 우리에게 인생을 늘 초고처럼 살라는 말처럼 들린다. 인생은 늘 초고같아서 흥분과 기쁨의 연속이어야 하는데 다람쥐 쳇바퀴처럼 살아가는 우리들은 그러지 못하다. 그런 점에서 이 영화의 글쓰기는 비단 글쓰기에만 해당하는 조언은 아닐지도 모른다. 포레스터는 자말에게 글쓰기의 멘토지만 우리에게는 삶의 멘토이기도 하다.

예의 영화가 그렇듯이 자말에게도 위기가 닥친다. 포레스터와의 글쓰기 약속에서 자기가 쓴 글을 다른 누군가에게 보여주지 않기로 했는데 새로 옮긴 학교의 글쓰기 크로포드 선생님에게 글을 보여준다. 글의 제목은 공교롭게도 '삶에 대한 믿음이 익어가는 계절'

이었는데 이는 크로포드가 존경하는 포레스터가 예전에 다른 칼럼에서 사용한 적이 있는 제목이다. 사실 크로포드는 처음부터 자말을 별로 신뢰하지 않는지 초반부터 도전적이다.

"여기 나온 시험 성적을 기대치로 삼아야 하나 그 여부에 따라 자네를 평범한 학생처럼 대할지 아님 이득을 바라고온 학생 중의 한 명으로…. 적당한 표현인가? 다른 표현이 있나?"

이런 크로포드가 자말의 글에 대해 호의를 가지고 인격적으로 존중하며 읽어줄 리가 없다. 포레스트와 더불어 날로 성장해가는 자말의 글쓰기 솜씨를 알지 못하는 크로포드는 자말이 쓴 글은 자기가 존경하는 포레스터를 모방하고, 표절했다고 의심한다. 급기야 자말은 퇴교 위기까지 몰린다. 농구 특기생을 겸해서 지구 대회에서 우승을 하면 농구로라도 살아남지만 결정적인 자유투 순간에 자말은 두 개 다 실수를 함으로써 자신을 불신하는 학교와 교사에게 한 방 먹인다.

포레스터처럼 어둠 속으로 잠겨가는 자말은 마지막으로 포레스터에게 편지를 남긴다. 그 편지를 형이 포레스터에게 전해주고 포레스터는 드디어(!) 스스로 밖으로 나오는 모험을 감행한다. 신의 전령사 역할을 맡은 사람처럼 크로포드와 자말이 있는 곳으로 간다. 크로포드의 얕은 지식을 비꼰 죄로 자말은 이제 마지막 심판대에 선 사람처럼 몰려 있다. 갑작스레 신의 선물처럼 등장한 포레스터는 자신의 정체를 밝히고 감동적인 편지 한 편을 읽는다. 그리고 감탄하는 청중들과 크로포드에게 그 영광스럽고 뛰어난 편지가 자신의 글이 아닌 자말의 작품임을 알리고 홀연히 떠나간다. 대중 앞에 나타나기 전 그가 자말에게 크로포드를 이해하라면서 던진 멘트는 이랬다.

"사람들이 가장 두려워하는 게 뭔지 아니? 이해가 안 되는 거란다. 이해가 안되는 게 있으면 우린 가정을 한단다."

자말이라는 '글쓰기-기계'를 만난 크로포드의 심경을 대변하는 말이다. 그는 아마도 낯설게 등장한 자말에 대해서 두려움을 느끼고 자기 식의 가정으로 자말은 이런 수준의 글을 못 쓰리라 판단했다. 날카로운 분석이다. 그럼에도 불구하고 자말이 위기에 몰리자 결국 포레스터는 본인이 나섰다. 자기만의 방 속에 갇혀서 자기를 덮고 있던 마음 속의 어둠을 걷어내고 스스로도 열린 사회로 발을 디뎠다.

글쓰기에 관해서 많은 함의를 담은 이 영화는 글쓰기에 관한 영화이면서 동시에 우정에 관한 영화다. 사실 둘은 제자 스승 관계이기도 하지만 친구가 되어간다. 멘토와 멘티의 관계는 일방통행이 아니니까. 자말은 학교를 우수한 성적으로 졸업하고 포레스터는 자기가 꿀 수 없던 꿈을 새롭게 시작하는 계절을 맞이했다.

그리고 사라진 포레스터는 얼마 뒤에 세상을 떠나고 변호사를 통해서 자기의 유산을 자말에게 전한다.

자신이 즐겨 읽던 책들이 쌓인 집을 넘겨준다. 거기에는 영화 첫 장면에 등장하는 많은 책들이 있고, 책의 향기와 포레스터의 고뇌와 추억이 담겨 있다. 그가 떠난 뒤 쌓인 먼지만큼의 여운과 그리움 또한 같이 익어있는 곳이다. 포레스터는 은둔의 시간에서 할 수 없었던 두 번째 책 〈지는 해〉 원고를 쓰고는 이승을 떠난다. 그렇다면 이 책의 서문과 추천의 글은 당연히 자말의 몫이다.

글쓰기를 통해 감동어린 우정을 전달하는 영화 〈파인딩 포레스터〉는 치유에 관한 영화이기도 하다. 글쓰기가 보여주는 치유의 힘이 이 영화에서도 드러난다. 글쓰기는 자기를 치유할 뿐 아니라, 멘토도 치유한다. 글에 관한 한 진정한 우정을 나누는 교감 관계망 안에서는 멘토도 멘티도 따로 없기 때문이다.

이 글을 쓰는 내게도 포레스터 같은 멋지고 훌륭한 작가가 바로 옆에 있었으면 하는 마음이 없진 않지만 실은 내겐 무수한 글쓰기 멘토가 존재한다. 생애 최초 글쓰기의 길을 열어준 이오덕 선생님을 비롯하여 대학시절 직접 간접으로 영감을 준 김수영, 김용옥, 김지하, 마광수, 정운영, 김영민, 김용호 등등 내가 알게 모르게 그분들의 정신과 문체를 따라왔다는 걸 잘 알기 때문이다.

그렇게 보면 글쓰기의 멘토는 따로 없는지도 모른다. 내가 먼저 어눌하지만 마음의 문을 열고 누군가에게 글로 소통하고자 하면 그 누구든지 내 글을 읽어주고 고쳐주고 자기만의 글에 대한 철학과 방법을 알려주는 스승을 만나지 않을까. 그런 점에서 글쓰기 멘토는 없는 것이 아니라 아직 찾지 못한 것인지도 모른다. 그러니 글을 쓰려는 사람들이여, 먼저 멘토를 찾아나서라. 그는 곧 나이고 당신이며 글 자체이니.

덧붙이는 글

이오덕을 기리며

이쯤에서 내 인생의 글 멘토이신 이오덕 선생님 이야기를 해볼
까 한다.

"내 머리 속에 내 가슴 속에는 모차르트가 들어있다. 당신들은
안 그런가?"

영화 〈쇼생크 탈출〉의 주인공 앤디는 죄수들에게 모차르트의 피
가로의 결혼을 틀어준 대가로 독방 신세를 진다. 어두운 독방에서
나왔는데도 표정이 어둡지 않다. 놀란 동료들이 묻는다. 아니 자네
는 그 독방 속에서도 힘들지 않았는가? 왜 몸이 힘들지 않았겠는가.
하지만 앤디의 얼굴에는 웃음이 묻어난다. 마음이 힘들지 않았던
까닭이다. 억울하게 옥살이를 한지 수년 만에 정말 음악다운 음악
을 들었으니 죽어도 여한이 없었을 것이다. 그러니 독방에 갇힌들

그 감동과 여운이 교도소 전체를 울리며, 죄수들과 함께 들었던 모차르트 음악이 사라질 리 없으니, 동료들의 질문에 위의 말로 대답을 할 수 있었을 것이다. 누군가 나에게 당신의 머리 속에, 가슴 속에 글쓰기의 스승으로 누가 있냐고 묻는다면? 당연히 이오덕 선생님이다. 다른 분야는 몰라도 적어도 글쓰기에 관한 한은 그렇다.

글쓰기에 대한 글을 쓰면서 끝내 이오덕 선생님 이야기를 안 할 수가 없다. 이 책을 마무리한다면 서문이나 결말 둘 중의 하나는 이오덕 선생님에 대한 이야기를 해야한다고 생각했다. 그 분은 내 글쓰기의 시작이고 글을 잘 쓰든 못 쓰든 이렇게 자유롭게 글을 쓸 수 있는 자신감과 원체험을 주신 분이기에 그렇다.

1989년 내가 최초로 쓴 글은 동구여중 국어교사시절 첫 담임의 마지막 기획으로 만든 학급문집의 '처음 든 매'이었다. 그 뒤로 〈토론의 전사〉 이후 여러 권의 책을 쓴 오늘에 이르기까지 나는 그 분이 지닌 '글쓰기의 자장(磁場)'으로부터 한시도 벗어나본 적이 없다. 물론 그분이 강조하신대로 글 자체가 삶을 가꾸면서 살았다면 지금보다 조금 더 나은 삶을 살고 있겠지만 그래도 어쩌면 지금 이만큼이라도 살아가는 건 그때 그분이 주신 교훈과 글쓰기의 힘 때문인지도 모른다.

1988년 가을, 나는 교사가 되었다. 국어교사다. 하지만 국어를 모르는 교사였고 실은 직업만 교사였지 교사로서의 정체성도 능력도 없는 교사였다. 지금 엄청난 고생과 시험을 거쳐서 학교 현장에 발을 딛는 분들에게는 송구하지만 당시에는 많은 교사들이, 아니 다른 분들은 몰라도 적어도 나는 대학 시절, 교사가 될 자질과 능력을 기르지 못하고 교사가 되었다. 원인을 외부에서 찾자면 잦은 시위가 벌어지는 대학 캠퍼스의 문화와 분위기가 그랬고, 내적으로는 교사의 정체성에 맞는 교육학 공부와 국어국문학 공부에 충실하지 못했다는 점이다. 당시에는 사춘기가 늦어서 나는 대학 시절에야 인생의 첫 방황이 시작되었고 학문에 대한 열정이나 조예도 부족했으며 사범대학이 아니다 보니 교직 과목 이수 정도로만 교육에 대한 이해를 마쳤는데 사실 그 정도 가지고 교단에 서기에는 택도 없이 모자란 신출내기였다.

물론 사람은 현장에서 배운다. 대학에서 배운 지식이 학교라는 생활 공간에서 벌어질 문제를 미리 다 알고 배우고 익히는 데는 한계가 많았지만 나는 좀 유별났다. 대학 시절 꿈도 목표도 제대로 된 고민이나 방황도 없이 대학가 분위기에 휩쓸리면서 4년을 마치고 이듬해 2월 졸업을 한 뒤 4월에 군대에 갔다. 군대를 미리 다녀오고 교사가 되는 길을 알고 준비를 했으면 좋았으련만 그럴 기회나 여유가 없었다. 대학을 졸업하자마자 바로 군대생활을 하고 마친 시기가 올림픽이 한참이던 88년 여름 지나 초가을이었다.

당시는 교직 자격증을 가진 남교사, 그 조건 하나로 쉽게 취직이 되던 시절이었다. 공립과 사립의 개념도 없던 나는 제대 후 바로 대학의 과사무실로부터 연락을 받았다. 과천에 있는 여고였는데 일주일에 이틀, 강사로 나와달라는 주문이었다. 나는 교사는커녕 직업 자체에 대한 의식이나 감각도 없던 시절이었는데 그렇게 연락이 오니 마다하지는 못하고 일단 나가서 여고생들에게 문학을 가르쳤다. 아니 가르쳤다기 보다는 하루 공부해서 하루 전달하는 식으로 헤매고 있었다. 단지 기억에 남는 것은 박두진의 '해'를 가르치면서 조하문이 부른 '해야'라는 노래를 소형 녹음기를 들고들어가 틀어주었는데 학생들이 무척 좋아했던 일 뿐이다. 예나 지금이나 학생들이 수업보다는 노래를 듣거나 부르고 노는 걸 좋아하기 때문이라고 생각하지만, 지금은 그랬다가는 학교에 붙어 있기도 힘든 세상이다.

9월부터 교직을 시작해서 두 달이 채 안되었는데 대학의 선배가 근무하는 서울의 동구여중에서 정교사 제의가 왔다. 중학교는 무엇이 다른지 알아볼 여유는 없었다. 일단 정교사라는 이유만으로 깊은 고민 없이 학교를 옮겼다. 짧은 기간이었지만 아쉬워하며 남아 있기를 바라는 학생들도 많았다. 하지만 그 학교는 교무실에서 교사들이 서로 소리를 지르거나 대걸레자루로 여학생을 체벌할 만큼 분위기가 좋지 않아 오래 있고 싶은 생각은 없었다. 그 후 본격적으로 시작된 국어교사 생활. 그러나 배운 것이 없으니 가르칠 능력이 있을 리 만무한 상황이다.

내가 고등학교를 마치고 대학에 들어가는데 가장 큰 영향을 끼친 국어 참고서는 '한샘'과 '지학사'의 자습서와 문제집이었다. 그전에 중학교 다니던 시절에는 나폴레옹 그림이 그려진 '완전정복'

시리즈가 대세였다. 나는 당연히 중학교 국어 완전정복 자습서를 애용하였고 그 책에 완전히 정복당했다. 자음접변이나 모음동화 등의 문법적 지식을 가르치는 게 고작이던 내게 운명같은 만남의 시간이 다가왔다. 어느 매체를 통해서 소식을 들었는지 모르지만 이오덕, 윤구병 선생님께서 진행하는 글쓰기 강좌를 만났다. 그 강좌가 내 삶을 바꾼 최초의 '클리나멘' 즉 전환점이다. 내 글쓰기 운명의 터닝 포인트를 만난 것이다.

시인 고은이 젊은 시절, 어느 날 길을 가다 한하운이 쓴 시집을 보고 자기는 문둥이가 되고, 시를 쓰는 사람이 되겠다고 결심한 것처럼 나는 이오덕 선생님을 만나면서 그런 거창한 결심은 하지 못했지만 두 가지를 깨달았다. 참고서의 지식을 전달하는 일이 교사의 역할은 아니라는 점과 글을 쓰는 기초는 삶이며 삶이 말이 되고 글이 될 때, 좋은 글이 나온다는 점이다. 지식을 전수하는 교사의 삶을 확실히 벗어나게 된 계기는 그해 겨울에 창립한 전국국어교사모임 연수에서 국어교육계의 쟁쟁한 선배들을 만나 술을 마시고 경험담을 듣다가 한창 취했을 무렵 풍물패의 가락과 장단에 맞추어 강강수월래를 하고 내가 사는 시대의 현실과 아픔을 느끼면서였다. 교사는 역사와 현실을 떠나 죽은 지식만을 가르치는 사람은 아니라는 걸 깨달았다. 그 시원이 바로 이오덕 선생님이다.

이오덕 선생님을 다시 생각하면서, 이오덕 선생님의 글 가운데 좋은 글만 추려뽑은 양철북의 〈이오덕 일기〉 전집 5권을 읽어보았다. 〈삶을 가꾸는 글쓰기〉 등 이오덕 선생님이 생전에 쓰신 책들은 잃어버려 없지만, 그 정신은 아직 내 머리 속에 내 가슴 속에 살아 있다.

이오덕 선생님 글쓰기와 관계된 본격적인 이야기를 하려니 신영복 선생님의 글이 먼저 떠오른다. 글을 쓰는 사람이 굳이 아니어도 누구에게나 신영복 선생님의 그늘이 크고 따사롭지만 나 역시 예외는 아니었다. 두 분은 생전 만나신 적이 있으신지 모르지만, 적어도 두 분의 삶이 다르지 않았음을 느끼게 하는 글이다. 신영복 선생님이 자주 인용하시는 글 중에 한비자의 차치리 이야기가 있다.

징역살이 경험 속에서 한 목수 노인이 집을 아래부터 그렸다는 이야기에 이어서, 차치리라는 사람이 신발 사러 장에 가다가 자기 발을 그려놓은 탁(拓)을 두고 가서 다시 그걸 가지러 돌아온 이야기다. 자기 발이 땅을 디디고 있는데 굳이 발의 본을 뜬 탁이 왜 필요한가에 대한 문제제기로 삶보다는 관념에 묶인 우리들의 의식을 통타(痛打)하는 이야기다.

우리 교육의 문제점을 간명하게 짚고 삶보다 머리를 앞세우는 사람들의 정곡을 찌르는 글이다. 이오덕 선생님이 생전에 들려주신 이야기도 이와 다르지 않았다. 물론 당신은 이렇게 멋드러진 비유와 표현을 경계하신 분이다. 일기를 보자.

나는 선생님 일기를 읽는 도중, 다섯 권 중에 특히 〈이오덕 일기〉

3권을 눈여겨 보았다. 1986-1991년의 일기기 때문이다. 혹시 내가 배웠던 글쓰기 강좌에 대한 내용이 있을까 해서였다. 1988년 가을 무렵을 열심히 읽어보았으나 찾지 못했다. 하지만 그 때 들은 강의의 초록이 기록된 일기를 발견할 수 있었다. 89년 2월 7일의 일기다.

'우리 말을 우리 말이 되게 하자' 이 논문은 대강 공책에다 안을 잡아 두었던 것인데, 오늘은 원고지에 써 보았다. (중략)

우리 말의 문제를 두고 자꾸 생각하다 보니, 말이란 것이 우리의 역사와 깊은 관계가 있지 않나 하는 것을 깨닫게 되었다. 말과 글, 그리고 의식, 삶 이것들의 관계를 생각할 때, 가장 근본이 되는 것이 삶이다. 그 다음이 의식이고, 다음이 말이고 글이다. 즉, 삶→의식→ 말→글 이렇게 된다. 이것이 원칙이다. 그런데 이것이 거꾸로 역행하는 수가 있다. 삶←의식←말←글 이렇게 말이다. 분명히 우리 역사에서 이런 역행 현상을 볼 수 있다. (중략) 즉 글과 말을 바로잡음으로써 우리의 의식을 바로잡는 것이고, 그럴 수밖에 없다는 것이다.

(이오덕 일기 3, 142쪽, 1988년 2월 7일 일요일 맑음)

내가 선생님께 글쓰기를 배우던 11월 무렵에는 이 일기의 내용이 이렇게 바뀌었다. (그때 받은 자료를 잃어버린 것이 천추의 한이다. 오래 오래 간직하고 있었는데 결국 어느 해인가 잃어버렸다.)

선생님의 육성을 들은 그대로 옮기자면 이렇다.

"글은 말하는 대로 써야 한다. 말은 생각에서 나온다. 생각은 어디에서 오는가? 삶에서 나온다. 그러므로 삶이 바르게 되어야 바른 생각이 만들어지고 바른 생각에서 바른 말이 나오고 그걸 글로 써야 좋은 글이 된다."

지금도 생생히 기억나는 이 말은 내 글쓰기의 평생 좌표가 되었다. 글쓰기를 두려워하지 않는 첫 번째 비결은 '글을 말하듯이 쓰라'였다. 그 말은 생각에서 나오는데 생각은 삶이 만들어낸다. 그러니 바르고 아름답게 살라는 것이 선생님의 지론이셨는데 안타깝게도 나는 선생님의 가르침 가운데 말과 글 부분만 배웠고 나머지는 삶으로 이루지를 못했다. 그래도 글쓰기가 무슨 거창하고 어려운 작업이 아니니 말을 하듯 쓰라는 말만큼은 철저히 실천해온 셈이다.

선생님은 '글짓기'라는 말을 없애자고 주장하신 분이다. 작문이라는 글짓기는 삶을 있는 그대로 보여주는 '글쓰기'와 달리 거짓으로 꾸며서 만들어낸 글이라는 뜻이라고 배척하셨다. 지금도 고등학교 국어 시간 중에 화법과 작문이 있다. 작문이라는 말을 어떻게 받아들이느냐에 따라 다르겠지만 글쓰기든 논술이든 작문이든 무릇 글을 쓰는 자세만큼은 어떠해야 하는지 철저하게 보여주셨다. 선생님의 영향 덕분인지 선생님의 뜻을 따르는 한국글쓰기연구회는 초등 선생님들을 중심으로 지금까지 이어져오고 있다.

나는 지금 이 글을 쓰면서도 선생님이 지니셨던 문제의식과 말글 어법에 맞추어 글을 쓰는지 장담할 수 없다. 아니 턱 없이 모자라다. 삶도 글도 다 그렇다. 하지만 당신이 인정하시든 아니든 내가 글을 쓸 수 있도록 길을 열어주신 은사로서 당신을 영원히 가슴속에 품고 살아가는 제자라는 고백만은 당당하게 한다. 이오덕 선생님도 인간이시니 그분의 한계도 없지는 않으실 게다. 하지만 그건 우리 후배들이 해결해야 할 몫이고 아직 살아남은 자들이 지고 가야할 짐이다. 과제를 해결해가면서 글쓰기의 지평을 넓히고 고원을 높게 만드는 역할을 후배들이 해야한다. 당신은 지금 글쓰기에 대해서 고민하는가? 그럼 이오덕 선생님 책을 먼저 읽어보시라고 권하고 싶다. 내가 먼저 경험해봐서가 아니다. 아마 이오덕 선생님을 삶이나 글로 겪어본 사람이라면 누구라도 이 말을 하지 않을까 싶어서 드리는 말씀이다.

이 책을 누구에게 바쳐야할까. 묻는다면 부끄럽지만 감히 이오덕 선생님께 바친다고 고백하겠다. 선생님은 내가 누구인지, 살아생전 얼굴이라도 본 사람인지, 저승에서조차 기억도 못하시겠지만 삶이란 그렇다. 누구인지 모르면서도 시공과 생사를 초월해서 서로 교육하고 정을 나누는 것. 다시,

내 글쓰기의 처음과 마지막을 이오덕 선생님께 바친다.

쓸 수 없는 글에 대해서는 쓰지 말아야 한다.

글쓰기에 관한 부끄러운 고백을 하나 하자.

대학교 2학년 정현종 교수님의 시 창작 시간이었다. 선생님께서는 첫 시간 수업 안내와 함께 창작시 한 편을 써오라고 과제를 내준 뒤에 학생들의 과제를 받아, 잘 쓴 순서대로 앞에 나와 발표를 하고 합평을 하는 방식으로 수업을 진행하셨다. 난감했다. 시는 커녕 산문도 한 번 써본 적 없는 서울 촌놈이 무슨 시를 쓴다는 말인가? 일반 국문과와 사범대 국문과의 개념조차 구별하지 못해, 국문과에 들어가면 누구나 국어교사가 되는 줄 알고 들어간 국문과였다. 시의 시옷은 커녕, 문학의 문(文) 아니 문학의 미음 자도 모르던 숙맥(菽麥)이었다. 그런데 시를 써내라니. 다른 시인의 시를 베껴낼 수는 없었다. 안 낼 수도 없었다. 할 수 없이, 대학 1학년 말 처음 만났고, 평생 내 공부의 길잡이가 된 한 선배에게 부탁을 해서 겨우 제출을 했다.

수업 시간은 흥미진진했다. 지금은 유명한 소설가인 성석제의 시를 시작으로 매시간 합평이 이루어졌다. 이등을 기억하지 않는 한국사회의 풍토병 때문인지 그 뒤로 누가 발표를 했는지 기억하지 못하지만 첫 시에 대한 발표와 해설만큼은 지금도 신기하리만치 또렷하다. 시 창작론 학점이 어떻게 나왔는지는 차마 공개하지 못하겠다. 다만 내가 글을 쓰지 못해 남에게 부탁을 했던 최초의 기억만큼은 부끄럽지만 늘 마음 속에 담고 살아간다. 그래서인지 나도 남이 글에 대한 부탁을 하면 청탁이든 과제물이든 거절을 못한다. 글쓰기에서도 과부 마음은 누구보다 홀아비가 잘 아는 법이니까.

그보다 더 참담한 경험이 있다. 어쩌다 유독 시와 관련해 그런 일이 생겼는지 모르겠지만 1990년대 초반 민예총에서 주관한 시 창작 강좌에 등록했다. 교사가 된지 몇 년 지나고 학생들에게 문학을 가르치면서 시 읽기의 즐거움을 조금 맛보던 시절이었다. 시를 써 본 적은 없었지만 혹시나 시 창작 강의를 들으면 시를 쓰는 법을 배우리라는 환상 때문이었다. 게다가 지도 시인이 신경림, 도종환 두 분으로 당대의 내로라하는 시인이었으니 그 환상이 얼마나 컸겠는가.

아뿔싸! 시인은 수강생들에게 시 쓰는 법을 가르치지 않았다. 그냥 자기가 쓴 시를 가져오라는 과제를 내주고 대학 때와 마찬가지로 그 시들을 소재로 합평을 하지 않는가. 10강 짜리 강좌였는데, 이번에는 누군가에게 부탁도 할 수 없어 매주 난감한 마음으로 시

창작 강의를 들었던 기억이 지금도 생생하다. 거기 참여한 사람 가운데는 강좌 마치고 바로 등단한 시인도 있었으니 실은 나같은 왕초보는 낄 자리도 아니었지만, 그래도 어린 마음에 대시인의 시를 듣고 싶은 마음만큼은 간절했나 싶다.

훗날 그 뒤로 이십여 년이 더 지나서야 나도 모르게 튀어나온 한 구절 때문에 시 비슷한 걸 썼다. 권혁웅 시인과 함께 하던 시 창작 공부에는 이론과 창작을 겸비해서인지 그래도 몇 편의 시 아닌 시를 써보기도 했다. 시가 별거냐 싶으면서도 시를 쓰지 못하는 사람에게는 진짜 별세계가 시의 세계다. 이런저런 글을 조금 써 본 내게도 그렇다. 아마도,

글을 써 본 적 없는 사람에게는 글쓰기의 세계가 정말 별세계이지 싶다. 내가 시의 세계 앞에서 아무런 발화를 못하고 허공만 맴도는 어떤 궤도에 갇혀 한 단어도 뱉어내지 못하고 대략난감하던 그 시절의 '어눌'처럼 말이다.

글을 누구나 써야 한다고 생각하지 않는다. 또 글을 쓸 때, 꼭 잘 써야한다고 생각하지도 않는다. 물론 글을 잘 쓰면 좋고 잘 쓰는 사람을 보면 부럽고, 좋은 글을 보면 탐이 나거나, 그 글을 통해 힘을 얻기도 한다. 그건 그 사람의 공부의 힘과 삶의 결이 만난 훌륭한 결과물이니 감사하고 찬양하면 된다. 그이는 그이고 나는 나이니 나는 내 삶을 살고 내 글을 쓰면 족하니까.

누구나 글을 잘 써야 할까? 그렇지 않다. 누구는 글을 못 써도 말을 잘하거나 운동을 잘 하고 춤을 잘 춘다. 각자 자기 삶이 있는 법

이니 글을 못 쓴다고 노여워하거나 슬퍼할 이유는 없다. 필요하다면 공부를 시작하면 되니까. 그러면 남들보다, 남들만큼은 아니지만, 자기 삶의 무게나 궤적만큼의 글은 누구나 쓸 수 있으니까. 그게 글이니까.

"말 할 수 없는 것에 대해서는 침묵해야 한다."

그 유명한 비트겐슈타인 말을 조금 원용하자면,

"쓸 수 없는 것에 대해서는 쓰지 말아야 한다."

마음 속에 왜곡된 분노가 담긴 악플이나 남들이 알아듣지도 못하는 이상한 글들을 억지로 쓰기보다는 차라리 거룩한 침묵을 지키는 편이 훨씬 위대하다고 믿는 편이다. 이 책을 통해 글을 잘 쓰는 법을 배우리라고 생각하지 않는다. 어쩌면, 글쓰기에 대한 불필요한 고민과 감정만 늘어날지도 모르겠다. 그래도 한 권의 글쓰기 책을 세상에 내놓는 이유를 하나 붙인다면 바로 그것이다.

'쓸 때 써야하고, 쓰지 말아야 할 때 글을 쓰지 않는 삶의 태도', 그 하나를 배울 수 있으면 족하다. 그러니까, 글한테 끌려가지 말고 글의 주인이 되자. 그게 글을 읽고 쓰는 어쩌면, 아니 유일한 이유다.

헤르메스적 글쓰기

초판 1쇄 2017년 5월 15일 발행

지은이 ㅣ 유동걸

기획 및 편집 ㅣ 유덕열, 박세희

펴낸곳 ㅣ 한결하늘
펴낸이 ㅣ 유덕열
출판등록 ㅣ 제2015-000012호
주소 ㅣ 경기도 안산시 단원구 선삼로4길 11 (101호)
전화 ㅣ (031) 8044-2869　**팩스** ㅣ (031) 8084-2860
이메일 ㅣ ydyull@hanmail.net

ISBN 979-11-955457-9-7 03800

이 도서의 국립중앙도서관 출판예정도서목록(CIP)은 서지정보유통지원시스템 홈페이지
(http://seoji.nl.go.kr)와 국가 자료 공동목록 시스템(http://www.nl.go.kr/kolisnet)에서
이용하실 수 있습니다.(CIP제어번호: CIP2017010792)